KB115353

FANTASTIC ORIENTAL HEROES

장씨세가 호위무사 9

조형근 新무협 판타지 소설

초판 1쇄 찍은 날 § 2020년 9월 18일
초판 3쇄 펴낸 날 § 2023년 11월 22일

지은이 § 조형근
펴낸이 § 서경석

편집책임 § 황창선
편집 § 박현성

펴낸곳 § 도서출판 청어람
등록번호 § 제387-1999-000006호
등록일자 § 1999. 5. 31
어람번호 § 제2-2847호

주소 § 경기도 부천시 부일로 483번길 40 서경B/D 3F (우) 14640
전화 § 032-656-4452 팩스 § 032-656-4453
E-mail § chungeorambook@daum.net

ⓒ 조형근, 2019

ISBN 979-11-04-92257-2 04810
ISBN 979-11-04-92254-1 (세트)

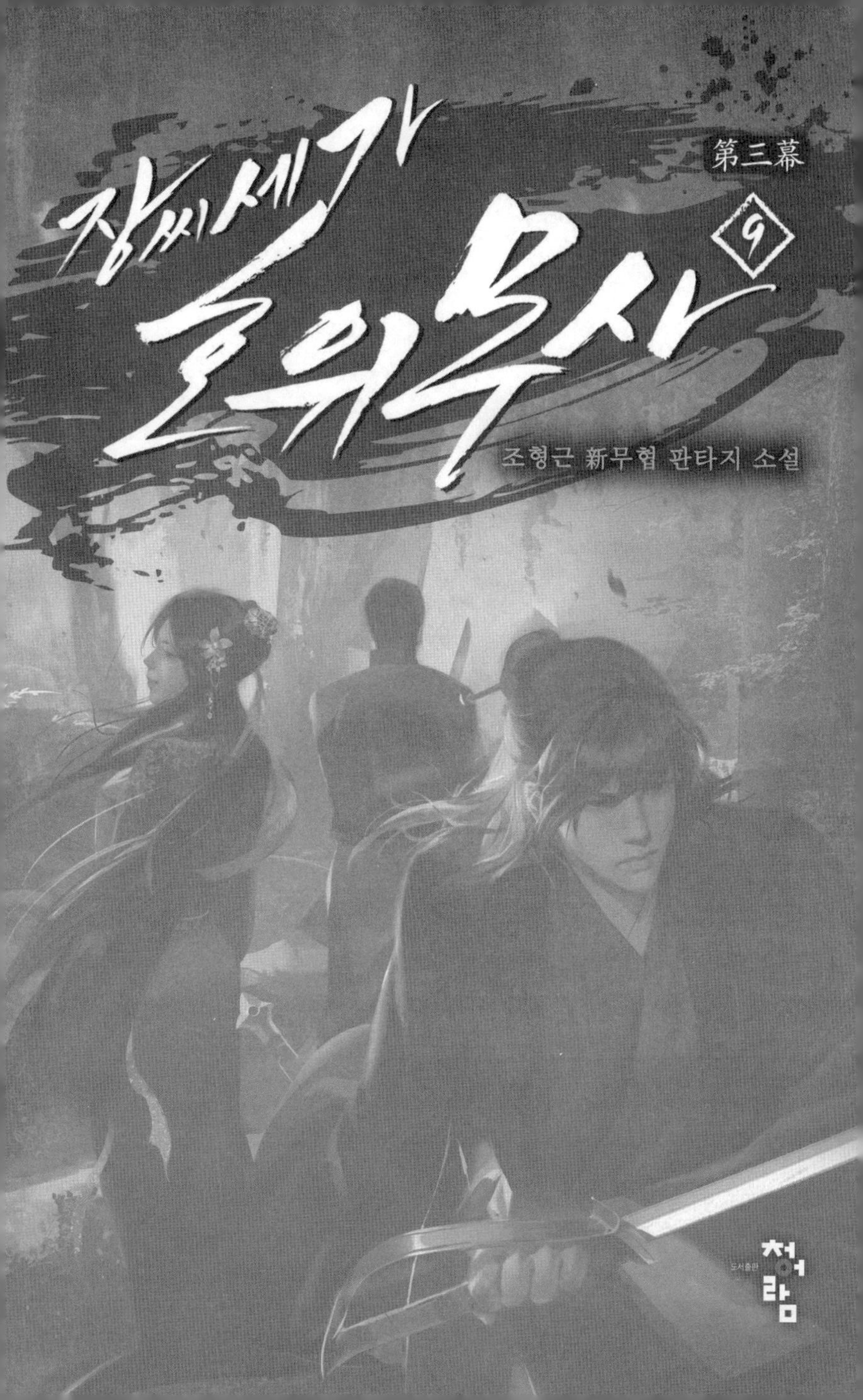
장씨세가
第三幕
호위무사
9
조형근 新무협 판타지 소설
도서출판
청어람

목차

第一章

불청객

지이이익.

기다란 밧줄이 팽팽해지자 바닥에 놓인 목조 기둥 하나가 움직이기 시작했다.

목조 기둥이 솟아오르자 다른 쪽에 지지해 놓았던 기둥들도 함께 움직이며 완연한 막사의 형태를 갖췄다.

"이 녀석들, 뭐 이리 굼떠…… . 빨리 안 움직여?"

정신없이 움직이는 사내들 사이로 꼽추 노인 한 명이 인상을 쓰기 시작했다.

부욱, 부욱.

하지만 사내들의 행동에는 그다지 차이점이 없었다.

느릿하게 몇 개의 막사가 더 세워질 때쯤 꼽추 노인은 두툼

한 옷깃 사이로 작은 목함 하나를 꺼내 들었다.

"이흭!"

"흑!"

쾨쾨한 약품 냄새를 맡은 당가 사람들의 얼굴이 붉어지기 시작했다. 중사당 당주인 당의명이 꺼낸 저 독, 산신환(散身丸)이 얼마나 지독한지 아는 까닭이다.

파파팟.

거대한 동이를 들고 움직이는 청년의 움직임은 몇 배는 빨라졌고.

투투툭.

포대 자루 속을 뒤지는 중년인은 아예 포대 자루를 바닥에 뿌린 뒤 찾기 시작했으며.

촤라락.

목탄 가루를 푸던 사내들과 망치들을 진열해 놓는 노인의 손은 보이지 않았다.

"이놈들은 꼭 이걸 꺼내야 말을 들어."

당가의 활동적인 모습에 그제야 성이 찼는지 꼽추 노인은 만족스러운 얼굴로 주위를 훑었다.

그런데 웬걸, 산신환의 위협이 통하지 않는 자들도 있는 듯했다.

"꺼어어."

중사당 독조문 담당인 당고호는 한쪽에 앉아 불뚝 튀어나온 배를 매만지며 트림을 하고 있었다.

잠시 뒤 그가 고개를 들었을 때 꼽추 노인, 당의명이 노려보고 있었다.

"넌 뭐 하냐?"

당고호는 불룩 튀어나온 배를 매만지며 뻔뻔히 대답했다.

"아, 형님. 오늘따라 몸이 영 좋지 않습니다."

"뒈질래? 그 뱃살 다 벗겨주랴?"

"아, 형님. 애들도 있는데……. 좀 쉬게 해주십시오."

당의명은 다시 산신환을 꺼낼까 하다 그만두었다. 영 반응이 못 미더운 몇 명은 중사당을 이끌어갈, 산전수전 다 겪은 일대 제자다. 애들처럼 독 따위로 말을 들어먹는 것들이 아니다.

"그럼 애들이 잘하고 있는지 확인이나 해!"

그는 한숨을 내쉬며 고개를 저었다.

"예, 형님."

머리를 긁적이며 천천히 일어서는 당고호. 뒤뚱뒤뚱 걸으며 사라져 가는 것이 참 여유로워 보였다.

"에휴. 저놈은 너무 느려 터져서."

혀를 차며 돌아서던 그의 발에 뭔가 툭 걸렸다. 바닥에 누워서 숨넘어갈 듯 허덕이는 사내였다. 중사당 독조문 기록인 당고호였다.

"너는 왜?"

"정신없이 움직이다 보니 좀 지친 것 같습니다. 오늘따라 속이 메슥거리기도 하고……."

"허어. 가지가지 해. 아주 그냥……."

그는 고개를 저으며 무시했다.

이놈은 산신환 같은 절독으로 위협한다고 해도 '그 독 맛이 어떻습니까?'라며 오히려 달려들 것이 뻔했다. 협박은 애들에게나 통하지, 일대제자급 이상은 먹히지도 않는다.

저벅저벅.

주위를 점검한 당의명은 막사와 조금 떨어진 돌담 사이를 걸어갔다. 이윽고 돌담 옆에서 차를 마시던 노인을 향해 말을 붙였다.

"형님, 대충 된 것 같습니다."

"고생했다."

노천은 점차로 올라가는 막사를 보며 뿌듯한 얼굴을 했다.

사천당문에서 하북의 팽가까지 수천 리를 전력 질주 했다. 거리만 해도 힘든데, 독물과 독에 절인 암기와 독충 등 자칫 잘못 건드리면 아수라장이 날 물건들을 들고 이동해 왔으니 눈알이 빠져나가도록 힘겨운 긴장의 시간이었다.

하지만 끝끝내 목적지인 팽가의 길목까지 무사히 도착했다. 역시나 한번 시키기가 굼뜨지, 움직였다 하면 용의주도함은 물론이고 신속함에서도 당가를 따라가는 문파는 없을 것이다.

"너희들은 누구냐! 대체 이게 뭐 하는 짓이냐!"

여유 있게 바라보던 노천의 고개가 옆으로 움직였다. 팽가의 무복을 입은 사내 대여섯 명이 막사 앞에서 고함을 치고 있었다.

"아까도 왔다 갔지 않나?"

"다른 애들 같은데요. 어깨에 힘이 좀 들어가 있군요."

노천이 느긋하게 당의명과 한담을 나누었다.

좀 전에 시비를 걸다 쫓겨 나간 무인들과 달리 그들은 제법 흉흉한 기세가 뻗어 나오는 자들이었다.

하지만 그들의 외침에도 신경 쓰는 당가 사람들은 단 한 명도 없었다.

"빨리 움직여!"

"독물을 그리 흔들면 어떡해? 쏟으면 다 뒈진다고."

"해독제 어디 있어?"

단지 할 일 없이 그곳을 주시하고 있는 노천만이 재밌다는 듯 바라볼 뿐이었다.

"제거해."

요지부동인 당가 사람을 바라보던 팽가 무인 중 어깨에 붉은 견장을 찬 자가 명을 내렸다.

그 말에 수하들이 고개를 숙였다.

철컥. 철컥.

이윽고 팽가 무인들은 기세등등하게 검을 빼 들며 앞을 걸어 나갔다.

이 정도 살벌한 행동을 보였는데도 반응은 여전했다. 눈앞에서 해진 옷을 입고 돌아다니는 부랑자들이 여전히 눈길을 주지 않고 제각기 할 일만을 하고 있었던 것이다.

"야, 야. 거기 잎 밟으면 죽는다?"

때마침 막사 쪽으로 걸어오던 그들을 향해 누군가 말을 걸었다. 한낮인데도 얼굴이 샛노랗게 질린 사내. 그는 봇짐을 가슴에 들고 옮기고 있었다.

"한 가닥이라도 발에 붙으면 독에 오염된다. 어리바리 신발에 붙여 집에 돌아갔다간 식구들 다 죽일 겨. 난 분명히 경고했다?"

섬뜩!

무사들은 소름이 돋은 얼굴로 바닥으로 시선을 내렸다. 거기엔 잔잎들이 일(一) 자를 그리며 뿌려져 있었다. 이 잎새 하나하나가 독이라니, 발을 들이긴 고사하고 제자리에서 물러서기도 어렵게 굳어버렸다.

"바보들. 그런다고 굳냐? 그냥 밟지 말고 넘어오면 되는걸."

사내는 피식 웃으며 그렇게 지나갔다.

잠시 굳어 있던 팽가 무인들의 얼굴이 썩은 돼지 간처럼 시뻘겋게 달아올랐다.

"이 새끼들이……!"

"워어. 비켜서시오."

스으으으—!

한데 뒤쪽에서 어마어마하게 타는 소리가 들려왔다.

막 욕을 뱉으려고 돌아선 팽가 무인들은 눈을 동그랗게 떴다.

"아! 큰일 날 뻔했잖소. 닿으면 그대로 피부가 문드러져서 고생할 것이오."

머리에 녹색 두건을 한 중년 하나가 물동이를 내려놓자 한 움큼이나 되는 물이 철썩 튀어 올랐다.

치이이이!

그런데 땅에 떨어지자마자 흙을 녹여 버리는 시커먼 물!

이거 뭔가!

"아, 맞다. 고생할 건 없지? 들어가자마자 통증 없이 바로 가실 테니까. 아름답게."

"……?"

검을 꺼내 든 팽가 무인들이 움찔했다.

이놈들, 뭔가 이상하다!

"이, 이놈이 대체… 헉!"

스멀스멀.

다시금 호통으로 위엄을 회복하려 했는데, 때마침 중년인 소매에서 조그만 거미 하나가 슬슬 기어 나왔다.

한데 소매뿐만이 아니었다. 어깨, 팔목, 목 언저리, 허리와 바짓단 아래에서까지 수백 수천 마리가 물결처럼 기어 나오는 것이다.

스멀스멀. 스멀스멀. 스멀스멀. 스멀스멀. 스멀스멀. 스멀스멀. 스멀스멀. 스멀스멀. 스멀스멀. 스멀스멀.

"허억!"

"끌끌. 괴독(傀毒)이 또 먹을 것이 있다고 아가리를 벌리기는."

녹색 두건을 두른 중년인이 손으로 다시 소매에 집어넣고는 말했다.

"어, 미안하오. 이놈들이 일 장 이내에서 사람 냄새만 맡으면 환장하는 인면지주들이라."

"이, 인면지주(人面蜘蛛: 사람 얼굴 형상을 한 거미)?"

팽가 무사는 식겁했다. 사람의 인육을 뜯어 먹고 몸속에 침투해 골수에 알을 낳는다는 흉악무도한 괴물이 아닌가.

그런 놈 수천 마리를 몸에 감고 있는 눈앞의 중년인은 마두보다 더 위험한 흉신 악살이었다.

"어. 너무 신경 쓰지 마시오. 가까이 가지만 않으면 충분히 통제할 수 있으니. 한데 뭐 하러 오셨우?"

저벅.

후다닥!

중년인이 물으며 한 발짝 다가오자 팽가 무인들은 반사적으로 물러섰다.

"우, 우리는……. 젠장!"

그러고는 급히 뒤돌아 달려 나가 붉은 견장을 하고 있는 무인 앞에서 몸을 떨며 보고했다.

꿀꺽!

"이, 일단 기다리자."

그들의 수장도 침을 삼키며 부하들을 뒤로 물렸다. 심지어 고개마저 돌렸다. 보기만 해도 끔찍한 꼴들이었던 탓이다.

*　　　*　　　*

"정말 당가요?"

문틈에 서서 죽립으로 얼굴을 가린 팽오운이 물었다.

뒤쪽에는 네 명의 죽립 무사가 서 있었고 그의 옆에 있던 팽인호가 고개를 끄덕이고 있었다.

"저기 저 노인 보이십니까?"

팽인호가 손가락으로 한쪽을 가리키자 팽오운의 시선에, 돌담에 앉아 있는 노인이 보였다.

"노천이라 합니다. 장씨세가가 본 가에 머물 때 그 집의 장련을 치유한 자지요. 그가 데리고 오고, 독물을 다루는 이들이라면 당가 외에 뭐가 있겠습니까?"

뻑뻑.

담배를 물며 여유롭게 자신들을 바라보는 노인. 노천이 빙긋 웃는 것이 보였다.

팽오운은 미간을 찌푸렸다.

"내가 처리하지."

철컥.

팽오운이 검 자루에 손을 가져가며 한 발짝 움직였다. 뒤에 있던 죽립 무사들도 기다렸다는 듯 검 자루에 손을 대며 움직이는 동작을 취했다.

"안 됩니다."

하지만 팽인호가 그의 앞으로 한 발 나서며 제지했다.

"일 장로, 날 무시하는 게요?"

"일단 이야기나 듣고 가시지요. 저기 꼽추 노인 보이십니까?"

팽인호는 잔뜩 일그러진 얼굴로 말을 이었다.

"사천 사람이면서도 운남(雲南), 섬서(陝西) 지역에까지 악명을 떨친 잡니다. 바로 당문의 중사당주, 우독패왕(雨毒霸王) 당의명입니다."

"오, 오독패왕……!"

팽오운이 눈을 부릅뜨며 팽인호를 노려보았다.

패왕이라는 칭호는 강호에서 오직 세 명에게만 주어지는, 백대고수 중에서도 특별한 능력을 가진 최상위 실력자들에게 붙는 칭호였다.

그는 일전에 사파의 무리라는 이유로 하루아침에 이백여 명을 몰살시키고, 길 가는 데 거슬린다는 이유로 횡련산(橫連山)의 도적떼를 전멸시켰다. 심지어 술 마시는 데 거슬린다는 이유로 백주대낮에 백여 명의 암흑가 사내들을 물속에 수몰시켰다. 이 때문에 정파이면서도 반쯤 사파로 분류되는 지독한 성정의 백대고수였다.

"그 옆의 유독 상완이 굵은, 팔짱 낀 노인. 그가 암흑생사신(暗黑生死神)입니다. 사흑련(四黑聯) 사건을 아시지요?"

"아……."

팽오운은 등골에 땀방울이 흐르는 느낌이 들었다.

사천과 하북은 워낙 거리가 있어 강호의 모든 소식을 듣기는 힘들다. 그럼에도 사흑련 사건은 똑똑히 기억할 수밖에 없었다.

이십여 년 전, 한때 세외에서 조직된 대대적인 사파들의 무리가 남으로 창궐한 적이 있었다. 그중에 사천까지 겁 없이 쳐들어간 이들이 멸흑(滅黑), 혈흑(血黑), 비흑(祕黑) 그리고 대흑(大黑)으로 편성된 사흑련.

암흑생사신은 그 일당 이백칠십오 명을 혈혈단신으로 격파한 당문의 귀재다. 사파 무리의 반절을 혼자서 박살 내놓고 그는 '가져온 암기가 부족해서 도망친 놈들을 다 못 잡았다'라고 한탄한 것으로 유명하다.

"마지막으로 저기 저 허허 웃는 중늙은이는 당의비. 당문의 조쇄당주로, 모든 당문의 제단과 거기에 올리는 향을 맡는다고 알려져 있습니다. 그 옆에 시립한 자는 당유호, 당성호. 당주 다음의 전주급이군요. 저 정도면 당문 주력의 칠 할가량입니다."

"당문에서 피우는 향이라……."

팽오운은 이제 더 이상 호기를 부리지 못했다.

이미 보이는 백대고수만 해도 다섯이 넘는다. 그것도 검도나 권도가 아닌 독과 암기를 다루는, 지독하게 까다로운 자들이다.

지금 저들 주위에는 그냥 보아도 색이 심상치 않은 풀, 나무 그리고 대체 어디에 속하는 것인지 모를 벌레와 뱀, 도마뱀 등이 우글거리고 있었다.

"…이길 수는 있을 겁니다, 하지만 살아남을 수 있을지는 장담할 수 없습니다."

"으음."

팽오운은 처음으로 팽인호에게 고맙다는 마음까지 들었다.

팽가의 힘이 저들에게 밀리리라는 생각은 결코 하지 않는다. 하지만 일단 붙어서 이긴 팽가의 무인들은, 당장 며칠 후의 생존도 보장하기 힘들리라.

"대체 무슨 짓을 벌이려고 온 것인지……."

"일단 대화를 해보겠습니다."

팽인호는 잠시 냉정을 찾고는 웃으며 걸어갔다.

* * *

"이거 오랜만에 뵙습니다, 당의수(唐意秀) 어르신. 아, 노천 선배라고 불러야 합니까?"

중사당 당주 당의명이 물러간 뒤 장죽을 꼬나물고 있던 노천에게 팽인호가 가서 읍을 했다.

노천은 다행이라면 다행이랄지, 다른 막사에서 조금 떨어져 있었다. 주위에 독물도 별로 없었기에 팽인호는 조심조심 걸어간 뒤에 바로 맞을 수 있었다.

"뉘시더라?"

노천이 죽대를 툭툭 치고는 고개를 들어 올렸다.

"팽가의 장로직을 맡고 있는 팽인호라고 합니다. 과거 본 가를 방문해 주셨는데 그때 인사를 드리지 못했군요."

노천이 눈을 희번덕이며 뜨더니 고개를 끄덕였다.

"아, 그때 눈알 한번 시원하게 잘 굴리던 그 젊은이?"

스륵.

뒤에 떨어져 지켜보던 죽립 무사들이 움찔했다. 팽오운 역시 불쾌한 표정으로 변해 있었다. 어떻게 보아도 일가의 장로를 상대로 하기엔 심히 도발적인 발언인 것이다.

"허허허. 노 선배께서 보기에는 저 같은 무명소졸은 그냥 젊은 놈이 맞지요. 한데 이번엔 어인 일로 당문 식구들을 데리고 오신 겝니까. 듣기로 강호를 은퇴하셨다는 얘기가 있던데 말입니다."

"갈 데가 딱히 없어서. 여기저기 유랑 좀 하다 보니까 살기 딱 좋더군."

"살기 좋다라……. 맞습니다. 당연히 살기 좋을 수밖에요. 이 땅은 팽가의 기상이 스며 있는 곳이니까."

"아, 그래?"

노천이 천연덕스럽게 말하자 팽인호의 미소에 살짝 실금이 갔다.

'못 알아들은 겐가?'

분명히 '팽가의 기상이 스몄다'라고 말했다. 이 땅이 팽가의 세력임을 우회적으로 표한 것이다. 그런데도 '그래서 어쩌라고?'라는 투라니.

팽인호는 좀 더 직접적으로 의사를 표명하기로 했다.

"…그리고 마침 이 길은 저희 팽가의 정문 앞입니다. 지금 하시는 것이 당문의 행사인지 아닌지 정확히 밝혀주시겠습니까?"

"당가? 아, 그렇군. 아직 소문이 안 갔나 보군."

이제 노천은 씨익 웃으며 말했다.

"우리 파문당했다."

"…예?"

"그래서 새집 찾다 보니 길목 좋은 곳에 자리 잡은 거야. 뭐, 우린 적당히 안빈낙도를 찾아 쉬는 중이니 괜히 수선 떨 것 없어. 연회니 뭐니 열어준다고 귀찮게 굴지 말고."

빠직!

태연자약한 노천의 말에 팽인호는 힘줄이 돋았다. 안빈낙도를 찾을 것이면 산속에나 들어갈 것이지, 유동 인구 많은 무가의 대문 앞에 왜 자리를 잡는가.

게다가 연회라니? 불청객에 불한당인 이들에게 팽가가 연회를 왜 베풀어줄 것처럼 말하는가!

"노천 선배! 그게 지금 말이 되는……."

"큰일 났습니다!"

팽인호가 목소리를 채 높이기도 전에 한 명의 중년인이 달려왔다.

"무슨 일이냐?"

"뱀 몇 마리가 어디 갔는지 모르겠습니다."

"뭐? 어떤 놈인데?"

"남비살(南飛殺)입니다! 일급 독이라 한번 물리면 세 발을 걷기 전에 숨이 멎고, 칠공(七孔: 눈, 귀, 코, 입)에서 피를 토하며 살이 썩어 들어가는 겁니다!"

"헉!"

팽인호의 얼굴이 사색이 되었다.

"움직이지 마! 너희들도 모두!"

뒤이어 노천의 호령이 떨어져 내렸다. 그 앞에 있는 팽인호는 물론이고 뒤에서 멀뚱히 서 있던 팽가의 무인 수십 명을 향해서도.

"한 발짝도 움직여선 안 돼! 흙을 뚫고 빠르게 움직이는 놈이다! 절대 움직이지 마! 물리면 책임 못 져!"

"……."

팽인호의 얼굴이 썩어 들어갔다. 뭐라 항변도 못 하고 졸지에 상황이 심각하게 변해 버렸다. 뿐만 아니라 몸에 해독제나 피독주를 가지지 못한 팽가 무인 수십 명은, 그렇게 삽시간에 인질 아닌 인질이 되어버린 것이다.

*   *   *

"차, 찾았습니다!"

막사 쪽에서 발이 묶여 있던 팽가 사람들을 구원하는 소리가 들렸다.

뚱뚱한 체구의 중년인이 녹색 반점의 뱀 두 마리를 손으로 잡고 소리치고 있었다.

"어? 찾았어?"

툭툭.

노천은 연초를 툭툭 털며 멋쩍게 웃어 보였다. 아쉬운 건지, 다행인 건지 다소 애매모호한 말투였다.

"감사합니다."

팽인호는 경직된 몸을 서서히 풀며 읍을 해 보였다.

그를 올려다본 노천의 눈매가 좁아졌다.

'이 녀석… 여간내기가 아니구먼.'

곤욕스러운 상황이 잇달아 벌어졌다. 그런데도 팽인호의 표정은 처음과 그다지 차이점이 없었다. 자신의 본가 앞에서, 그것도 무사들이 지켜보는 가운데서 이런 일이 일어났는데도.

"아무래도 노 선배께서 적당히 하실 생각이 없으신 걸 보면요."

하지만 앙금이 남아 있는 것은 확실해 보였다. 말투 속에 가시가 서려 있는 것을 보면.

"노 선배의 의중을 안 이상 팽가도 그에 대한 답을 드리도록 하겠습니다."

스윽.

말을 끝으로 팽인호가 자세를 풀며 발길을 돌렸다.

"장씨세가에 최후통첩을 했다지?"

"……"

뚫어져라 노천이 바라보자 팽인호가 걸음을 멈추며 다시 그에게로 시선을 돌렸다.

"적법한 절차를 무시하고, 맹도 부족해서 군과 정사지간의 잡졸들까지 끌어들이다니? 정도의 무림세가가 하는 모양새치고는 지켜보기 힘들군."

스윽.

노천은 팔짱을 끼며 말을 이었다.

"그렇게 해서 팽가는 무엇을 얻으려고 하는 게지?"

"…그건 곧 아시게 될 겁니다."

팽인호의 대답에는 미미한 살기가 숨겨져 있었다.

하지만 노천은 픽 웃으며 또다시 뒤돌아서려는 팽인호의 발길을 붙잡았다.

"들보 위에는 군자가 있는 법이라지, 아마."

멈칫.

팽인호의 미간이 서서히 좁아졌다. 그가 말한 의미의 고사성어가 생각난 것이다.

'양상군자(梁上君子)……'

흔히 도둑을 가리키는 표현을 일컫는 말이다.

한데 지금 상황에 비춰 생각해 보면 묘하다. 결국 팽가가 집을 비웠을 때 무슨 일이 일어날지 조심하라는 의미와 진배없지 않은가.

"지금 저희를 협박……."

"이게 무슨 소란이오!"

팽인호가 고함치려는 순간 정문에서 익숙한 목소리가 들려왔다. 훤칠한 체구에 수려한 용모를 가진 귀공자. 취임식만 앞두고 있을 뿐, 팽가의 현 가주나 다름없는 대공자 팽가운이었다.

"이것들은 다 뭐요? 일 장로, 거기서 뭐 하고 있소?"

정문 앞에 세워진 임시 막사를 본 그는 팽인호 앞으로 다가왔다.

"또 보는구먼."

"어, 어르신?"

팽가운이 멈칫하더니 노천 쪽으로 방향을 틀며 급히 예를 표했다.

"오랜만입니다. 여긴 어쩐 일로 오신 겁니까?"

"일이 있어서. 잘됐군. 마침 자넬 만나서 전할 게 있었는데."

"예?"

살짝 눈살을 찌푸리는 팽가운에게 노천은 피식 웃어 보였다. 생각해 보면 장씨세가에서 참 터무니없는 일을 맡았다 싶어진 것이다.

＊　　　＊　　　＊

"불렀다면서?"

보름 넘어 들른 장씨세가에서 노천은 은밀한 부름을 받았다. 환한 얼굴에 반가움을 가득 담은 채 장련은 자리에 앉아 미소 지었다.

"소녀는 이만 나가보겠습니다."

서혜가 자리에서 일어섰다.

곧 장씨세가의 가주 대리와 당문의 대표가 탁자를 사이에 두고 마주 앉았다.

"시간이 없으니 바로 본론으로 들어가자. 삼천의 군세가 오는 중이라지?"

노천이 당가의 파문(?)자들을 이끌고 나왔을 때, 강호상에 돌던 이야기였다. 지부대인이 일으킨 삼천의 병력이 장씨세가를 향하고 있다고.

그 때문에 노천은 사천에서 하북까지 정신없이 주파하며 달려왔다.

"걱정하지 마라. 이 늙은이가 데리고 온 애들은 하나같이 당문의 정예다. 무림 고수도, 강호인도 아닌 관의 군사 따위, 이쪽에는 얼씬도 하지 못하게 할 게다."

호탕하게 장담하는 노천에게 장련은 밝은 얼굴로 끄덕였다.

노천의 신분과 그의 말로 볼 때, 사천당문이 어떤 태도를 취한 것인지는 바로 알 수 있었던 것이다.

"위치만 알려다오. 그래, 언제쯤 오는 게냐?"

"어르신, 말씀은 감사하지만 그 일은 이미 종결되었습니다."

"조, 종결? 벌써 쳐들어온 게냐?"

"그게 아니라… 군대가 회군하였습니다."

장련은 고개를 저었다.

"회군이라고? 곧장 쳐들어올 것 같더니 왜?"

노천은 분명히 들었지만 이해를 못 해 되물었다.

"소녀도 어떻게 된 건지 자세히 알진 못합니다. 서혜 소저에게 보고만 들었을 뿐. 아마도 무사님이… 무사님께서 뭔가 손을 쓰셨겠지요."

장련의 말끝에 잔잔히 떨림이 어렸다.

그녀는 처음 그 얘길 전해 들었을 때 눈물부터 흘렸다. 믿지 않았지만 너무 절실했기에, 설령 거짓이라고 해도 누군가 그런 얘길 해줬다는 것에 감사했다.

하지만 사실이었다. 회군한다는 얘길 서혜뿐 아니라 다른 사람 입으로도 들었으니까.

"광휘 그놈이… 삼천 군세를? 허, 말도 안 되는……. 아니, 그럴 수도 있겠군, 그놈이라면. 끌끌끌!"

노천이 호탕하게 웃어 보였다.

기껏 설레발쳐서 당문의 최정예를 끌고 나왔더니 이미 시일이 늦어 주책만 부린 꼴이 되었다.

그게 또 묘하게도 기분이 나쁘지 않았다. 장담하던 자신조차 군병 삼천이라면 내심 긴장했을 터였다. 한데 아예 일부터 저질러 놓고 보는 저놈의 성질머리는, 오히려 호쾌하기까지 했다.

"소녀가 부탁이 하나 있습니다. 어르신께서 데려오신 이들은 당문의 고수들이지요?"

노천이 잠시 느긋해지자 이번엔 장련이 질문을 해왔다.

"하면 지금 즉시 팽가로 가주실 수 있겠습니까?"

"팽가로? 곧 쳐들어올 가문에 왜?"

"소녀가 하나 궁리한 것이 있습니다."

탁.

장련은 미리 준비해 두었던 함을 열어 낡은 책 하나를 꺼내 보였다.

"오호단⋯⋯. 오호단문도!"

벌떡!

별생각 없이 앉아 있던 노천이 기겁해서 벌떡 몸을 일으켰다.

"팽가는 지금 사면초가에 빠져 있을 겁니다. 남궁과 청성이 지지를 철회했고 정사지간의 수장들이 죽어 병력이 분산되었지요."

달칵. 따각!

노천이 서책을 본 것을 확인하고, 장련은 다시 목함을 닫고, 거기에 단단히 봉인을 했다.

"이젠 팽가입니다. 병법에서 이르기를 적은 약하게 하고, 우리는 강하게 결집하는 것이 기본이라 했습니다."

"…분란을 유도하려는 목적인 게야?"

노천의 말에 장련은 살짝 부끄럽다는 듯 얼굴을 굳혔다.

그 난감해하는 모습에 노천은 피식 웃었다.

"참 재밌겠어. 상황이 어떻게 돌아갈지 말이야."

그는 장련이 오호단문도를 구한 경위를 묻지 않았다. 묻지 않아도 이미 어떻게 구했는지 짐작이 된다.

천중단. 과거 무림 최강의 부대.

그리고 광휘는 그 부대의 장이었다. 굳이 세밀하게 따지지 않아도 설명이 되는 것이다.

"그래, 누구냐?"

노천은 뜬금없이 물었다.

"팽가운 대공자께 건네주었으면 합니다."

장련이 즉각 대답했다.

"조건은?"

"없습니다."

"…없어?"

노천은 잘못 들은 게 아닌가 싶어 되물었다.

오호단문도는 하북팽가의 실전된 절기다. 이 비급을 그들에게 내미는 조건이라면, 지금의 일촉즉발의 분위기를 단번에 가라앉히고도 남음이 있었다.

당연히 노천은 '적대 행위 금지'라든가 '불가침조약' 같은 것을 예상했다. 하지만 장련의 말은 그의 예상과 전혀 달랐다.

"대가를 바라고 건네는 것은 선물이 아니라 뇌물이 됩니다. 이는 어디까지나 저희의 선물이어야 합니다."

"……"

"소녀는 팽가의 일 장로는 믿지 않지만 팽가운 대공자를 믿습니다."

노천은 탄식했다. 여린 여인에게서 이런 패기를 볼 거라곤 예상 못 했던 것이다. 어째 사람을 너무 믿는 게 아닌가 싶기도 했지만, 동시에 가슴이 울컥하게 만드는 '대의' 또한 들어 있었다.

"팽 대공자는 호협한 분입니다. 저는 그분을, 정확히는 그분을 그렇게 본 제 눈을 믿습니다."

*　　　*　　　*

달칵.

노천이 팽가운에게 목함을 내밀며 말했다.

"우리가 왜 왔는지 궁금하지? 이게 답이다."

팽가운은 말없이 목함을 보고는 인근 막사 안의 사내들 쪽으로 고개를 돌렸다.

바닥을 우글거리는 뱀과 독충들. 척 보아도 사천당문의 사람이다. 사천의 당문이 왜 여기에 온 건지 자신도 이해할 수 없었다.

"줄 때 가지고 가. 후회하기 전에."

목함을 내미는 이는, 팽가의 고명한 의원도 손대지 못한 독을 고친 노인.

그가 내민 함이 평범할 리가 없었다.

"알겠습니다."

"대공자, 받으면 안 됩니다. 혹시 독이라도……."

"일 장로, 이번 일에 대해 저와 할 얘기가 있지 않습니까?"

팽인호의 말을 일축하며 팽가운이 물었다.

팽인호는 얼굴을 일그러뜨렸다. 방금 벌어진 소동은 대공자 귀에까지 다 들어갔으리라. 근래에 있었던 나쁜 소식까지 생각하면 그가 어떤 판단을 내릴지, 생각하기도 괴로웠다.

"일단은 가십시다."

팽가운은 노천에게 장읍을 한 뒤 몸을 돌렸다. 불편한 시선으로 주위를 보던 팽인호도 곧 그를 따라 이동했다.

"스스로 부끄러움을 알고 물러가게 한다라……."

노천은 머리를 긁적였다.

오호단문도는 팽가의 정신이 담겨 있는 무공. 자신이라면 절대 이렇게 내주지 않았을 터였다. 괜히 상대를 믿어서 뒤통수를 내주는 건 위험하기 짝이 없으니까.

한데 장련은 오히려 무기로 쓸 수 있는 것을 상대에게 내밀어 아예 공격 의사를 없애려는 것이다. 팽가운의 사람됨을 알기에.

"무후(제갈공명의 시호)에게 유선을 부탁한 소열제(유비의 시호)의 방식이었던가? 거, 예쁜 처자가 은근히 무섭군."

음험하다기엔 애매한, 인의(仁義)가 있으면서도 의도가 담긴 아무나 할 수 없는 발상이었다.

노천은 고개를 절레절레 젓다가, 문득 든 생각에 막사를 향해 소리쳤다.

"밥 가져와! 밥은 먹고 해야 할 것 아냐!"

第二章

절호의 기회

"청성이 장씨세가에 도움을 약속했습니다. 그리고 남궁세가는 팽가의 지지를 철회했습니다."

산들바람이 부는 숲속 한편에서 광휘는 말없이 아래를 내려다보고 있었다.

구문중은 그에게 읍을 한 채 연이어 보고를 계속했다.

"노천이 데리고 온 당가가 장씨세가에 들른 뒤 팽가 쪽으로 향했다고 합니다."

"하면……."

"예. 시간을 벌 수 있을 듯합니다."

사사삭―!

수풀을 훑고 지나가는 바람 소리 속에서, 문득 훗 하는 웃음

소리 같은 것이 들렸다.

구문중은 살짝 고개를 갸웃했다. 피조차 흐를 것 같지 않던 단장이 피식 웃는 모습이라니, 뭔가 상상이 가지 않는 것이다.

"뜻밖의 일로 손을 덜게 생겼군."

"예. 지금이 호기입니다. 풀 속에 숨은 뱀을 꼬리까지 캐낼 수 있는."

구문중은 뿌득 이를 갈았다.

은자림, 선대로부터 백 수십 년 이어져 온 암중 세력. 언제나 잡을 수는 있었지만 마지막 한 발의 숨통을 끊을 기회가 없었다.

당시 천중단이 무림 최강의 세력이었을 때도 그런 기회는 번번이 놓쳤다.

한데 엉뚱하게도, 은퇴한 후 일선에서 물러선 야인이 된 지금 상황에서 오히려 놈들의 꼬리를 잡게 될 줄이야.

"시간을 벌었으니 배후를 좀 더 캐내보도록 하지."

획!

광휘가 몸을 돌렸다. 그리고 뒤쪽에 지어진 목옥으로 발길을 돌렸다.

* * *

끼이이익.

"슬슬 처우가 정해졌는가?"

문이 열리자마자 도지휘사 장대풍이 힘없이 입을 열었다. 특별히 고문이라고 한 것도 없었지만, 그의 얼굴은 잡아 왔을 당시에 비해 몇 년은 더 늙어 보였다.

"네 공물 장부가 허술했다는 건 아나 보군."

처억, 처억.

광휘는 맞은편에 앉으며 말했다.

"아니, 그것 때문이 아니겠지."

도지휘사는 푹 숙인 고개를 들어 힘겹게 뜬 눈으로 광휘를 올려다보았다.

"너희들에게 뭘 건네주었든 결과는 같았을 게야. 어차피 난 너희 손에 죽을 운명이니까."

"왜 그리 생각했지?"

"왜 그렇게 생각했냐고?"

도지휘사가 킬킬킬 웃어 보였다. 하지만 기력이 없는지 웃음소리가 그다지 크지 않았다.

"이봐, 장씨세가 호위무사. 네 눈앞에 있는 늙은이는 정계에 사십 년 동안 몸을 담아온 자다. 그것도 무공을 익히지 않고 살아온, 더럽고 역겹고 추악한 상황을 셀 수 없을 정도로 겪어 본 늙은이."

"……."

"삼천의 군세 속을 돌파하여 수백 명을 죽인 이유가 그저 돈 때문이라? 처음엔 나도 그렇게 믿으려 했었지. 너 같은 인물이 장씨세가를 돕는 이유도 납득이 되지 않았으니까. 그런데 생각해 보니 여러 가지 말이 안 되는 상황 속에서 이거 하나는 확실해지더군."

그는 비릿한 미소를 지으며 말했다.

"너희는 세상에 알려져선 안 되는 이들이란 것. 맞지?"

순간 광휘의 미간이 좁아졌다가 다시 원래대로 돌아왔다.

장대풍은 이제 긴 한숨을 내쉬며 지쳤다는 듯 고개를 뒤로 뉘었다.

"너희가 믿든 안 믿든, 내겐 은자림과 관련하여 더 실토할 것이 남아 있지 않다. 뭐, 남은 게 더 있다 해도 결과는 같았 겠지…… 난 죽을 테니까. 아닌가?"

"똑똑하군."

광휘는 눈을 감았다.

스스로 죽을 것을 아는 자. 그런 자가 과연 얼마만큼 실토를 할 수 있겠는가. 아니, 흔적이 있다 해도 얼마나 보여주겠는가.

"그럼 살 수 있는 방법을 생각해 보는 건 어떻겠나?"

도지회사 장대풍의 눈꼬리가 홱 올라갔다. 이미 자포자기한 마당에 자신을 놀리고 있다고 여긴 것이다.

"분명 자네가 언급한 그 단체, 은자림은 천중단이든 황제든 모두 쓸어버린다고 하지 않았나."

하지만 광휘의 말은 의미심장했다. 잠시 말을 곱씹어보던 장대풍은 눈을 빛냈다.

"무슨 말을 하고 싶은 건가?"

"단순해. 자네가 그렇게 말할 정도의 실력자라면 자네를 살려줄 수도 있을 것 같은데."

광휘의 시선이 장대풍에게 향했다. 그리고 이제껏 보이지 않았던 살기를 띠며 말했다.

"그들을 불러내 봐."

"……."

"자네를 지켜줄, 당신이 아는 최고의 고수를 불러내 보라고."

*　　*　　*

장대풍은 고개를 들어 광휘를 뚫어져라 노려봤다. 말 속에 담긴 진심이 어떤 것인지를 묻는 것이다.

광휘는 그런 장대풍을 응시하며 입을 열었다.

"어차피 넌 죽어. 은자림과의 선을 유지한다면 우리 손에, 우리와 협력한다면 은자림 손에. 하나 우리를 죽여줄 고수를 불러낸다면 살 수 있을지 모르지."

"살 수 있을지도 모른다라… 크큭."

씨익.

말이 끝나기도 전에 장대풍이 입꼬리를 말아 올렸다. 이윽고 싸늘한 시선을 내보였다.

"너는 은자림을 아주 바보로 아나 보군."

"뭐?"

장대풍은 비웃음을 띤 채 광휘와, 뒤쪽에 서 있던 천중단의 인원들을 향해 눈짓했다.

"소수의 몇 명이 삼천 군세 속을 뚫고, 일개 성의 지부대인을 납치했다. 살아남은 자, 도망친 자, 주변에서 지켜보던 자 등 소문은 이미 지천으로 퍼져 나갔을 터. 그런 상황에서 내가 버젓이 살아난다면, 과연 그들이 믿을까?"

"그럼 그렇게 되지 않도록 수를 내든가."

광휘는 간단하게 정리했다.

장대풍이 어이없다는 듯 바라보았다.

"아니면 우리에게 협력하든가."

"상대가 은자림이라고 분명 내가 얘기했을 텐데?"

"이것 말고는 다른 방법이 없다."

결국 장대풍은 얼굴을 일그러뜨렸다.

그 역시 눈앞의 사내가 강하다는 것을 알고 있었다. 문제는 은자림이 삼천 군세와 금의위를 합친 것과는 차원이 다르게 강하고 위험하다는 것이다.

장대풍은 그들의 힘을 직접 목도했고, 그래서 어떻게 보아도 결론이 나오지 않는다고 판단했다.

"내 말이 추상적인가? 그럼 이해되기 쉽게 다시 설명해 주지."

광휘는 툭툭, 발끝으로 땅을 구르며 말을 이었다.

"너는 일단 우리를 너의 패거리에게로 데려간다. 우리가 죽으면 그걸 네 공으로 포장하면 되고, 저들이 죽게 되면 아예 우리쪽에 전력으로 협력한다. 이해했나?"

'……!'

도지휘사의 눈이 빠르게 돌아갔다.

확실히 간단히 정리해 보니 길이 명확해졌다. 일단 이 제안을 거부하면 자신은 여기서 살길이 없다. 다만 후일은 저들의 능력이 어느 정도냐에 따라 상황이 달라질 수도 있다.

"…자신감이 지나친 정도가 아니라 광오하군. 은자림은 단순히 고수의 무력이나 정계의 힘만 가지고 있는 단체가 아니다. 그들은 누구도 상상 못 할 끔찍한 무기를……."

"폭굉을 말하는 거라면 이미 알고 있다."

덜컥 하고 장대풍의 턱이 벌어졌다.

"그, 그걸 네가 어떻게… 아, 설마?"

그의 마지막 말은 비명에 가까웠다.

은자림은 철저한 점조직 성향이라 지부대인인 그도 모든 것을 알 수는 없었다.

하지만 드문드문 들어왔던 십여 년 전의 정보와, 눈앞의 괴물같이 강한 사내, 그리고 이들이 보이는 이상할 정도의 자신감이 무언가를 떠올리게 만들었다.

"은자림은… 황제와 그에게 협력한 무림 고수들에 의해 괴멸 위기까지 갔었지. 가끔 나오던 이름, 천중단! 그래, 그게 당신들이었어! 그래서!"

은자림은 한때 천하를 뒤집어엎을 정도의 세력과 힘을 가졌었다. 그러나 기록에도 남지 않는, 풍문으로만 존재하는 이상한 단체의 맹공격에 핵심 고수들을 모두 잃었다. 지금 되살아난 은자림은 전성기 때와 비교하면 큰 차이점이 있다는 이야기도 들었다.

그렇다면…….

"당신이… 당신들이 그때의 진짜 폭광을 없앴던 자들이군. 그렇지 않나?"

피식.

광휘는 웃기만 할 뿐 대답하지 않았다.

하나 장대풍은 알았다. 무언은 곧 긍정의 표현이란 것을.

＊　　　＊　　　＊

"한데 대체 일을 어떻게 하셨던 겁니까!"

팽자천의 집무실은 어지간한 중소 문파의 집무실보다도 단조로웠다.

문양 없는 탁자와 의자 네 개, 장식대에 놓인 기다란 칼 하나, 무늬 없는 벽지, 허리 높이까지 오는 단출한 수납장 두 개.

몇 달 동안 사용하지 않던 이곳에 오늘따라 세 사람이나 자리하고 있었다.

"믿고 맡겨달라 하지 않았습니까. 그래서 용인했습니다. 그런데 지금 이게 뭡니까! 남궁은 본 가에 대한 지지를 철회했고, 청성은 오히려 적대감까지 표출했습니다!"

팽가운은 마주 앉은 팽오운과 팽인호를 향해 노호했다.

그들이 시선을 회피하며 대답하지 않자 팽가운의 목소리가 점차 높아졌다.

"심지어 웬만해선 사천에서 나오지도 않던 당가까지 본 가

앞에 와서 시비를 걸고 있습니다! 일 장로! 오운 사형! 이제 어떻게 하실 겁니까? 대체 무슨 일들을 어떻게 하시고 계시는 겝니까!"

"……"

"그리고! 앞으로는 무슨 일들이 더 벌어지게 되는 겁니까!"

쾅!

화를 참지 못해 탁자를 내려친 팽가운.

팽인호는 말도 못 하고 침묵하고 있었고, 팽오운이 무겁게 입을 열었다.

"해결책은 그다지 어려운 것이 아닙니다. 원래 큰일이 성사되기 전에는 일을 꼬이기도 하는 법이지요."

"오운 사형! 지금 제 말을……."

"이제 와서 방향을 바꾸기라도 해야 한다는 말씀은 아니겠지요? 팽가가 한낱 당가 따위의 위세에 눌려야 한다는 말인지요?"

팽오운의 냉소에 팽가운의 표정이 더욱 일그러졌다.

평소 불편한 관계였던 직계와 처의 자식.

그가 하는 말이 의도적인 격장지계(激將之計)라는 것은 알고 있었다. 하지만 맞는 말이기에 더욱 분노했다.

"팽가의 위엄을 넘보는 이는 검으로 꺾을 뿐입니다. 그게 누구든."

"크……."

팽오운의 말에 팽가운은 고통스러운 신음을 흘렸다.

지금 팽가의 처지는 진퇴양난. 차라리 당문이 온건하게 단계를 밟아 중재를 권해 온 것이라면 그나마 물러설 수라도 있었다.

한데 그들이 몰려와 팽가의 앞에서 무력시위를 하고 있기에 더욱 물러설 수 없게 되어버렸다.

"하아……."

툭.

자리에 주저앉은 팽가운의 손에 딱딱한 것이 걸렸다. 반사적으로 시선을 돌려 보니 자그마한 목함이었다.

조금 전 노천은 목함을 건네며 그렇게 말했다.

이 안에, '답'이 들어 있다고.

"…대공자?"

"잠시, 일단 열어나 봅시다."

탁. 스륵.

팽가운은 팽오운을 제지하고 목함을 열었다.

오래된 기름종이에 봉해진 봉인을 뜯어내자 서신 한 필과 작은 서책 한 권이 들어 있었다.

"이, 이……."

그 표지를 읽는 순간, 팽가운은 그 자리에서 굳어버렸다. 지금 자기 가문의 위기도, 신경 긁는 사형 팽오운도, 매사에 속을 알 수 없는 일 장로도 모두 잊어버릴 정도로.

"대공자, 어찌 그러시는지?"

그의 이상한 반응에 팽인호가 의아해했다. 팽오운 역시 눈을 가늘게 뜨고 유심히 그를 지켜보았다.

대공자 팽가운은 오들오들 떨며 신음처럼 말을 흘렸다.

"오호단……."

"……?"

촤라라락.

팽가운이 서책을 빠르게 펼쳤다.

처음부터 떨리고 있던 그의 동공이 점점 격렬하게 흔들리기 시작했다. 그 떨림은 얼굴, 그리고 책장을 넘기는 손에서 시작되더니, 이윽고 의자에 앉은 몸 전체까지 와들와들 퍼지기 시작했다.

"대공자!"

"이게, 이게 왜 여기……."

팽인호의 외침에도 팽가운은 정신 나간 듯 앓는 소리만 계속 흘렸다.

손에 검을 쥔 일곱 살 이후 이십육 년간 이날만을 기다려 왔던 팽가운이다. 수도 없이 상상하며 가문의 성세를 되찾는 날을 꿈으로만 그려왔다.

탁. 차락.

힘을 잃은 그의 손에서 서책이 떨어져 내렸다.

이제나저제나 하고 기다리던 팽인호와 팽오운의 눈이 서책의 낡은 표지로 향했다.

"오호단문도… 오호단문도!"

서책을 본 팽오운의 비명이 터졌고, 팽인호는 숨조차 못 쉬고 입을 틀어막았다.

수십 년 동안 한때 가문의 힘이었고, 꿈이었던 팽가의 모든 정화. 팽가를 대표하는 무공으로 실전된 무공 오호단문도.

그것이 지금 그들의 눈앞에 있었던 것이다.

—연이 닿아 구한 것입니다. 원래 팽가의 것이니 팽가에 돌려 드리는 것이 도리에 맞을 터.

이는 어떤 대가를 바라고자 함이 아닙니다. 부디 귀 가문의 홍복을 빕니다.

—장씨세가 가주 대리 장련

촤라락!

팽가운이 장련의 서신을 살피는 동안 팽오운은 급히 비급을 펼치기 시작했다. 확인하기 위함이었다.

정녕 이것이 팽가의 것인지, 혹은 거짓인 것인지.

"이게 어떻게……."

그리고 짧은 시간 빠르게 읽어 내린 팽오운의 눈이 찢어질 듯 커졌다.

서책의 제목 그대로였다. 본문에 전해지던 오호단문도의 원형, 뿐만 아니라 이미 실전된 오십구 초부터 육십사 초까지.

그 기록은 너무도 상세했고, 오호단문도 특유의 패도적인 기상까지 완벽히 일치했다.

심지어 그간 팽가의 인물들이 왜 이 부분을 잃게 되었는지,

어느 초식에서 어떤 움직임을 보여야 하는지에 대한 주해까지 달려 있는 그야말로 완벽한 오호단문도였다.

"혹시 이걸 수록한 분이?"

"팽진운… 백부의 필체입니다."

팽가운의 말에 일 장로는 눈썹이 파르르 떨렸다.

팽가 수백 년 역사에서 가장 뛰어났던 오호단문도의 주인.

그 사람 자체가 팽가라 불리었던 이의 마지막 심득이 담긴 비급인 것이다.

"허어……."

팽인호는 일전에 당상관이 한 말이 떠올랐다.

광휘. 천중단을 이끌었던 단장.

이 비급은 왠지 그자와 밀접한 관계가 있을 것 같았다.

쾅!

"이건! 이건 말도 안 됩니다!"

팽오운은 즉각 자리를 박차고 일어섰다.

팽가의 보물이 제자리로 돌아온 것은 더할 나위 없는 홍복이었다. 하지만 그는 결코, 이 일이 기쁘게만 느껴지지 않았다. 이건 지금 여기서 말도 안 되는 방식으로 받게 될 물건이 아니었으니까.

"소가주! 이건 이상한! 굉장히 이상한 일입니다! 저놈들이 본가의 비급을 왜 가지고 있는 겁니까? 그걸 하필 지금! 지금에 와서 선심 쓰듯 건넨 것은 또 무슨 이유입니까! 분명… 분명 뭔가 위험한 암계가……."

"오운 사형, 좀 진정하시지요."

"소가주! 지금 진정하게 생겼습니까? 이건 오호단문도, 오호단문도란 말입니다!"

"진정하라고 하지 않습니까! 이는 가주 대리로서의 명령입니다!"

쩌렁쩌렁 목소리를 높이는 팽가운.

팽오운은 으득, 이를 악물었다. 가주 대리라는 직함을 언급한 이상 팽가운의 말을 거역할 수는 없었다. 하지만 오히려 그것이 지독한 모욕감으로 돌아오고 있었다.

"일 장로, 무슨 말이라도 해보시오! 이게 대체 무슨 일인지! 장씨세가 놈들이 무슨 더러운 암계를 꾸미는지! 당신은 알 것 아니오!"

화를 참지 못한 팽오운의 사나운 눈이 팽인호에게로 돌아갔다. 그리고 멈칫했다.

"…팽 장로?"

원래라면 여기서 자신보다 더 날뛰어야 할 팽인호가 눈을 붉히고 있었다.

툭. 주르륵.

온 얼굴에 주름이 가득한 그의 턱을 타고, 의미를 알 수 없는 눈물방울이 떨어져 내렸다.

"이익……! 소가주! 난 저들이 분명 불순한 의도가 있을 거라 봅니다. 똑똑히 생각하십시오. 왜 하필 지금인지! 그놈들이 이걸로 무슨 짓을 꾸미려고 하는지! 나는! 어떤 경우에라도 저놈들과 끝장을 볼 것입니다!"

쾅!

팽오운은 말과 함께 곧바로 방을 나갔다.

지독한 혼란, 그리고 시기와 질투. 팽가에 오호단문도가 돌아오게 된 것에 순순히 기뻐하지 못하는 그였다. 그런 감정은 팽가운 역시 이해 못 할 바가 아니었다.

"일 장로 생각은 어떻습니까? 정녕 저들이 불순한 의도로 이것을 줬다고 생각하십니까?"

의도가 있다고 해도 대체 무슨 의도일까.

이것을 자신들에게 돌려주는 것으로 장씨세가는 무슨 이득을 얻게 되는 것일까.

팽가운이 이해할 수 없는 것은 바로 그 부분이었다. 자신이라면, 자신이 장씨세가의 가주였다면 절대 하지 않을 지나친 호의에 혼란스러울 수밖에 없었던 것이다.

"오호단문도의 비급이 우리에게 어떤 의미인지 정말 모르십니까? 일 장로, 무슨 말씀이라도 좀 해주십시오."

"…제게."

한참을 넋 나간 표정으로 앉아 있던 팽인호가 느릿하게 고개를 들었다.

"이 노신에게 시간을 좀 주시겠습니까."

"일 장로, 지금 시간이……."

팽가운은 뭐라 하려다가 이내 포기했다.

혼란, 격동, 분노, 좌절 그리고 회한까지. 팽인호의 얼굴에는 온갖 감정이 섞여 회오리치고 있었다. 지금 들어봤자 무슨 말인지도 모를 횡설수설만 나오고 말리라.

또한 지금 이 일은 한마디로 끝낼 사안도 아니었다.

"알겠습니다. 원하시는 대로 시간을 드리겠습니다. 부디 본가의 앞날을 위해, 심사숙고하시고 좋은 판단을 내려주시길 바랍니다."

탁. 드륵.

팽가운은 품에 오호단문도의 비급을 챙겨 넣고 조심스레 바깥으로 나갔다. 이제 팽자천, 죽은 가주의 집무실에 남은 것은 팽인호 혼자뿐이었다.

"오호단문도……."

팽인호의 얼굴이 죽은 사람처럼 검게 굳어갔다.

하북제일가로 자부하던 팽가가, 위험한 이들과 손을 잡게 된 계기. 그건 바로 지금 그들이 본 오호단문도 때문이라 해도 과언이 아니었다.

"인호야."

"예, 가주."

"너는 우리 팽가의 힘이 어느 정도라 생각하느냐?"

"당연히 강호에서 다섯 손가락에 꼽히는 무가입니다."

"후후. 그러하냐? 내가 보기엔 오대세가 중 겨우 말석이나 면하고 있거늘."

"가주! 말씀이 지나치십니다! 우리는 팽가입니다! 오호단문도는 단언컨대 중원 제일 무가도 될 수 있는……."

"그 오호단문도가 지금 불완전하지 않느냐."

몇 년쯤 되었을까.

희귀병을 앓기 전, 가주 팽자천은 오호단문도를 언급한 적이 있었다. 현 팽가에 남아 있는 오호단문도는 원형에 채 미치지 못하고 있는 것을.

자그마치 백오십여 년 전 팽가가 내우외환에 휩싸여 가문의 절기를 거의 잃어버리게 되는 사건이 있었다.

그 뒤로 하북의 호랑이들은 절치부심하며 잃었던 선대의 유산을 차곡차곡 되찾아왔다. 강호에 출타하지 않고 거의 봉문하다시피 하여 재건에 힘썼다.

그 노력의 집대성으로 오호단문도의 연구는 막바지에 다다랐다. 바로 팽설웅과 팽진운, 팽가에서 다시 보기 힘든 불세출의 두 기재 덕분이었다.

하지만 그 두 기재는 본인들의 심득을 채 전수하지도 못하고 사라졌다.

바로 맹에서, 천중단이라는 말도 안 되는 끔찍한 임무를 맡은 이들 사이에서 허망하게.

"인호야, 너는 왜 팽가에서 오호단문도가 중시되고 있는지 알고 있느냐?"

"팽가 내 최고의 무공이기 때문이 아니겠습니까?"

"맞는 말이다. 하지만 그것보다 더 중요한 이유가 있지."

"예? 그게 무엇입니까?"

"오호단문도에는 팽가의 모든 무공을 관통하는 뼈대, 즉 무공의 기반이 되는 정수(精髓)가 스며들어 있다. 대표적인 내공심법인 건곤미허신공(乾坤彌虛神功)부터 시작해 보법인 어기신풍(御氣神風), 권법인 파갑추(破甲錘), 각법인 철혈백사십팔퇴(鐵血百四十八腿), 또 다른 최상승 무공인 왕자사도(王字四刀)까지. 무공의 기초가 바로 실전된 오호단문도 속에 녹아 들어가 있는 것이다."

"아!"

"그렇기에 아쉬운 것이다. 어떻게든 그 두 분 형님이 익히고 계셨던 것을 되찾을 수만 있다면… 다시 제일 무림 세가로 우뚝 설 수 있을 터인데."

팽자천은 끝까지 그 아쉬움을 풀지 못하고 결국 타계했다.

두 팽가의 영웅이 천중단에 들어갈 기일을 조금만 늦췄어도 팽자천의 말년이 그토록 쓸쓸하진 않았을 터였다. 그게 아니라 하더라도 이것을 조금만 더 일찍 찾았더라면…….

"가주… 노신은 모르겠습니다, 이제, 이제 뭘 어떻게 해야 할지 모르겠습니다."

팽인호는 고개를 숙였다.

죽어가던 가주가 입에 달고 살았던 말이 그의 마음을 움켜쥐고 있었다.

팽인호의 주름진 눈에서 다시 한 방울의 눈물이 흘러내렸다.

"어찌해야 합니까, 이 늙은이는……. 지혜롭다고 자만하였거늘, 천지도 모르는 천둥벌거숭이였습니다. 결단이라 생각하였거늘 하나하나 본 가를 암흑으로 몰아갔습니다. 가주, 듣고 계시옵니까. 이제 제가, 이 늙은이가 대체 무엇을 해야 할지 도통 모르겠습니다."

위험한 자들과 손을 잡으며, 죄 없는 줄 알면서도 이익을 위해 타 가문을 치며, 그렇게 해서라도 외적으로나마 가문의 부흥을 이끌어 내려 했다.

그런데 마치 '그럴 필요 없었느니라'라고 가주가 응답하듯 이것이 나타났다.

오호단문도의 귀환.

이제 팽가는 군이 외적인 팽창을 할 필요 자체가 없어졌다. 완전하지 못했던 도법을 다시 바르게 하고, 고된 수련을 통해 무인을 단련하기만 하면.

딱히 더러운 짓을 하지 않아도 천하제일 무가라는 이름은 스스로 팽가에 돌아오게 될 터였다.

팽인호는 이제 극심한 혼란과, 이제껏 그가 해온 모든 일에 대해 회한을 느끼고 있었다.

"여기 계신다고 듣고 왔습니다."

"누구?"

드르륵.

갑작스러운 인기척에 팽인호가 문 쪽으로 고개를 돌렸다.

그곳엔 하북 도성에 있어야 할, 훤칠하게 차려입은 젊은 청년이 부채로 얼굴을 가린 채 눈웃음을 치고 있었다.

과거에는 조정의 사관, 지금은 운 각사인 바로 그였다.

*   *   *

팽인호의 거처로 이동한 둘은 서로 마주 앉았다.

쪼르르륵.

하인이 따라주는 찻물이 찻잔에 잠겼다.

그가 한 발짝 물러날 때쯤 운단서가 조심히 받아 들며 말했다.

"철관음을 좋아하시는 건 여전하군요."

팽인호는 가볍게 눈썹을 찡그렸다. 상대와는 껄끄러운 관계도 아니지만 선호하는 차에 대한 이야기를 나눌 만큼 친한 사이도 아니었다.

달그락.

팽인호는 찻잔을 내려놓으며 의도적으로 거리를 두었다.

"삼 년 전, 조정에서 당상관과 함께 본 이후로 처음이지요?"

"벌써 그리되었군요."

스읍.

다시 차를 한 모금 마신 뒤 느긋하게 음미하는 운단서.

그를 바라보는 팽인호의 눈빛에 살짝 이채가 어렸다.

'색목인이라……'

관모에서 힐끗 드러나는 갈색 머리카락.

그중 팽인호의 시선을 자극하는 것이 바로 눈동자였다. 중원인과 달리 푸르스름한 빛을 띠는 그 눈은 몇 번 보아도 이질적이었다.

'외인(外人)이 조정에 들어가 사관까지 역임한 것을 보면 보통 비상한 인물이 아닐 터.'

삼국지에서도 강동의 손권이 벽안(碧眼: 파란 눈)을 가지고 있었다지만 그만큼 이족으로 괄시도 많이 받았다.

중원 사람이 아닌 세외의 인물이 조정의 기록을 담당하는 자리인 사관에 올라간 것은 전무후무한 일이다. 하물며 현 조정에서 오군도독부의 중요 보직에 배정된 자.

팽인호는 눈앞의 사내에 대해 경계심을 조금 더 유지했다.

"상황이 참 이상하게 흐르는 것 같습니다."

스윽.

운단서는 자연스럽게 다리를 꼬며 미소 지었다.

팽인호가 별다른 말이 없자 그는 채근하듯 말을 이었다.

"팽가를 지지하던 청성파와 남궁세가가 부정적인 입장으로 선회했더군요. 그건 그렇다 치더라도 출정 준비 중이던 화월문과 천외문이 몸을 뺀 것은 좀 이해하기가 어려웠습니다. 당가는 더 의외고요."

"큰일을 하다 보면 잡음은 나게 되어 있소. 조금 문제가 있긴 하지만 곧 마무리될 것이오."

"이미 여러 번 손을 써드리지 않았습니까. 개방의 개입도, 모용세가의 압박도. 맹의 조력은 예전부터 해왔던 것이고요."

"아시겠지만 모든 일이 엉클어지게 된 것은 장씨세가 호위무사, 그 때문이었소. 개방도 당가도 그만 아니었다면⋯⋯."

"팽가 때문이 아닙니까?"

팽인호는 순간적으로 눈살을 찌푸렸다.

"⋯그건 무슨 뜻으로 하는 말이오?"

날카로운 반응에 운단서가 웃으며 부드럽게 말했다.

"흥분하지 말고 한발 물러서서 생각해 보십시오. 팽가는 이제껏 장씨세가가 준비할 시간을 너무 많이 주었습니다. 최후통첩? 내가 팽인호 장로였다면 그런 것을 할 바에야 불시에 습격으로 몰아쳤을 겁니다."

운단서는 자연스럽게 자세를 풀며 말했다.

"상황이 시시각각으로 악화되는 중에도 진행이 너무 지지부진합니다. 애초에 당가에 역풍을 맞게 된 것이 그 때문 아닙니까?"

팽인호는 잠시 침묵한 후, 입을 열었다.

"팽가는 정도를 걷는 명문 세가요."

"⋯정도?"

이번엔 운단서의 표정에 미묘한 변화가 일었다. 그럼에도 팽인호는 계속 말을 이어나갔다.

"아무리 경우와 이치에 맞지 않는 일을 해도 최소한의 명분이 있어야 움직일 수 있소. 이것이 사파와 명문인 우리의 차이점이오."

"오호, 그렇습니까?"

팽인호가 고개를 끄덕이자 운단서가 피식 웃으며 고개를 저었다.

"그 정도란 대의가, 이제껏 팽가에 해준 게 뭐가 있을까 저는 궁금합니다만."

"이보시오, 운 각사."

"팽 장로, 그만 솔직해지십시오. 팽가는 지금 강호의 잡스러운 상계 가문 하나 처치하지 못하고 흔들리고 있지 않습니까."

운단서가 좌락 부채를 펼쳐 얼굴을 살짝 가렸다.

"명분에, 정도에, 지킬 것은 다 지키면서 싸울 정도로 여유가 있으시냐는 말입니다. 애초에 그럴 거라면 우리와 손을 잡은 이유가 뭡니까?"

"……."

"이것도 안 된다, 저것도 안 된다. 대체 언제 싸울 생각입니까. 십 년 뒤에나 한번 나서볼 생각이십니까?"

"말이 지나치시오, 운 각사!"

"정국을 읽으십시오, 팽가의 일 장로!"

팽인호가 언성을 높이자 운단서 역시 지지 않고 맞받아쳤다. 마주 보는 눈빛에 담긴 두 사람의 분노가 허공에 얽혀 들어갔다.

그 흥분 속에서 운 각사가 먼저 입을 뗐다.

"광휘란 자는 삼천의 군세를 단독으로 돌파해 도지휘사를 납치했습니다. 그 과정에서 금의위를 포함 천호장이 모두 죽었고 군사들도 무려 오백 명이 쓸려 날아갔습니다."

"뭣이……?"

팽인호의 눈동자가 크게 떨렸다.

이제껏 보고받은 내용에 없던 소식이었다. 단순히 도지휘사와 주변에 그를 보호하는 금의위만 제거된 게 아니란 말인가?

"그자는 보통 방법으로는 상대할 수 없습니다. 팽가가 모든 것을 걸어도 잡을까 말까 한 자란 말입니다. 이런 와중에 대의니, 정도니. 이런 걸 지키다가 오히려 팽가가……."

한층 강하게 말하던 운단서가 입을 다물었다. 하지만 팽인호는 그 뒷말을 충분히 알아들었다.

'군사 오백을 쓸어버리다니……. 대체…….'

그게 일개 무인이 가당키나 한 말인가?

"혼자는 불가능하오. 조력자가 있을 것이오."

팽인호가 확신하듯 말하자 운단서가 고개를 끄덕였다.

"저도 그리 판단합니다. 다만 그들이 누군지는 본 사람이 없으니 알 길이 없는 상황입니다."

팽인호는 이제 감정을 가라앉히고 고개를 끄덕였다. 운 각사의 말이 신랄하긴 해도 인정할 것은 해야 했다. 상대는 이제껏 본 적도, 들은 적도 없는 강자라는 것을.

"허허. 정세가 급박하다 보니 일 장로의 마음을 살피지 못하고 소관이 너무 언성을 높였습니다. 사과드리겠습니다."

운단서는 새삼 정중한 태세로 돌아서며 읍을 했다.

"그럴 수도 있지요. 나도 부족했소."

팽인호는 일단 표정을 풀었지만 그 내심은 밝지 않았다.

'이제부터가 본론이라는 이야긴가?'

그 역시 수백 년 전통을 가진 오대세가의 장로로 있는 자다. 운 각사의 저런 저자세는 더 심한 소리를 하기 전의 예의일 것이다.

"해서 팽가를 어떻게 도와줄지 고민하다 소관 나름대로 손을 썼습니다."

아나나 다를까, 팽인호의 예상은 들어맞았다.

"손이라면?"

"맹에서 천군지사대 삼 개 조를 추가로 파견하도록 했습니다."

"천군지사… 천군지사대?"

팽인호가 자리에서 벌떡 일어날 듯 몸을 움찔했다.

무영대(無影隊), 풍운검대, 만리비룡대(萬里飛龍隊)와 더불어 맹을 대표하는 천군지사대.

무림맹을 떠받드는 네 개의 조직 중 하나가 언급된 것이다.

"그렇습니다."

"이보시오, 운 각사. 풍운검대야 총관의 영향 내 있는 조직이지만 천군지사대는 맹주 관하에 존재하는 조직이오. 한데 어떻게 파견할 수 있단 말이오?"

팽인호는 또박또박 따졌다.

맹주 대리의 역할을 맡은 서기종. 무림맹 총관이 아무리 대단하다 하나, 그런 권한을 함부로 쓴다는 건 어불성설이다. 차후에 어떤 감당을 해야 할지 짐작도 되지 않으니까.

"총관은 현 대리 맹주입니다. 권한은 충분하지요."

"……?"

"결과적으로 그는 이유 있는 선택을 한 겁니다. 우리 편에 확실히 서겠다는 의미이지요."

운 각사는 여유 있게 웃었다.

풍운검대가 순찰의 임무를 띤다면 천군지사대는 무림맹이 하는 일에 반발하는 이들을 제압하는 자들이다. 당연히 실력은 구대문파의 장로급에 해당할 정도로 뛰어난 자들이 모여 있다.

알려지기로 천군지사대는 일 조(組) 이십 명씩, 총 칠 조로 이루어지는데 보통 맹주가 부릴 수 있는 권한은 삼 개 조였다. 즉, 삼 개 조만큼은 어떤 조항이나 규율에 얽매이지 않고 오로지 맹주의 권한으로 움직인다는 것이다.

"천군지사대가 오면 당가도 더는 버티지 못하겠구려."

팽인호는 확신했다.

육십여 명으로 구성된 천군지사대 삼 개 조가 온다면 당가도 물러서게 될 터였다. 정면충돌했다간 무수한 피해를 입을 것이고, 무엇보다 맹과 대놓고 척을 지는 것은 당문 입장에서도 바람직한 것이 아니다.

"화월문과 천외문은 수장들의 사망으로 잠시 혼란스러운 상황이 있었다고 하더군요. 곧 다시 온다고 했습니다. 이미 아시겠지만……."

운단서가 눈에 힘을 주며 말했다.

"맹에 맹주가 없는 이런 시기는 다시 찾아오지 않습니다."

그는 말이 끝나자 읍을 해 보이며 조용히 방을 나갔다.

쨍그랑!

팽인호는 그가 방문을 나가자마자 찻잔을 집어 던졌다. 이제껏 눌러왔던 분노가 기어이 터진 것이다.

"건방진 놈!"

팽인호는 부들부들 수염을 떨며 분노했다.

맹에서 온 사신을 맞을 때, 후원에서 장씨세가 호위무사에게 시비를 당할 때도 침착했던 그가 지금 이 순간은 인내하지 못하고 폭발했다.

"감히 우리 팽가를!"

팽가는 명가다. 힘이 있든 없든 상관없었다. 애초에 수백 년의 역사를 지내오며, 처음부터 힘을 가지고 열었던 가문이 아니었다. 무력하게 괄시당할 때도 있었고, 치욕과 홀대를 받은 때도 있었다. 그 길을 혈육의 피로, 그리고 눈물과 땀으로 개척해서 여기까지 온 명가다.

"네놈들이 보는 본 가는 결국 그 정도라는 말이었겠지. 운 각사… 결국 여기서 마각을 드러내는군."

운단서는 그 명가의 오래된 자부심을 폐지 조각처럼 쑤셔 박았다.

까드득!

팽인호는 이를 갈았다.

그가 관인들과, 그리고 은자림과 손을 잡은 이유는 힘을 원했기 때문이다. 그 힘을 원했던 이유는 하북팽가의 재건이었다.

그리고 또 하나, 부차적이긴 하나 명가로서 그냥 지켜볼 수 없는, 사도의 길을 걷는 자들을 말살하려는 속셈도 함께했다.

한데 이제 와서 그 자부심을 흙발로 짓밟고 힘을 얻으라고? 왜? 힘을 얻어서 무엇을 하라는 것인가.

"운 단서, 네가 모르는 게 하나 있어."

팽인호가 싸늘히 미소 지으며 말했다.

"내 모든 결정에는 너희들의 미래 따윈 없어. 오직 팽가의 부흥을 위한 선택일 뿐이지."

팽가 제일 장로의 눈은 그렇게 한참 동안이나 타오르고 있었다.

第三章

써리는 당가

무림맹.

어둠이 깊게 깔린 새벽, 교각을 끼고 있는 삼 층 전각의 창가에서 아직까지 희미한 불빛이 새어 나오고 있었다.

"정세가 참으로 어지럽구먼."

찻잔을 옆에 둔 서기종은 호롱불을 한참 바라보다 입을 열었다. 눈빛에 언뜻 비장한 기운이 감돌았는데 그리 오래가지는 않았다.

드륵.

무슨 생각이 깊은지 잠시 고개를 젓던 그가 다시 창가로 발길을 돌렸다.

끼이익.

때마침 문을 열고 장년인 한 명이 들어왔다.

"총관 어르신."

인기척도 없이 급히 문을 열고 들어오는 장년인. 순찰당주, 총순찰이라고 불리는 임조영이었다.

"제가 잘못 들은 겁니까?"

"무얼 말인가."

"천군지사대 말입니다."

"그거라면 아마 들은 것이 맞을 걸세."

담담히 말하는 총관의 말에서 임조영은 얼굴이 달아올랐다.

"지금 그 말이 무슨 뜻을 가리키는지 아시는지요? 전시 같은 특수한 상황이 아니라면 맹주도 현 의각에 승인을 받아야 합니다. 한데 천군지사대를 팽가를 위해 투입하다니요? 의각에서 엄청나게 들고일어날 겁니다!"

"현재 맹의 맹주 대리는 날세. 맹주께서 안 계신 지금, 나는 그들을 부릴 권한이 있지."

"맹주께서 돌아오신 후에는 어찌하실 생각입니까? 총관 자리를 잃을 것은 분명하고 최악의 경우 다시는 맹에 돌아오지 못하실 수도 있습니다."

"조영아."

서기종은 흥분하는 임조영을 차분히 불렀다.

"이 나라의 주인이 바뀌면 중원 무림이 어떻게 변할지 생각해 보았느냐?"

"예?"

임조영의 얼굴에 당혹감이 떠올랐다.

나라의 주인이라면 황제 아닌가?

"과거 황권을 뒤엎을 힘을 가진 이들이 있었다. 아니, 힘이라면 오히려 차고도 넘쳤지."

"…그들 말씀입니까."

"그래. 하나 그들의 판단 착오가 결국 패배를 불렀다. 조정이 아닌 무림을 먼저 점령하려는 계획은 수많은 재야의 기인이사에 의해 좌절되었지."

서기종은 기억을 되짚으려는 듯 손가락을 까닥거리며 말했다.

"이제 그들은 실수하지 않을 것이다. 무림의 힘을 충분히 맛본 그들은 먼저 조정부터 뒤엎을 생각을 하고 있으니까. 만약 나라가 바뀌면 어찌 되겠느냐? 그들에게 대항하는 자는 모두 역적이 된다. 그게 우리 맹이건 구대문파와 오대세가건."

"하나 총관……."

"그러니 너도 선택을 하거라."

서기종은 눈에 불을 켜며 말했다.

"곁가지로 남을 것인지, 아니면 개국공신이 될 것인지."

"……!"

임조영은 선뜻 대답하지 못했다.

개국공신.

그가 연관이 된 암중 세력이 단순히 정권에 손을 뻗는 정도가 아니라 반역이 목표임을 명백하게 드러내는 말이었다.

그리고 역사가 말하는 반란자란 실패한 반역자일 뿐, 성공한 반역자는 개국공신 혹은 대세를 볼 줄 아는 현인으로 추앙받는다. 결과가 승리냐 패배냐일 뿐, 이것은 옳다 그르다의 문제가 아니었다.

"하지만 무림이 나선다면 은자림이라 하더라도 목표를 달성하기가 쉽지 않을 겁니다. 아니, 그보다 은자림의 존재가 예전만큼 못하지 않았습니까."

과거 세상을 뒤엎을 힘을 가지고 있었지만 지금은 상황이 달라졌다. 거의 괴멸 직전까지 갔던 전력은 제아무리 복구한다고 해도 한계가 있었기 때문이다.

"네 말이 맞다. 약해졌지. 한데 무림은 강해졌느냐?"

"……."

"당시의 백대고수도 대부분 죽었다. 그리고 지금의 백대고수 중 과거의 백대고수 수준을 가진 자가 몇 명이나 있을 것 같으냐?"

임조영은 대답하지 못했다.

과거, 중원의 부흥기라 했던 무림을 대표하는 고수들은 모두 죽었고, 지금 그 자리를 대신한 고수들은 과거에 비하면 수준이 크게 떨어졌다.

"그나마 은자림을 상대할 수 있는 자는 현 무림맹주와 장씨세가 호위무사, 그 둘뿐이지. 저 구대문파와 오대세가가 황실의 위협에 힘을 보태줄 것 같으냐? 웃기는 소리."

서기종은 냉혹하게, 청수한 얼굴에 비웃음을 가득 담았다.

"은자림과 싸워본 이들은 적극적으로 나서지 못할 것이다. 모른 척하거나 대세에 합류할 가능성이 더 높겠지. 가문 절기를 잃거나 고수를 잃은 곳은 더더욱."

임조영은 서기종의 말에 일리가 있다고 느꼈다.

과거 천중단의 핵심이었던 자들은 구대문파와 오대세가다. 누구보다 열심히 싸웠고, 누구보다 극명한 피해를 입었다. 그랬기에 힘을 잃었고, 지금 무림맹을 구성하는 요직 인사에서 아무 자리를 차지하지 못했다.

구대문파의 주축인 소림과 무당이 그랬고 오대세가 역시 그랬다. 대표적인 것이 하북팽가로, 그들은 오호단문도가 실전된 이후 가문의 전력이 절반 이하로 뚝 떨어졌다. 누구보다 많은 희생을 한 이들이, 누구보다 더 홀대를 받는 기묘한 상황.

"은자림의 대계는 이미 완성이다. 무림을 건들지 않고 황권을 찬탈하는 것. 현 황제를 따르는 어떤 고수들도 그들을 막지 못해."

총관 서기종이 이빨을 드러내며 미소 지었다.

당금의 황상은 가장 기본적인 것에서 실수를 했다. 약해진 무림맹을 손쉽게 조종하려고, 열심히 싸워 힘을 잃은 가문을 내버렸다.

조정이 손을 잡은 것은 당대의 전투에서 보신에만 힘쓰던 소인배들, 기개 없고 잇속을 우선으로 따지는 이들이었다.

지금이야 세력도 있고, 힘도 제법 있어 보이지만.

"이익을 따라서 움직이는 자는, 더 큰 이익 앞에선 돌아서게 마련이지."

서기종도 한때는 황실을 원망했던 때가 있었다. 하지만 지금의 상황이 되고 보니, 그 당시 황실의 악수에 오히려 고마워할 상황이 되었다.

애초에 몰아내어야 할 우군(友軍)이다. 고언을 바치는 충신을 내버리고 간신배들만 등용하는 적국이, 당연히 고맙지 아니할까.

"황상이여, 그때 황실을 위해 싸운 이들이 이제는 은자림을 위해 싸우고 있다. 이를 어찌할 것인가?"

달그락.

잔을 들며 서기종은 조용히 웃었다.

✱　　　✱　　　✱

"오래간만에 움직이다 보니 힘들구먼."

툭툭.

비탈길을 내려다보던 해남파 문주 진일강이 다리를 툭툭 두들기며 말했다. 긴 시간 씻지도, 제대로 쉬지도 않고 달려온 그였기에 피부에 땟국이 꾀죄죄하게 흘렀다.

"매일 낚시하신다고 앉아 계시다 보니 다리 힘이 줄어드신 것 아니겠습니까."

등 뒤에서 그의 흥을 깨는 소리가 들려왔다.

머리에 쓴 관모를 한 손으로 쥔 채 땀을 닦으며 말하는 문자운 총관이었다.

"케헴. 이놈아, 그건 물고기가 아니라 세월을 낚은 게야, 강태 공처럼. 천하를 쥐기 위해선……."

"강태공이 천하를 쥔 세수(歲數: 나이)가 몇 세인지 알고 하시 는 말씀이지요? 이십 년쯤 더 그러시렵니까?"

진일강의 시선이 싸늘하게 변하고, 문자운은 헛기침하며 시 선을 돌렸다.

"그나저나 승룡이가 보이지 않던데?"

행보 중 잠깐의 휴식 시간이었다. 해남파 제자들이 저마다 바닥에 편한 자세를 취하고 앉은 사이에 유독 묵객의 모습만 보 이지 않았다.

"아까 돌아보았는데 저 비탈길 구석진 곳에서 수련을 하고 있 습니다."

"수련이라고? 정말인가?"

해남파는 열흘 가까이 쉬지도 않고 북으로 달렸다. 장씨세가 의 장웅은 따라잡지 못해 진작 이탈했고, 해남파의 단련된 제 자들 중에서도 낙오자가 나올 만큼 고강도의 행보였다.

해남파 대표 고수인 총관 문자운도 버거워하거늘 묵객은 그 렇지 않은 듯했다.

"여자겠지?"

"당연히 그렇지 않겠습니까."

해남파 문주가 늙은이처럼 웃고, 총관은 투덜거리며 대답 했다.

"예쁠 테고?"

"뭐, 얼굴 밝히는 놈이니까 아마 그렇겠죠. 애초에 형님 직전 제자 아닙니까. 쏙 빼닮았습니다."

"크하하! 그렇지! 그놈이 날 얼마나 많이 닮았는지!"

'칭찬이 아니었는데.'

문자운은 속으로 투덜거렸다. 나름 비아냥거림이었는데 진일 강은 오히려 호탕하게 웃음을 흘렸다.

"승룡이가 그건 닮지 말아야 할 텐데……."

문자운은 고개를 절레절레 저었다.

개인적으로 호협한 형이라고 인정하지만, 해남파 문주는 참으로 실속이 없는 인물이기도 했다. 이 여자 저 여자 만나고 다니며 이것저것 다 퍼주다가 환갑이 넘어서도 내세울 재산이라곤 금고 안에 있는 금원보 몇 개가 다이지 않은가. 거기에다 혼사도 못 치르고 자식도 가지지 못했다.

"뭐가?"

"아, 그런 게 있습니다."

문자운은 슬쩍 자리에서 일어나 비탈길 아래에 모여 있는 제자들 쪽으로 발길을 돌렸다. 괜히 의미를 깨닫고 불똥이 자신에게로 옮겨 붙을 수 있었기 때문이다.

"올라가는 길에 찬거리나 예물 좀 몇 개 집어 오라고 해. 일 끝나고 혼사 준비하려면 미리미리 준비를 해야지."

"제가 그렇지 않아도 미리 한 녀석 보내놨습니다. 바닷가 촌 놈이라고 무시당하면 안 되지요."

"과연 문 대갈. 그래서 내가 자넬 좋아하네."

"아닙니다. 승룡이 부인은 어차피 저희 식구니까요."

"허허허! 그렇지! 당연히 우리 식구지!"

진일강은 아들이 며느리 데리고 오는 날의 영감처럼 굴었고, 문 총관은 씁쓸하게 투덜거리며 한숨만 삼켰다.

'그리고 형님도 이참에 장가라도 드시고요. 중원에 자색 고운 과부들 많다던데.'

본의는 아니겠지만 문주가 노총각이면 그건 사문에 참 여러 모로 민폐가 되는 탓이다.

＊　　　＊　　　＊

쉬쉬쉭!

묵객은 공터에서 쉴 새 없이 도를 휘두르고 있었다.

틈틈이 하오문을 통해 장씨세가의 위기, 그리고 새로운 인연들에 대한 소식을 들었다. 그 격동의 소용돌이에서 홀로 떨어져 나온 자신을 깨닫자 묵객은 더욱 초조했다.

'도움이 되어야 한다. 누구를 상대하더라도.'

부웅! 붕! 쉬쉬쉬쉭!

묵객 박승룡의 눈이 사납게 빛을 냈다. 이기기 위해서라면, 조금이라도 도움이 되기 위해선 한시라도 가만히 있을 수 없었다.

"싸움에는 항상 변수가 많소. 검기는 말할 것도 없고 강기를 쓰고 난 뒤에 더욱 빨리 죽었지."

"기본을 더 다져야 하오. 부단히 수련과 경험을 쌓아야 할 것이오. 딱히 쓰려고 쓰는 것이 아니라 검을 휘두를 때 자연스럽게 나갈 수 있도록 해야 하오. 검기든, 강기든."

"이제 닷새 안에 도착해. 그때까지 최대한 노력해야 해."

묵객은 잠시 도를 멈췄다. 이번에는 운기조식이었다.

도착했을 때 최고의 몸 상태를 만들기 위해 묵객은 노력을 게을리하지 않았다.

*　　　*　　　*

"누군가?"

문 앞의 인기척에 팽가운이 시선을 돌렸다.

늦은 밤중에 찾아올 사람은 몇 명뿐이 없었던 것이다.

"일 장로입니다."

"들어오시오."

문을 열고 들어온 일 장로 팽인호.

탁자 한편에 놓인 오호단문도를 곁눈질하고는 팽가운의 안내에 따라 맞은편 자리에 앉았다.

조금은 불편한 시선이 이어진 이후, 팽인호가 입을 뗐다.

"직접 보니 어떠십니까?"

"……."

팽가운은 시선을 내리깔았다. 그저 눈을 감아 보일 뿐 입을 열지 않았다.

"그렇군요."

팽인호는 고개를 끄덕였다.

신중해진 분위기만으로 어떤 감정일지 짐작한 것이다.

"영내에 오호단문도를 얻었다는 얘길 전하지 않으셨다고 들었습니다."

"곧 얘기할 거요. 좀 더 확인해 볼 것이 있어서 그렇소."

"그렇습니까……."

뭔가 지나치게 담담한 반응에 언뜻 팽가운이 시선을 들었다.

팽인호의 눈동자는 심유했다. 왠지 팽가운이 어릴 적 보고 자란 이숙(二叔), 팽인호의 옛 모습이 생각났다.

"커험. 다들 분위기는 어떻소?"

약간 멋쩍어진 팽가운이 헛기침을 하며 말을 돌렸다.

"자제시키고는 있지만 다들 당가의 문제로 화가 머리끝까지 나 있는 상황입니다."

"그렇구려."

감히 팽가의 대문 앞을 막아섰으니 자존심 강한 식솔들이 반발할 것은 자명했다. 당가가 쓰는 무기가 독이 아니었다면 피를 보아도 진작 보았으리라.

"나도 말을 하겠지만 일 장로도 함부로 움직이지 말라 재삼 말을 내려두시오. 듣기로 당가의 정예 고수들인 듯하니."

팽인호는 담담히 끄덕였고, 팽가운의 미간이 더욱 좁아졌다.

의문도 반발도 하지 않는 담담한 수긍. 매사에 날을 세우던 이가 너무 차분히 받아들이니, 그의 입장에서는 오히려 어색했다.

"가주."

이번엔 팽인호가 먼저 운을 뗐다.

"…말씀하시오."

"그간 가주께서는 노신이 참으로 불측하게 보이셨을 겝니다."

"……?"

"비록 노신이 팽가에 가져온 충심은 한 치의 거짓도 없으나 방법과 수단에 있어 가주께 많은 심려를 끼쳐 드린 것도 사실입니다."

"대체 무슨 뜻으로 하는 말이오?"

팽가운은 혼란스러워져 눈을 치떴다.

"우선 이것을 받아주십시오."

팽인호는 누렇게 색이 바랜 봉투 하나를 내밀었다.

"이게 뭐요?"

"팽가의 미래입니다."

"팽가의 미래?"

되묻는 팽가운을 향해 팽인호는 나직이 말했다.

"이것을 어떻게 쓰실지 혹은 쓰실지, 쓰시지 않을지도 모두 가주의 선택입니다. 그로 인해 일어나는 문제와 책임은 오로지 이 늙은이가 지고 가겠습니다."

"그러니까 이게 뭐냔 말이오!"

팽가운이 버럭 소리 질렀다. 이제껏 철벽처럼 자신을 가로막던 이가 갑자기 내일모레 죽을 것처럼 담담히 말하니 은연중에 두려움마저 느껴졌다.

"가주."

팽인호가 스륵 허리를 굽히며 소매를 모았다. 군주를 대하는 신하의 예였다.

"얼마 후 노신은 떠날 것입니다. 첩지는 그때 열어보소서. 그리고 부디 팽가의 이름에 부끄럽지 않게 판단해 주소서."

"……."

팽가운의 시선이 팽인호를 떠나 첩지로 향했다.

어차피 장씨세가를 칠 계획은 정해졌다. 팽인호는 그 최선봉에 나가기로 정해져 있었다. 그런데 이제 와서 대체 무엇을 고하려고 이리 비장한 말을 한단 말인가.

"내일쯤이면 아마 천군지사대의 삼 개 조가 본 가를 도우러 올 것입니다."

팽인호는 자세로 바로잡은 후 말을 이었다.

"천군지사대라면… 맹의 부대가 아니오?"

"그렇습니다."

"맹주가 온 것이오? 어떻게 천군지사대를……."

"해서 말씀드리건대, 가주께서는 이곳에 남아주시기 바랍니다."

팽가운이 당황하며 연유를 물었지만 팽인호는 말을 돌리며 대답 대신 부탁을 했다.

"무슨 말인지 좀 제대로 얘기하시오. 일전에 일 장로는 이미 싸울 수밖에 없는 상황이라고 해왔지 않소."

"싸울 수밖에 없습니다. 하나 그것은 이 늙은이의 선택. 가주께서는 가주의 선택을 하시면 됩니다. 자세한 것은 이후에 그것을 열어보시면 자연히 아시게 될 것입니다."

팽인호는 자리에서 일어났다.

팽가운은 뭐라고 입을 열려다 오히려 다물었다.

스륵. 털썩.

"다시 한번 말씀드리지만 누구에게도 휘둘리지 말고 오로지 뜻대로 하소서."

팽인호가 팽가운 앞에 무릎을 꿇고 머리를 조아렸다.

"이제껏 소신이 나름 생각했던 계획이 있었습니다. 팽가와 더불어 중원의 미래까지 함께한 계획입니다. 하나 소견머리 없는 늙은이의 주책일지도 모르니, 오히려 군주께서는 재삼재사 숙고하여 가장 현명한 길을 선택하소서."

"이, 일 장로."

"부디, 보중하시길."

스륵.

팽인호는 팽가운의 부름에도 답하지 않았다. 담담히 읍을 해 보이고는 뒤돌아섰다.

그 모습이 너무도 무거웠기에, 붙잡았다간 꺼져 버릴 듯 위태로웠기에 팽가운은 붙잡지도 못했다.

"중원의 미래? 대체 이것이 무엇이기에……."

바스락.

빛바랜 봉투를 만지던 팽가운의 입술이 악물렸다.

어쩐지, 어깨가 하늘을 얹어놓은 듯 무겁게 느껴졌다.

＊　　　＊　　　＊

헛둘헛둘.

머리에 두건을 쓴 중년인 당독호(唐毒湖)가 똥지게를 메고 막사 주변으로 걸어오고 있었다.

"어여 움직여."

"좀 쉬엄쉬엄해."

수풀을 뚫고 막 도착해서였는지 막사 주변에 있던 중사당 사람들이 그를 반겼다.

주위에 조쇄당 소속 당원들이 없자 당독호는 기어이 바깥쪽 막사 근처까지 걸어가 똥지게를 내려놓았다.

"아, 조쇄당 감독대장(監督大將: 제반 관리 총감독관)이면 뭐 하나. 일대제자부터 무시하는데……."

"……!"

순간 조쇄당 막사 주변의 사내들의 눈이 일시에 당독호에게 향했다.

일순간 그들의 표정에 당황, 난처함, 불안, 초조가 뒤섞였다. 이후, 그 많은 생각들이 하나로 정리되자마자 십수 명이 득달같이 몰려나왔다.

"제가 하겠습니다."

"제게 주십시오."

"형님, 저에게 기회를……."

가장 서열이 낮은 이대 제자들이 달라붙었고 일대제자도 합류했다.

하지만 이미 기분이 상한 당독호는 고개를 절레절레 저었다.

"아냐. 우리 일대, 이대 제자님들이 먼 길을 함께 오셨는데 저 같은 나이 든 놈이 솔선수범하여 비위를 맞춰야 하지 않겠습니까. 어여 주십시오."

"아, 아닙니다."

"제발, 제발 이걸 놓아주십시오."

이대 제자들의 목덜미에 식은땀이 줄줄 흘렀고 일대제자들은 얼굴이 사시나무처럼 얼어붙었다.

두 손을 벌벌 떠는 제자들을 본 당독호는 할 수 없다는 듯 손을 놓고 고개를 숙였다.

"그럼 이 늙은이가 공손히 부탁드리겠습니다."

쿵!

당독호가 머리를 땅에 박자 조쇄당 당문 제자들이 기함했다.

"제발!"

"차라리 죽겠습니다!"

그리고 뒤도 돌아볼 것 없이 전원이 머리를 박으며 사정했다.

일대 막사 안의, 분야가 다른 당문 제자들은 그 모습을 보며 얼굴이 파래지고 있었다. 당독호가 어떤 자인지 누구보다 잘 알고 있었기 때문이다.

"여전히 조쇄당 애들은 기합이 바짝 들어가 있구먼."

막사 옆, 임시로 만들어놓은 정자 안에서 여유롭게 경치를 즐기던 노천이 말했다.

"이건 하품하는 수준이지요. 어르신 때 감독대장은 더 독하지 않았습니까."

조쇄당주 당의비가 흐뭇하게 바라보며 대답했다.

"당거명, 참으로 지독한 놈이었지. 새끼가 틈만 나면 청소와 청결을 유지한답시고 걸레를 집어 드는 통에 내내 눈치를 봤지. 그래도 난 중사당 사람이라 덜했는데 조쇄당 애들은 거의 파죽음이 되었다지?"

"기합받는다고 하루에도 몇 번씩 당가산을 돌곤 했지요."

"끌끌끌……."

옛 추억이 된 그때가 기억이 났는지 노천은 재밌다는 듯 바라봤다.

"오 년 전에 타계하셨다고?"

"예."

"지독하긴 했지만 훌륭한 분이셨어. 독을 다루는 것도 조심해야 하는데 하물며 충류나 독사, 독이 발린 암기를 보관하는 건 더 어려운 법이니까."

"맞습니다. 언젠가 애들도 알게 될 겁니다. 물론 당독호 저놈을 평생 싫어할 테지만요."

"어차피 악역이야 한 명은 있어야 하니."

조쇄당주의 말에 노천은 옛날 생각이 나 크큭 웃었다.

"한데… 사흘 동안 죽치고 있는데도 팽가에서는 별 반응이 없구먼?"

"무슨 수를 준비 중이겠지요."

"제법 매서운 수겠지?"

"뭐, 그렇긴 해도 걱정 마십시오."

때마침 노천과 조쇄당주의 얘길 듣고 있던 중사당주 당의명이 다가와 말했다.

"이 일대를 독뱀과 독충들로 쫙 깔아놓았습니다. 생각 없이 암습해 들어왔다가는 오는 족족 거품 물고 나가 뒈질 겁니다."

"아무렴."

노천은 허리를 툭툭 치며 막사 안으로 발걸음을 옮겼다. 제자들이 침상을 만들었다고 하더라도 밖에서 이리 야영을 하는 것이 좋지는 않았다.

그렇게 막사 안으로 들어가려는데 때마침 당가 사내 둘이 들 것을 들고 나타났다.

"이놈은 뭐냐?"

노천이 들것 안에 쓰러져 있는 사내를 가리키며 물었다. 몸을 파르르 떠는 것이 영 상태가 좋아 보이지 않았다.

"주위를 둘러보는 도중에 쓰러져 있는 놈이 있어서 잡아 왔습니다."

"중독됐나?"

"예. 아무래도 충에 물린 것 같습니다."

"해독시켜 봐."

그 말에 중사당 한 명이 다가와 입에 시퍼런 단약을 집어넣었다.

"캑캑!"

잠시 뒤, 조금 회복되었는지 사내가 눈을 번쩍 뜨고는 기침을 해 댔다.

"너 누구야?"

"…저, 적이 아닙니다! 하오문에서 왔습니다!"

"웅? 하오문에서 왜?"

노천의 눈매가 가늘어졌다.

"다름이 아니라 급히 장씨세가로 오라는 전갈입니다."

"뭣 때문에?"

"그게… 맹에서 천군지사대를 파견했다고 합니다. 몇 시진 뒤 이곳으로 당도할 것이랍니다."

"뭬야?"

짜증스러운 목소리로 외치는 노천.

거의 일각에 달하는 장황한 이야기를 전해 듣고, 그는 버럭 고함을 질렀다.

"중사당주! 조쇄당주! 비암당주!"

"옙!"

"예, 여기 있습니다."

"말씀하십시오."

근처에 있던 당주 셋이 일시에 명을 기다렸다.

"이 주변 관도와 숲길에까지 전부 다 독 뿌려. 적아 구분 없이 누구도 이 길을 지나갈 수 없도록 지역 전부를 폐쇄한다!"

"명!"

그들은 일언반구도 없이 제각기 막사 안으로 달려갔다.

하오문 사내는 멍한 눈으로 그런 모습을 지켜봤다.

"천군지사대라? 그래, 보통은 칼 들고 숫자로 밀고 오면 물러서는 게 일반적이겠지만."

노천은 쓴웃음을 흘렸다. 그러고는 멀찍이 떨어진 하오문 사내를 향해 입꼬리를 올렸다.

"우린 달라. 우리가 왜 독종 당문이라 불렸겠느냐? 끌끌끌."

＊　　　＊　　　＊

타다닥! 콩!

장씨세가 외원과 그리 멀지 않은 거리.

다닥다닥 붙은 집들 중 한 곳으로 청년 한 명이 문을 박차고 들어섰다.

"광 호위를 놓쳤다고요?"

헐떡이며 보고를 전하자, 말을 들은 서혜는 확인차 되물었다.

"예. 지휘사를 납치한 곳까지는 파악했습니다만. 이후로……."

"우리의 정보망을 피해 갈 정도라면… 의도했다고 보는 게 맞을 텐데……."

도지휘사를 납치한 뒤 해남파와 당가의 상황을 알려주었다.

그 뒤로부터 갑자기 정보망에서 이탈했다.

'아마도 찾으러 간 것이겠군.'

도지휘사와 연결되어 있는 접선책. 당장은 장씨세가 쪽 일보다 그쪽이 더 급하다고 판단한 것이다.

서혜는 입을 열었다.

"수단 방법을 가리지 말고 광 호위를 찾으세요. 곧 싸움이 시작될 테니까."

"알겠습니다. 그리고 루주, 또 전해 드릴 말씀이 있습니다."

청년이 팽가에서 일어난 일을 천천히 보고했다.

"당가가 팽가의 앞에 그대로 있다고요?"

말이 끝나자 서혜는 눈을 부릅떴다.

"예, 그렇습니다. 분명합니다."

"왜죠? 분명 천군지사대가 온다는 얘길 했는데?"

"이유까지는 아직 파악하지 못했습니다. 하나 확실한 건 당가는 전혀 움직일 생각이 없다는 것입니다. 무엇보다……."

잠시 뜸을 들이던 청년이 말했다.

"팽가 일대에 독충과 독뱀들을 광범위하게 뿌려 본 문의 인원들까지 철수해야 했습니다."

"대체 무슨 생각을 하는 건가요! 이제 곧 몇 시진 뒤에 천군지사대가 올 텐데요!"

목소리를 높이던 서혜는 초조한 얼굴로 입술을 깨물었다.

당가가 저지하고 있는 이들은 무림맹의 풍운검대와 팽가의 무인들이다. 여기에 맹을 대표하는 천군지사대까지 오고 있다.

제아무리 천하의 당가라도, 숫자로나 무위로나 상대할 수가 없는 싸움이다.

"왜 이런 무모한 결정을 하는 건지……."

서혜는 머릿속을 바쁘게 뒤졌다.

일이 이렇게 된 이상 어떻게든 피해를 줄일 방법을 찾아야 했다. 만약 천군지사대가 도착한다면 당가는 손도 못 쓰고 죽어갈 것이 뻔했다.

"쯧쯧쯧. 하오문을 이끌어갈 년이 당가를 그렇게 모르고 있다니……."

"어머니?"

하오문주, 주름진 노파가 담뱃대를 물고 걸어오자 서혜가 급히 자리에서 일어섰다.

"나가보거라."

"옛!"

청년이 공손히 읍을 한 뒤 뛰쳐나가자, 서혜가 가만가만 손을 꼽아 보다가 물었다.

"제가 무엇을 놓친 거죠?"

"노천이라는 그 늙은 당문 사람의 성정을 읽지 못한 게지. 전략도 계략도 결국은 사람이 시행하는 것이야."

하오문주의 말에 서혜는 고개를 저었다.

"상대는 풍운검대와 팽가 그리고 천군지사대예요. 이 셋은 구대문파 중 하나를 하루 만에 날려 버릴 수 있는 전력이죠. 어머니는 그걸 당가의 힘만으로 버틸 거라고 보시는 건가요?"

"버티면 죽겠지. 그러니 싸울 게다."

"예?"

계속되는 의문에 서혜는 이제 허탈한 웃음까지 지었다.

"잊지 마라. 네년이 패월루주로서 아무리 많은 문파를 보았다 해도 가끔 일반적이지 않은 문파도 있다. 그중 당가가 대표적인 가문이야."

노파는 주름진 눈을 잠시 비비며 말을 이었다.

"당가는 지독한 가문이다. 당가 식솔 하나가 죽으면 상대 가문의 백 명, 천 명이 죽는다는 말이 그냥 나온 것이 아니야. 그건 사실이다."

노파는 지그시 고개를 들어 서혜를 바라보았다.

"사방에 독을 풀고 가지고 온 독충과 뱀 그리고 철질려(鐵蒺藜: 바닥에 까는 암기)와 기관까지. 가진 재간을 다 털어서 팽가 주변을 독물의 지옥으로 만들었다. 이게 무슨 뜻인지 모르겠느냐?"

"…같이 죽을 생각을 하고 있는 거군요, 진심으로."

"무림맹이든 팽가든, 아무리 고수라 해도 숨도 쉬지 않고, 물방울과 나뭇잎도 닿지 않으며, 적과 닿지도 않은 상태에서 격살하기란 불가능하다. 정말로 싸움이 붙는다면 내 단언하건대 저 전장에서 단 한 명도 살아나지 못할 게다. 당가도 포함해서."

"세상에. 당문은 왜 이런 과격한 짓을 하는 거죠? 설마, 당명호… 그 때문인가요? 고작 단 한 명의 식솔의 죽음 때문에?"

"고작 단 한 명? 이년아, 당가에 한 명이든 만 명이든 그건 중요하지 않아. 이미 상처를 입었어. 당가라는 그들의 자존심에."

"아."

서혜는 짤막히 신음을 흘렸다.

독을 쓰는 당문이 독하다 독하다 하는 이야기는 여러 번 들었다. 하지만 정말로 이리 독하게 실행에 옮기는 문파를 직접 겪게 되니, 그녀는 소름이 돋았다.

"오대세가 중 나머지 네 개 세가는 명가로서의 자존심 혹은 자부심이다. 대부분의 무가가 그렇지. 하지만 당가는 사람이야. 혈족의 정이 너무 강해서 그걸 건드리면 시체조차 훼손해 버리지. 아마 팽가와 싸우기 위해 화골산(化骨散)까지 가져갔을 게다."

"화골산!"

화골산 한 줌의 양으로 뼈까지 녹여 버리는 독물 중의 독물.

당가는 강호에서 공공연히 정사지간. 정파도 아니고 사파도 아니라는 말을 듣는다. 분명 그들이 몸을 담은 곳은 정파이지만 손속이 사파보다 몇 배는 더 잔혹하기 때문이다.

"이번에 당문 놈들이 어떻게 움직이는지 잘 새겨두거라. 특히 중사당 놈들."

뻐끔뻐끔.

잠시 연초를 태운 노파가 재차 입을 열었다.

"그들은 정말로 죽음을 두려워하지 않아. 적과 싸우다가 죽는 것만이 아니라 제가 제 독에 중독되어 죽는 것조차 겁내지 않는다. 아니, 오히려 즐거워하지."

"……!"

서혜의 안색이 파리하게 질렸다.

하오문주의 말대로라면 당문의 중사당은 단순히 고수가 아니라 독에 대해 일종의 광인 같은 집착을 가지고 있는 것이다.

"독 그 자체를 아끼고 인생을 건 놈들. 독을 썼을 때 어떤 중상이 일어나는지, 독에 익숙해진 자신들의 몸조차 어떻게 죽어가는지 궁금해서 목숨을 던지는 미친놈들이야. 오죽하면 과거엔 시체를 되살려 강시(殭屍) 같은 것도 만들었다고 했겠느냐."

"…그저 뜬소문이나 괴담이라고만 생각했는데."

서혜가 한숨을 내쉬었다.

하오문주의 말에 인식을 달리하고 나서 그녀는 차근차근 이번 일의 앞뒤를 다시 재어보았다.

"그렇다면 당가는… 발을 묶을 생각이군요?"

"그렇겠지."

"그러다가 죽어도 상관없고요?"

"그렇지."

"그렇군요. 그렇다면 장씨세가를 돕는다는 수준의 의식이 아니군요. 저들은 이미 저들 자신의 싸움을 시작한 거니까요."

노파가 피식 웃으며 말했다.

"바로 그렇다. 오기와 집착이지만 그렇다고 셈이 없는 것도 아니지. 당가가 저리 버티고 있는 한 팽가는 싸우지 않아도 교착 상태에 빠질 수밖에 없지."

"상대하지 않고 빠져나오려고 해도 자칫 역습을 당할 수 있으니 본가를 지킬 인원을 둬야 하죠. 장씨세가로 은밀하고 신속하게 갈 수 있는 건 소수의 고수… 그리고 팽가의 일대제자급 이상은 백 명이 채 되지 않죠."

"이제야 알아듣는구나. 그래, 그 노천이란 늙은이, 여간내기가 아니야."

서혜가 전망을 읊어 내자 노파가 끄덕였다.

당가가 저리 나오는 것. 결국 그 목적은 바로 팽가의 주 병력을 최대한 붙잡아두기 위함이었다.

"꽤나 볼만한 상황이 될 게야. 그리고 장씨세가도 해볼 만한 싸움이 될 테고."

툭툭.

연초를 털어대는 노파의 입가에 미소가 지그시 걸렸다.

第四章

백대고수 대 백대고수

"이놈들, 길을 비켜라!"

팽가의 무인들이 문 앞에서 이러지도 저러지도 못하고 있었다.

천군지사대가 인근에 도착했다는 소식이 전해지자마자 삼백여 명에 달하는 팽가의 무인들이 입구 쪽으로 몰려들었다.

한데 그들은 한 발짝도 움직이지 못했다.

사사사삭.

하릴없이 막사 안에서 누워 있던 당가 사내들이 넓게 퍼져, 그런 팽가의 이동을 막고 있었던 것이다.

"계속 이대로 있을 것이냐! 모두들 칼을 뽑아!"

이들을 통솔하는 자로 보이는 자가 소리쳤고.

채채채챙.

그 말에 앞에 있던 오십여 명의 무리가 칼을 뽑아대며 살기를 뿜어댔다.

사사삭.

상대의 반응에 당가 사내들의 눈빛은 더욱 음험하게 빛났다.

"덤벼, 이 새끼들아!"

한 명은 거대한 도마뱀 같은 동물을 어깨에 메고 걸어 나왔고.

"칼 꺼내면 겁먹을 줄 알아?"

다른 한 명은 웃통을 까며 소리쳤다.

얼핏 보기엔 전문 무인이 아닌 장사치나 잡졸 같은 십여 명. 하나 이들이 바로 당문의 중사당이었다.

"잘됐구먼! 내 배 속에 뭐가 들었는지 궁금하던 차에!"

중사당 중심에 서 있던 독조문 담당인 당고호는 불뚝 튀어나오는 배를 내밀며 눈을 부라렸다. 굵은 팔을 펼치며 재밌다는 듯 입꼬리를 올리고 있었다.

"들어와. 칼 들고 들어와."

그리고 옆에서 손짓하며 도발하는 당승호.

당장에라도 쓰러질 것 같은 샛노란 얼굴의 샌님이 저열하게 손짓하고 있었다.

"애들한테 밥 좀 줘보자!"

그 옆에 있던 이는 고독과 독물 담당인 당주호(唐株湖).

스멀스멀, 스멀스멀, 스멀스멀.

그는 온몸에 드러난 거미를 보여주며 이빨을 드러내고 있었다.

이 세 명이 앞에 서자 팽가는 당장 돌격해 나가려던 기세가 팍 죽어버렸다.

"이런 미친놈들……."

풍운검대는 아예 싸움의 선두에 나서지도 않았다. 먼저 들어가는 순간 뭔지도 모를 독물을 뒤집어쓸 거라 생각하니 절로 몸을 사리는 것이다.

"덫은 이 앞이 아냐. 저들 뒤쪽이 진짜다."

팽가의 누군가가 신음했다.

대놓고 각종 독물들로 위협하는 중사당과 달리 당가의 비암당 고수들은 구부정하게 허리를 굽히고 눈을 빛내고 있었다. 그들의 두 손이 소매와 등 뒤로 숨겨져 있는 것으로 보아, 격돌하는 순간 암기를 출수하려고 준비하고 있는 것이다.

이대로라면 닿자마자 일 수에 수십은 죽어나가게 될 터.

"대체 뭐 하는 것이냐!"

꾸물거리던 팽가의 무인들을 보고 누군가가 호통치며 나왔다. 그러다가 독물과 암기의 준비 태세를 보고 절로 얼굴이 일그러졌다.

"흐. 기세가 팔팔한 놈이로군."

당가 무리들 사이에 서 있던 노천이 웃으며 말했다.

"꼭 두꺼비처럼 생기지 않았습니까?"

옆에 있던 중사당주 당의명이 웃었다.

"원래 칼만 쓰다 보니 등이 굳어졌겠지요."

"아이고. 등 굽어진 건 뭐니 뭐니 해도 우리 중사당 사내들이 제일인데요."

당의명의 눈이 비암당주와 조쇄당주를 향했다.

그들은 느긋하게 웃고 있었다. 일촉즉발의 상황에도 농을 주고받는다. 적을 가볍게 보는 자만이라기보다 몸에 밴 평정심을 유지하려는 의도인 것이다.

독은, 뿌려지는 순간 적아를 가리지 않으니까.

사사사삭!

팽가의 고수들은 기민하게 움직였다. 그들은 당문이 정해놓은 선 바로 앞까지 대기해, 당장에라도 빼 든 칼을 휘두를 준비를 하고 있었다.

"대주! 명을 내려주십시오."

진중에서 팽오운이 나타나자 호위무사들이 나직이 목소리를 돋웠다.

죽립을 쓴 무사들, 과거 소위건을 처단할 때 함께 움직였던 호철, 호룡, 호경(豪景), 호윤(豪崙)이었다.

"이거… 쉽지 않겠군."

팽오운이 으득, 이를 악무는 그때 팽인호가 등장했다. 그는 주위를 천천히 둘러본 후 말했다.

"부딪치면 피해가 극심할 것입니다. 본 가의 인원들이 궤멸할 각오를 하지 않는 이상 말입니다."

"그래서? 꼬리를 말자?"

"아니, 다른 수를 써야지요."

"다른 수라……."

팽인호는 곰곰이 생각에 잠겼다.

독을 준비한 당가와 싸워서 질 것이라는 생각은 들지 않는 다. 문제는 그때 입을 피해다. 당문의 독을 뒤집어쓴 이는 열에 아홉 죽거나 혹은 해독이 될 때까지 전력에서 이탈한다.

그 상태로 용담호혈(龍潭虎穴: 매우 위험한 곳)이 되어버린 장씨세가를 치는 것은 극히 어려우리라.

'본 가의 고수들을 최대한 아껴야 한다.'

고약하게도, 도우러 왔다는 풍운검대는 이미 몇 발짝 물러서 있었다. 관망하는 형태로 돌아선 것이다. 사실 이 일은 팽가의 일. 그들 역시 이번 일에 목숨을 걸 정도로 급하지는 않다. 그런 만큼 급한 팽가가 앞서서 당가의 독을 먼저 소모해 주기를 바라는 모양이지만.

'오호단문도가 들어왔다. 이런 곳에서 팽가의 사내들을 희생시킬 필요가 없어.'

팽인호는 피식 웃었다. 예전 같으면 앞뒤 안 가리고 저돌적으로 치고 나갈 수밖에 없었겠지만 지금은 그때와 상황이 달랐다. 풍운검대의 생각과 달리, 이제 팽가도 딱히 아쉬울 것이 없어진 것이다.

"일단 안으로 드십시다."

"…일 장로, 지금 안으로 간다는 게 무슨 의미인지 아시오?"

팽오운의 얼굴이 험악해졌다.

"알고 있지요. 저 죽자고 배를 까놓는 독종들을 상대로, 본 가의 귀한 혈육을 희생시킬 수는 없습니다. 차라리 정예 고수들을 모아 일부만 움직이지요."

"일 장로!"

"잠시 생각을 해보십시오. 관문 밖에는 천군지사대가 기다리고 있습니다. 그리고 우리가 불러들인 정사지간의 병력, 그들 중 일부만 움직인다고 하더라도 장씨세가는……."

팽인호는 웃었다.

"어차피 막을 수 없습니다."

"흠."

팽오운은 뭐라 말하려다 입을 닫았다.

생각해 보면 팽인호의 말대로 장씨세가는 어차피 무너지게 되어 있다. 천군지사대까지 왔으니 닭 잡는 데 소 잡는 칼이 온 격이다.

기왕 이길 싸움이라면 팽가 역시 지나친 피해를 피하는 것이 앞날을 보는 수가 될 터였다.

"좋소. 일단 팽가의 최정예들만 모아봅시다."

✻   ✻   ✻

한밤중 한 노인이 숲속을 거닐고 있었다. 어딘지 초조해 보이기도 하고 중대한 결심을 한 사람처럼 보였다.

노인의 손엔 횃불이 들려 있었다. 구름이 잔뜩 낀 날씨라 앞을 분간하기 힘들었기 때문이다.

스윽.

이윽고 주위를 두리번거리던 그는 작은 암자 앞에서 멈춰 섰다. 횃불을 내려놓은 그는 입을 열었다.

"왔소."

짤막한 한마디. 그러고는 조용히 기다렸다.

"알 수 없는 자들에게 납치되었다고 들었는데?"

어디선가 음산한 목소리가 흘러나왔다.

감정을 읽을 수 없는, 매우 무미건조한 목소리였다.

"서로 이해가 맞았달까. 그자들이 날 납치한 것은 당신들의 정체에 대해 궁금해했기 때문이오."

도지휘사 장대풍은 거짓을 말하지 않았다. 이런 때일수록 정공법으로 그들을 설득시키는 게 훨씬 더 유리하다고 알고 있었다.

"그래서 이곳까지? 우릴 노출시키려고?"

어둠 속 주인의 말은 여전히 담담했지만 장대풍은 당황하지 않았다.

이미 시일이 꽤 지났으니 자신이 찾아든 이유를 이들도 충분히 분석했을 것이다.

납치당한 자신이, 관내로 돌아가지 않고 가족들도 찾지 않았다. 그리고 제일 먼저 찾아든 곳이 이곳이니 의심하는 것도 당연한 일이리라.

"오히려 기회라고 생각했소."

"기회?"

"나를 붙잡아서 당신들을 캐내려 한다는 건, 그리고 날 놓아 줬다는 건 아직 이쪽에 대해서 아는 바가 적다는 뜻이지. 지금 쯤이면 당신들 역시 만반의 준비를 했을 터이고."

잠시 침묵이 일었다.

꿀꺽!

그 침묵 속에서 장대풍의 털이 올올이 섰다. 만에 하나 자신의 발언이 그의 심기를 건드린 거라면 삽시간에 목이 날아갈 것이기 때문이다.

"그것도 괜찮은 방법이지."

초조함 속에서 생각을 정리한 것인지, 다행스럽게도 그가 다시 말을 걸어왔다.

"그래, 그놈은 어디에 있나?"

"그게……."

겨우 한숨 돌리던 장대풍의 눈동자가 흔들렸다.

대답을 하지 않자 숲속, 어느 구석에서 목소리가 흘러 나왔다.

"그놈은 어디 있냐니까."

재차 흘러나오는 말에도 무슨 이유에서인지 장대풍은 가만히 있었다.

짧게 정적이 흐른 후.

"이놈, 뭔가 음모를……."

"네 뒤다."

그때였다.

숲속에서 미약한 목소리가 흘러나왔다. 이제껏 들려온 음성과는 또 다른, 더 잠잠하고 낮은 저음이었다.

"네 뒤에 있어."

＊　　　＊　　　＊

"윽!"

단말마의 비명이 들리는 순간 장대풍의 눈이 커졌다.

신음 소리와 함께 사라진 인기척.

보이지도 않는 어둠 속에서 교전이 일어난 것이다.

두근두근.

정적이 길어지자 장대풍의 심장은 요동쳤다. 여기서 살아난 자가 누구냐에 따라 그의 대처도 달라질 것이다. 운이 없다면 죽음까지도 각오해야 한다.

저벅저벅.

갑자기 오른쪽에서 들리는 발소리.

그는 바짝 긴장하며 누군지도 모르는 이에게 입을 열었다.

"이겼소이까?"

"안내해."

횃불을 들어 올리며 드러난 것은 광휘의 얼굴이었다.

장대풍은 그제야 안도의 한숨을 내쉬었다.

슥슥슥.

풀잎들을 스치며 장대풍은 어둠 속으로 더 들어갔고 광휘가 다시 모습을 감췄다.

　조금 언덕진 지형을 걸어가자 처음보다 좌우로 숲이 빽빽한 곳이 나왔다. 접견 지역 다섯 개 중 두 번째 장소였다.

　"뭐야? 두기(斗起)와 만나지 못했던가?"

　멈칫.

　갑작스럽게 들려오는 목소리.

　장대풍은 걸음을 멈추고 숨을 골랐다.

　"그것이……."

　장대풍이 적당한 변명을 생각하려는 그때 또다시 말을 걸어왔다.

　"누굴 데려왔군. 네놈을 납치한 그놈이지?"

　처음 들린 소리는 왼쪽, 이번에 들린 곳은 등 뒤였다.

　"그렇습니다."

　"제법 잘 숨은 것 같은데… 혹시 소문의 그놈인가?"

　지금은 오른쪽.

　상대는 두 명이 아니라 세 명이었다.

　'간파당했어……. 괜찮을까?'

　끄덕.

　장대풍은 속내를 숨기고 굳은 얼굴로 고개를 끄덕였다.

　첫 번째와 달리 이들은 장씨세가 사내가 숨어 있는 것을 알아챘다.

　실력도 실력이지만 이제 기습으로는 효과를 얻기 힘들다는 것이다.

바박. 타타. 타탁.

때마침 어둠 속에서 흘러나오는 풀잎 스치는 소리, 나뭇등걸을 밟는 소리가 동시에 터져 나왔다.

싸움이 시작된 것이다.

쇄액! 쇄액! 쇄액!

칼질 소리가 들리자 장대풍은 눈을 질끈 감았다. 아까와 같이 터질 듯한 심장을 누르며.

'끝났나?'

얼마 후 주위가 조용해지자 그는 고개를 들었다.

저벅저벅.

뒤에서 들려오는 발소리에, 그곳에 횃불을 들이대다 순간 몸이 굳어버렸다.

그를 향해 나타난 이는 광휘가 아니라 눈만 드러낸 복면인이었던 것이다.

"서, 설명해 주겠소. 이게 어찌 된 상황이냐면……."

장대풍이 급히 입을 열려던 그때.

풀썩.

어둠 속에서 나타난 복면인이 갑자기 바닥으로 고꾸라졌다.

"뭐 하나? 안 가고."

"아."

쓰러진 복면인 뒤에 서 있던 광휘.

장대풍은 한숨을 내쉬며 대답했다. 더 입을 열지 않아 다행이라고 생각하며.

"가십시다."

*　　　　*　　　　*

"이거 곤란한데."

달이 떠오르는 한밤중.

팽가의 정문 뒤쪽의 굽어진 작은 언덕에는 남색 복장의 무인들이 각기 편한 자세로 아래를 내려다보고 있었다.

"도처에 독뱀들이 득실하오."

복면을 쓴 삼 조 조장 위무독(危武獨)이 길게 뻗은 나뭇가지를 잡으며 말했다.

그러자 그의 옆에 머리를 똬리처럼 묶은 복면인, 이 조 조장인 서화평(徐和平)이 말을 받았다.

"입구뿐만 아니라 팽가 주변을 포위하듯 둘러싸고 있소. 아마도 빠져나오지 못하게 막으려는 듯하오."

"당가요."

천군지사대 일 조 조장, 동추(董椎)가 고개를 끄덕였다.

단 오십의 인원으로 하북팽가를 압박할 수 있는 집단. 강호에서도 오직 독물을 부리는 당가만이 가능한 일이다.

"그들이 온다는 얘기는 듣지 못했는데."

"대체 일이 어떻게 진행되는 거요?"

그 말에 동추는 잠시 침묵하더니 두 조장을 향해 대답했다.

"일이 어떻게 됐건 우리 임무는 팽가를 도와 장씨세가를 처단하는 것뿐이오."

"일 조는 묘안이 있소?"

서화평의 말에 동추는 침음했다.

상대의 주 무기는 독.

팽가가 힘이 없어서 저들에게 압박당하고 있는 것이 아니다. 천군지사대의 대원들 중 독과 암기에 대해서 잘 아는 이들도 많았다. 하지만 그런 이들이 상대하기에 당가는 강아지 앞의 호랑이 같은 존재로, 일 개 조 혹은 여기 모인 이들의 절반 이상이 죽음을 각오하지 않고서는 방법이 없었다.

"조장."

때마침 정찰 임무로 파견 나간 삼 조 조원 중 한 명이 달려와 부복했다.

"뭐냐?"

"한 시진 전 팽가와 무림맹 고수들이 출진했다고 합니다."

"뭐라? 한 시진?"

천군지사대 조장들이 어이없어했다.

당가가 코앞에서 진출로를 막고 있고, 그들이 그걸 똑똑히 보고 있었다. 그런데 이미 한 시진 전에 출진이라니?

"오십 리 밖에 있는 외부 정찰 요원에게 발견되었습니다. 추산하기로 백여 명에 달하는 인원이었다고 합니다."

"후방으로 돌아 나간 건가?"

"그런 것 같지만 아직 확인은 되지 않고 있습니다."

이 조 조장 서화평이 잠시 침묵한 사이, 삼 조 조장 위무독은 여전히 의문스럽다는 듯 말했다.

"이상한 일이군. 당가는 이미 사방에 독을 풀었어. 독뿐만 아니라 독충도 독사도 있다. 그것들에 중독되지 않고 나가기란 불가능할 텐데."

파악한 당가 인원은 쉰하나, 팽가 전역을 에워싸기엔 턱없이 부족하다. 아니, 애초에 그럴 필요도 없었다. 당가의 눈이 미치지 않는 지역은 사람 하나 빠져나갈 수 없이 독을 뿌려댔으니 땅에 발을 딛는 사람이라면 결코 무사하지 못할 터인데…….

"초상비(草上飛)로군."

"……!"

일 조 조장의 말에 순간 숨이 멈췄다.

초상비.

말 그대로 풀잎을 밟고도 풀이 휘어지지 않을 만큼 몸을 가볍게 하는 경공술.

당가의 시선이 미치지 않는 지역으로 해서 독뱀이나 독충, 독가루를 건드리지 않고 빠져나갈 수 있는 또 하나의 방법이었다.

"그럼 말이 되는구려. 초상비를 쓸 만한 경공술의 고수는 무림에서도 흔치 않으니까."

"팽가에는 팽가 고수뿐 아니라 운검대도 다수 있소. 정예들을 모은다면 백 명 가까이 될 터."

말은 쉽지만 실제로는 쉽지 않은 일이다.

초상비를 쓴다는 것은 검기를 쓸 수 있는 혹은 그에 근접한, 흔히 말하는 기(氣)를 운용할 수 있을 정도의 경공의 실력자.

오대세가 중 하나와 무림맹 대표 부대의 정예 고수를 다 합쳐도 백 명이 넘지 않는다는 걸 뜻했다.

"젠장. 우리도 따라가야겠소."

목표가 달라졌으니 더는 지체할 필요가 없었다.

동추의 말에 다른 조장들이 고개를 끄덕였다.

＊　　　＊　　　＊

저벅저벅.

세 번째로 접선책을 만나러 간 자리였다.

"아……."

장대풍은 신음을 내뱉으며 멈춰 섰다.

칫! 치잇! 지이익!

갑작스럽게 사방에서 귀를 자극하는 소리가 들려온 것이다.

'한두 명이 아냐…….'

스스스슥.

무공 수준이 참담한 장대풍은 인기척을 느끼지도 못했다. 하지만 전후좌우 모든 방위에서 나무들이 흔들리고 있었다.

'숫자가 엄청나다. 단단히 대비를 했어!'

장대풍은 다시 이를 악물었다.

세 번째 접촉 지역은 두 번째와 위치상 제법 떨어져 있었다. 당연히 오는 데도 시간이 오래 걸렸다.

앞서 연락을 취했어야 할 자들이 죽었으니, 연락받지 못한 은자림은 자연히 최대 경계 태세를 취하고 자신들을 맞이하고 있을 터.

"컥!"

"으헉!"

생각이 채 끝나기도 전에 단말마의 비명이 흘러나왔다.

파파파팍!

그 순간 땅을 박차는 소리가 요란하게 들려왔다. 언뜻언뜻 칼이 부딪치는 불꽃을 통해 십수 명의 그림자가 드러나 보였다.

'너무 많아…….'

사사사사삭!

한데 모인 나무 몇 그루가 꺾일 듯 휘청였다.

장대풍이 두 주먹을 쥐며 숨을 몰아쉴 때.

쿵! 쿵! 쿵!

벽을 찍는 듯한 소리가 가장 먼저 들렸다.

"으악!"

"아아악!"

또 비명 소리가 이어졌다.

퍼어억! 퍼억! 사사사삭.

바닥에 부딪히는 소리, 땅을 구르는 소리.

그그그극, 콰콱─!

그리고 바위 부서지는 듯한 소리가 연이어 들려왔다.

"끝이 났……. 헉!"

소름 끼치는 소리 때문에 잠시 장대풍이 고개를 들 때였다.

"가자."

호흡 한 점 흐트러지지 않은 광휘가 나타나며 명령했다.

장대풍은 저도 모르게 고개를 연신 끄덕였다. 왠지 모르게 소름이 쫘악 돋고 있었다.

*   *   *

"허억. 헉."

장대풍은 걸어가면서 숨이 가빠 왔다.

이제까지 연락을 취할 때 이렇게 빠르게 움직인 적이 없었다. 그나마 광휘가 어둠 속에서 누군가와 싸우는 동안은 바짝 긴장해서 덜덜 떨어야 했다.

"이, 이곳은 소인도 잘 모르는 곳이옵니다."

장대풍은 어느새부턴가 저도 모르게 극도의 공경을 보이고 있었다.

"주로 이놈들과 만난 곳은 앞서 온 세 곳. 전해주는 기밀의 중요도에 따라 주는 방법, 장소가 각기 달랐사옵니다."

장대풍은 횃불을 살짝 내리고는 말을 이었다.

"이제 남은 곳은 일급 정보를 내리는 두 곳입니다. 그러니 각오를 단단히 하셔야 할 겁니다."

"음."

광휘는 말없이 고개를 끄덕였다.

"어……."

장대풍은 잠시 뭐라고 말을 하려다가, 다시 고개를 내저으며 발길을 돌렸다.

광휘, 삼천의 군세를 뚫고 금의위를 죽인 자.

이자의 실력은 믿어 의심치 않지만 상대도 그에 못지않은 자들이었다. 장대풍의 일천한 수준으로서는 용과 용의 싸움을 보는 듯 어느 쪽이 우세한지 짐작도 가지 않는 것이다.

후르륵. 후륵.

"젠장."

하필이면 횃불까지 깜박이다 꺼지니 장대풍의 불안은 이제 신경질적으로 변했다.

캄캄해서 앞도 보이지 않는 숲길을 한 시진 정도 걸었을 때쯤.

"멈춰라."

나지막한 경고가 날아들었다.

멈칫.

장대풍은 걸음을 멈추며 더듬거리는 목소리로 대답했다.

"오해하지 마시오. 내가 여기로 온 건… 어? 어?"

듣지 못했던 것일까?

제자리에 선 장대풍과 달리 광휘는 계속 걸어갔다.

"멈춰라!"

또다시 들려오는 경고.

장대풍은 눈을 동그랗게 뜨고 광휘를 향해 말했다.

"저기, 멈추라고 하고 있습니다만."

스윽.

때마침 걸음을 멈춘 광휘.

가까스로 안도의 한숨을 내쉬는 장대풍을 흘낏 쳐다보더니 고개를 올리며 말했다.

"닥쳐."

"……!"

저벅저벅.

광휘가 다시 걸어가자 갑자기 주위가 잠잠해졌다.

광휘는 점점 멀어져 갔고, 다급해진 장대풍이 뭐라 얘기하려는 순간 섬뜩한 비웃음 소리가 들려왔다.

"끌끌. 가소로운 놈."

"……!"

구구구구궁!

그때였다.

말이 끝나기가 무섭게 장대풍의 눈앞에서 지형이 변화하기 시작했다. 빽빽한 나무가 기이하게 꺾이며 광휘를 향해 날아든 것이다.

파파팟.

순간 광휘의 형체는 거짓말처럼 사라졌다.

콰콰콰콰쾅!

공간이 부서지는 듯한 소음과 함께 일대가 폐허로 변해 버렸다.

스슷!

광휘가 다시 나타났다.

그러나 장대풍은 그가 가려는 방향, 걸음걸음마다 촘촘히 새겨진 함정을 보고 기겁했다.

'저건 기관진식이야!'

들어섰다 하면 누구도 살아남을 수 없다는 기관진식.

그런 규모의 기관진식 안으로 계속 움직이고 있었던 것이다.

기리리릭. 기기긱!

기관진식이 발동되며 언뜻 푸르스름한 인광이 비쳤다.

그래서 장대풍은 흐릿하게나마 볼 수 있었다. 지금부터가 진짜란 것을.

슈슈슈슉! 파파파팟! 콰콰쾅!

돌이, 목창이, 화살이, 대체 어떤 식으로 날아들었는지 알 수 없을 정도로 연거푸 쏟아졌다.

그리고 광휘의 몸을 찢어발겼다. 아니, 분명 그리 보였다. 죽었어야 할 광휘가 흐릿하게 사라지기 전까지는.

"이형환위!"

도지휘사는 저도 모르게 고함을 질렀다.

무예는 일천하지만 그도 강호에 대해 들은 풍월은 있었다.

분명 공격에 몸을 관통당한 것처럼 보였는데 허깨비처럼 이리저리 다시 나타난다.

말로만 들었던 도깨비놀음.

무위의 극에 다다른 자들이 쓸 수 있다는, 신화 같은 일이 눈앞에서 펼쳐진 것이다.

파파파팟! 콰콰콰콰쾅!

진식의 공격은 좀처럼 끝나지 않았다. 수 회, 수십 회에 걸쳐 쏟아진 장치들.

감(ㄴ)의 모양이 드러날 정도로 부서지고 박살 난 공간에서 그가 홀연히 나타나 공중제비를 하고 있었다.

콰드드득!

기관은 여전히 작동되고 있었다. 줄에 엮인 거대한 나무가 양쪽에서 날아드는 것을 기점으로 수십 명의 괴인들이 불나방처럼 달려들고 있었다.

'이건 못 피해!'

장대풍의 말을 들은 것일까. 언뜻 공중에서 광휘가 검 자루에 손을 가져가는 모습이 보였다.

쾅!

한데 격돌의 순간 끔찍한 폭음이 연이어 그의 귓전을 때렸다.

'아……'

장대풍은 삐 하고 명멸하는 귀울림 속에서 입을 벌리고 눈앞을 바라보았다.

이미 기관에 당한 자를 향해 달려든 이들. 거기에 그들은 벽력탄까지 사용해서 자폭을 했다.

이런 공격을 맞고도 죽지 않는다면 대라신선이라 불러도 모자람이 없으리라.

"살아 있어……. 어떻게……."

한데 광휘는 멀쩡히 서 있었다. 기가 찰 정도로, 아무런 피해 없이.

피잇.

그때 신기루처럼 뭔가 그를 스쳐 가기 시작했다. 얼마나 빨랐
는지 장대풍이 그가 사람이라고 깨닫기까지는 조금 시간이 걸
렸다.

"뒤, 뒤쪽에!"

스스스슥.

그가 급히 말을 내뱉기도 전에 뭔가가 앞으로 튀어나왔다. 자
신을 스쳐 지나가던 속도보다 몇 배로 빨리 밀려난 것이다.

"미안한데……."

독사처럼 움직이던 복면인 한 명이 장대풍의 지척 앞에 누워
있는 걸 발견한 장대풍.

그런 그를 향해 광휘는 천천히 고개를 돌리며 손을 올렸다.

"거기 칼 좀 가져와."

"…예?"

장대풍의 시선이 바닥에 쓰러진 사내에게 향했다. 말을 듣고
서야 그 사내의 가슴에 꽂혀 있는 칼을 발견할 수 있었다.

기이하게 꺾인 칼, 괴구검이었다.

*　　　*　　　*

"그곳이 은자림의 은신처인지는 소인도 확실히 모르옵니다."

사박사박.

깊어졌던 밤도 지나 어느새 새벽빛이 어른거릴 정도로 밝아

진 산속.

광휘와 장대풍은 최종 접견 지역을 향해 걸어가고 있었다.

"앞서 돌아본 장소들이 그랬듯 이곳 역시 접선 장소 중 하나일 뿐이었습니다."

도지휘사 장대풍이 잠시 자리에 선 채 무릎을 툭툭 쳤다. 체력이 좋지 않은 그로서는 틈틈이 쉬면서 걸어가야 했다.

"그래도 지금 이곳이 가장 의심되긴 합니다. 꽤나 오래전 들은 얘기이긴 하지만, 무엇이든 큰일이 터지면 이곳으로 오라고 하였으니 말입니다."

"……."

장대풍은 옆에 서 있는 광휘를 바라보며 고개를 절레절레 저었다. 제대로 자신의 말을 듣기는 한 건지 간단한 말 한마디조차 없었다.

'대체 무슨 생각인 거지.'

곧 도착할 곳은 은자림과 만날 수 있는 최종 접선 지역.

어떤 고수들이 있을지, 얼마나 많은 숫자가 있을지 알 수 없었다.

광휘가 경천동지할 무위를 가지고 있다는 것은 보아 알고 있지만 너무 대비나 긴장감 없이 가는 것 같아 불안했다. 막말로 여기서 그가 삐끗하면 자신부터 죽어나가는 것 아닌가.

저벅저벅.

"저어, 대인께서는 은자림의 정보를 캐내는 게 목적 아니십니까?"

불안해진 장대풍이 입을 열었다.

"하면 관계된 접선책들을 사로잡아 뒤를 캐내서도 될 텐데 모두 죽이시는 이유를 모르겠습니다."

장대풍은 궁금한 것을 물었다.

지금까지 갑작스럽게 기습을 해 오거나 존재를 숨기던 자들.

이제껏 보아온 광휘의 무위로 미루어 그가 원한다면 사로잡을 수도 있었다. 그런데 보이는 족족 죽이고 있었다. 마치 일부러 그러기라도 하듯.

"은자림이 아니다."

"예?"

장대풍은 의아하게 그를 바라보았다.

"은자림의 이름을 파는 벌레들이지."

광휘가 담담히 대답했다.

"하면……."

"그래. 몸통은 따로 있다."

광휘는 고개를 끄덕였다. 그리고 스산한 살기 어린 웃음을 지었다.

"연결책들이 사라지면 진짜 은자림이 나타날 것이다."

장대풍은 그제야 이해했다.

정계에서도 이런 방식은 종종 쓰였다. 도무지 연결점을 찾기 힘든 암중 세력은, 아예 보이는 대로 다 죽여 버리면 그제야 숨겨진 적이 나오기도 하는 것이다.

'타초경사, 그건가.'

저벅저벅.

그렇게 반 시진쯤 걸었을까. 도성과 그리 떨어지지 않은 곳에 탑(塔)이 하나 세워져 있었다. 사면이 붉은 벽으로 막혀 있고 입구로 보이는 작은 문 하나가 있었다.

"가지."

끼이이익.

문을 열고 장대풍이 안으로 들어서자 주위가 환하게 밝아졌다. 벽엔 일정 간격마다 촛불이 걸려 있었고 탑 밑에는 이름 모를 사내들이 서 있었다.

'아!'

장대풍의 얼굴이 상기되었다.

어림짐작으로 열 명쯤. 이전처럼 숨어 있는 것이 아니라 아예 대놓고 얼굴을 드러내고 있었다.

"이거, 도지휘사 아니십니까?"

장대풍이 당황하는 사이, 한 괴인이 그의 앞으로 다가왔다. 벗겨진 머리, 가삼을 입은 복장을 봐서는 불문의 승려인 듯했다. 하지만 승려치고는 얼굴에 새겨진 섬뜩한 흉터가 흉악스럽게 보였다.

"누구신지……."

도지휘사는 얼떨떨한 표정으로 그의 말을 받았다.

"홍각(泓却)입니다."

"호, 홍각이라면… 홍각 대사(泓却大師)!"

이름을 들은 장대풍이 눈을 크게 떴다.

자신에게 은자림의 정보를 주는 최종 연결책. 서신에서만 보았던 그 이름을 그제야 떠올린 것이다.

"직접 보는 것은 처음이지요? 아시겠지만 얼굴을 드러내지 않고 처리하는 것이 저희 일입니다. 그나저나……."

홍각은 무덤덤하게 서 있던 광휘를 힐끗 쳐다보았다. 그러고는 슬며시 웃었다.

"이자입니까?"

"…예?"

"이번에 큰 고초를 겪게 한 것도 모자라 한 성의 도지휘사를 인질로 여기까지 붙잡아 온 대역죄인이 말이지요."

"하, 하하. 큰 고초랄 것도 없습니다."

놈이란 말에 장대풍이 슬쩍 광휘의 눈치를 봤다. 하나 늘 그렇듯 그의 표정은 변화가 없었다.

"저런, 저런. 말씀하시는 것을 보니 꽤 당하셨나 보군요. 하지만 이젠 괜찮습니다. 이 활불이 직접 이렇게 행차하였으니."

"……."

장대풍은 홍각 대사라는 자가 꽤 낯짝이 두껍다고 생각했다. 고승대덕 중에서도 누가 활불(活佛)이라고 불러 주면 겸양을 하는 법이다. 그런데 그는 살아 있는 부처를 자처하고 있지 않은가.

"여러분들, 잠시 여기로 오시겠습니까?"

홍각의 말에 탑 주위에 있던 사람들이 천천히 다가왔다. 그중에는 노인도 있고, 장년인도 있었다. 두꺼운 옷을 입은 자, 한여

름처럼 얇게 입은 자, 가죽을 둘러쓴 자 등 복장이나 머리 모양
도 제각각이었다.

"먼저 소개드립니다."

가장 먼저 온 무리, 두 명의 노인들을 바라본 홍각이 입을
뗐다.

"여기 노인 두 분은 기신일류의 전승자로, 바다 건너 동영에
서 넘어오신 분들입니다. 그 실력은 능히 강호 백대고수와 견주
어도 손색이 없고, 검술로만 논할 때 강호에서 열 손가락에 꼽
히는 분으로 자부합니다."

말이 끝나기가 무섭게 두 노인이 핫 하며 깊게 고개를 숙여
보였다. 복색이 어색한 것이나 인사할 때 포권이 아닌 이상한
행동거지를 하는 것으로 보아, 그 말처럼 왜인(矮人)임이 분명해
보였다.

"원일명수입니다."

"청수이랑입니다."

괴상한 이름이라고 생각하며 도지휘사는 자연스레 고개를
숙였다.

"하북성 도지휘사 장대풍이오."

백대고수 다음으로 불리는 삼성, 이괴.

그중 이괴가 바로 이들이었던 것이다.

"그리고 이분들은 은령사신(銀靈死神)이라 불립니다."

다음으로 중년인 둘이 깊게 읍을 해왔다.

"북방에서 거대한 곰도 일 권에 때려잡는 어마어마한 권사들

이시지요. 강호에 나가면 일파의 종주와도 능히 겨룰 수 있는 실력자들입니다."

"도엽(桃葉)이오."

"도화(桃花)요."

무공에 무지한 장대풍이 봤을 때는 이들이 제일 섬뜩했다. 온몸에는 짐승 가죽을 둘러쓰고 있고, 키도 팔 척에 육박하며 울퉁불퉁한 근육이 마치 굳건한 산악을 연상시키는 것이다.

"그리고 이쪽 분들은 초강삼호걸(樵崗三豪傑)."

홍각이 한쪽을 가리키자 장년 다섯이 걸어 나왔다.

"장강수로채 출신으로, 이제껏 물에 수장시킨 이들이 천여 명에 달한다지요. 장강을 접한 어디서든 이분들 이름만 들으면 공포에 떤다고 하지요. 도적들 사이에는 상대를 찾을 수가 없어 강호에 강자를 찾아 나오신 분들입니다."

"아……."

장대풍은 당황스러웠다. 하나하나가 악명을 떨친, 도지휘사의 입장에서는 흉신 악살이나 다름없는 마두들이 대거 나온 것이다.

하지만 그것이 끝이 아니었다.

"그리고……."

슬쩍 모습을 비친 자들.

그들은 놀랍게도 홍각처럼 장삼을 입고 있었다.

"이분들은 아미의 사미이승(沙彌二僧)이라 불리는 분들입니다. 자타 공인의 백대고수입니다."

"……!"

"마지막으로……."

홍각은 입꼬리를 올리며 말했다.

"저는 전진교 출신입니다. 강호 백대고수로 알려져 있고 비공식적으로는 은자림 삼급 살수이지요."

"……!"

순간 광휘의 눈빛이 꿈틀댔다. 그가 예상했던 대로 잡벌레들을 잡아 죽이니 드디어 은자림과 관련된 인물이 나타난 것이다.

"그러니 이제 더는 눈치 볼 것 없습니다. 그만 저희들 앞으로 오시지요."

백대고수 혹은 그에 준하는 자.

그런 이들이 열 명이 넘어가는 상황이었다.

"뭐 하십니까?"

"아……."

덜덜.

장대풍은 본능적으로 몸을 떨어댔다.

은자림의 세력이 얼마나 강한지, 그리고 눈앞의 인물들이 얼마나 대단한지는 잘 알고 있었다. 하지만 오랫동안 정계의 수라장에서 굴러온 그의 감각은 '여기서 저쪽으로 건너가도 괜찮을까? 그래도 무사할까?' 하는 점에서 주저하게 만들었다.

"아이고. 이거 참 유치해서 못 보겠구먼."

처억.

누군가 장대풍의 어깨에 손을 올렸다.

"히익!"

기겁해서 옆을 바라보자 일전에 보았던 사내들, 광휘와 함께 있던 자들이 눈에 들어왔다.

사사삭.

홍각을 포함한 사내들이 주춤거리며 물러났다.

"언제?"

스스로 드러내기 전에는 기척도 잡지 못했던 것이다. 너무 빠른 움직임에 놀란 사내도 있고 심지어는 고개를 내젓는 자도 있었다.

"여기 앉으시지요, 도지휘사 나리."

상대가 그러거나 말거나, 장대풍의 어깨를 잡은 자는 나무로 만든 의자 하나를 내밀었다.

'이건 또 언제 준비했대?'

방호였다. 아직 상황을 파악하지 못한 장대풍에게, 그는 천천히 돌아보며 말했다.

"뭐, 이 나이 먹고 내가 누구요 같은 소리 하는 거 낯간지럽지만 그래도 저쪽이 저리 나오면 뭐."

큼큼! 헛기침을 한 방호가 뒷짐을 진 사내를 가리키며 말했다.

"자. 여기 이분 보이시나? 앞이 안 보이고 체구는 좀 왜소하지만 이분이 자그마치 천중단 출신이고… 그 전에는 전대 무당파 장문인이셨네."

"……!"

홍각을 비롯한 사내들이 눈을 부릅떴다.

전대 무당파 장문인. 대외적인 느낌으로는 천중단이라는 이름보다 저 명호가 더 컸다.

"그리고 여기 이 덩치 보이시지? 굼떠 보이지만 보기보다 날렵해서. 천중단 돌격조장 출신인 웅산군으로, 한때 중원 제일권으로 통했네. 참고로 권가제일문(拳家第一門)이라 불리는 언가(彦家)의 가주였던가?"

"…지금 어디서 장난질을 하는 건가."

홍각이 이를 악물며 짓씹듯 내뱉었다.

하지만 방호는 개의치 않고 다음 사내를 가리켰다.

"그리고 장강수로채? 마침 잘 만났군. 여기 이놈이 녹림칠십이채의 총채주인 염악이란 놈이거든. 천중단의 대주였고, 일백 근짜리 참마도가 그의 성명병기."

"이 땡중아, 왜 다른 사람은 분이고 난 놈이냐!"

염악이 꽥 소리 지르거나 말거나 방호는 거들떠보지도 않고 자신을 스윽 가리켰다.

"그리고 활불 어른? 이 몸은 소림사 출신이지. '방' 자 항렬의 방호라 하고, 전대 장경각주였소. 뭐, 출신보다 천중단인 게 더 자랑스럽지만."

"…방호라고? 그런 명호는 들어본 적 없다!"

"소림사? 이놈이 어디서 말도 안 되는 소리를!"

반사적으로 격한 반발이 쏟아져 나왔다. 무당파에 소림사에, 녹림칠십이채라니. 듣기만 해도 경계가 최상으로 올라가는 것이다.

"그리고 이분은……."

그런 시선을 즐기기라도 하듯 방호의 눈은 한 곳으로 향했다. 바로 뒤에서 눈살을 찌푸리고 있는 광휘였다.

"현재 장씨세가에서 밥을 드시고 계시지, 호위무사로. 원래는 천중단 단장이셨지. 다음 직위는……."

"그만해라, 방호."

"전대 무림맹주셨다."

이크 싶어 방호가 재빨리 말을 맺어버렸다.

第五章

우리가 아니면 누구도

이들을 막을 수 없다

잠시 정적이 일었다.

검을 든 기신일류 둘과 거대한 쌍도를 든 은령사신. 사미이승과 더불어 초강삼호걸까지.

"뭐, 이런 말도 안 되는……."

홍각은 헛헛 웃었다.

앞부분에서 살짝 긴장하기도 했지만 그가 알기로 전대 무림 맹주는 양장위였다. 갑자기 광휘라는 인물이 전대 무림맹주라고 소개되자 웃음밖에 나오지 않은 것이다.

"뭐, 믿고 안 믿고는 너희들 자유고."

툭툭.

무릎을 치며 몸을 펴는 방호는 주위를 바라보며 슬쩍 미소 지었다.

"이제 시작할까?"

파파파팟.

말이 떨어진 순간 각기 방향으로 뛰어나가며 천중단 인원이 사방으로 흩어졌다.

탑 앞에는 광휘와 장대풍, 그리고 홍각 대사만 덩그러니 남았다.

"상황을 지켜보니 도지휘사께서 왜 그리 압박을 느끼셨는지 알 만합니다."

홍각은 사라져 버린 사내들을 보지 않고 고개를 끄덕였다.

"확실히 말은 요란하군요. 하지만 실제로 얼마나 별것 없는 자들인지, 제가 직접 보여 드리지요."

"저기……."

"일각, 아니 반 각이면 됩니다. 마음 편안히 가지시고 한쪽에 앉아계십시오."

스윽.

홍각도 천천히 검 자루에 손을 가져갔다.

광휘는 그때까지도 느릿하게, 말없이 그를 바라보고 있었다. 홍각은 그 느림이 너무나도 큰 빈틈으로 보였다.

"그럼……."

파팟.

기습이었다.

삼 장도 안 되는 거리. 방심하는 틈을 노려 삽시간에 광휘 쪽으로 파고들었다.

패애애액!

"윽!"

뭔가 획 하고 바람이 불어오는 순간 장대풍은 고개를 돌리며 눈을 질끈 감았다.

때마침 축축한 뭔가가 온몸을 적셨다.

데굴데굴.

핏물이 몸에 닿자 아직까지 소름이 가시지 않는 장대풍.

슬며시 눈을 뜨다 바닥에 굴러가는 것을 발견했다. 어깨까지 도려내진 팔 한쪽이었다.

"내가 말했지, 장대풍."

철컥.

바닥에 주저앉은 홍각을 쳐다보던 광휘가 몸을 떠는 장대풍에게 짧게 대답했다.

"이놈들은 진짜가 아니라고."

＊　　　＊　　　＊

"으으으."

신음을 흘리며 자신의 어깨를 감싸는 홍각.

재빨리 점혈로 지혈을 했음에도 많은 양의 피가 새어 나왔다.

푸욱!

"큭!"

순간 홍각은 재차 비명을 지르며 바닥에 주저앉았다.

어느샌가 그의 허벅지에 괴구검이 박혀 들어가 있었다.

"장대풍, 여기가 아냐. 저길 봐라."

홍각에게로 잠시 시선이 쏠린 장대풍.

광휘가 한 말에 그가 가리키는 곳으로 재차 고개를 돌렸다.

"은자림으로부터 널 보호해 줄 자다."

파팟. 팟.

장대풍의 눈에 칼을 휘두르고 있는 기신일류 전승자들이 들어왔다.

그리고 그를 상대하는, 치맛바람의 무인의 모습도 보였다.

캉! 카카캉!

두 노인들과, 그들이 상대하는 무인의 동작은 너무 빨랐다. 검끼리 부딪칠 때 언뜻 번갯불이 튀는 모습만 보였고 잠시 뒤 거리를 벌리며 호흡을 가다듬었을 때야 그들의 모습을 파악할 수 있었다.

"움직임이 민첩하군."

"검을 제법 이해했군."

몇 번의 공격이 실패로 돌아갔지만 장대풍은 기신일류 전승자들의 말투에서 자신감을 느꼈다.

이미, 싸우는 와중에도 여유가 있어 보였다. 정확히 다 보진 못했지만 그들이 펼치는 검술과 연계 동작 역시 흠잡을 데가 없었다.

'맹인이라던데… 정말 이길 수 있을까? 앞도 보이지 않잖아.'

그 반면 노인의 동작은 화려하지 않았다. 오히려, 지극히 단순했다. 움직임도 제자리에서 몇 발짝 이동했고 검술 역시 그들의 공격을 받아 내는 데 급급했다.

'확실히 무당파 전대 장문인은 아닐 터……'

무당파라면 검으로는 화산파와 함께 강호 최고의 문파라 불리는 곳.

그곳의 수장씩이나 한 자가 저렇게 밀릴 리는 없다고 생각했다.

"기신일류가 어떤 검법인지 조금 알 것 같군."

'뭐?'

장대풍은 귀를 의심했다.

갑자기 맹인 검사가 상대의 검문에 대해 평가했기 때문이다.

"기신(器身)의 기(器)는 그릇이겠지. 신(身)을 담아야 하니까. 그리고 신(身) 안에는 정(精)과 기(氣)가 있을 것이다. 일류(一流)라는 흐름에 검을 담는 힘을 말하는 것이겠지."

움찔.

장대풍은 왠지 두 노인의 어깨가 들썩이는 것을 느꼈다.

그의 시선은 다시 맹인 쪽으로 이동했다.

"사실 일류는 일검류(一劍流)를 줄인 뜻일 테다. 너희 검 끝에 강한 내기가 실린 것을 보면 충분히 짐작할 수 있지. 일 검에 장중한 흐름. 그것이 진정한 일검류의 완성이 될 터."

그 말에 기신일류라고 불리는 노인 한 명이 비릿하게 웃어 보이며 말했다.

"실력과 달리 눈썰미가 범상치 않은 놈이군. 그래, 어때? 기신 일류를 맛본 소감이?"

"몸(身)과 기(氣)는 담았으나 가장 기초인 정(精)이 없다. 즉……."

구문중이 초점이 맺히지 않은 눈을 슬며시 뜨며 말을 이었다.

"너희들은 이류라는 말이다."

"뭐?"

"뭐야?"

그 말에 두 노인은 얼굴이 와락 일그러졌다.

스스슥.

잠시 뒤 그들의 검 끝에서 기이한 기운이 흘러나왔다. 분노로 인해 모든 내공을 검 끝에 모으고 있었던 것이다.

그에 반해 구문중은 비스듬히 잡고 있던 검을 더욱 바닥으로 내리고 있었다.

"중심은 매우 중요하다. 중심이 바로 서야 좌우에 치우치지 않으며, 들어갈수록 길어지고 물러날수록 급해진다."

구문중은 태극(太極)의 구문 중 하나를 읊었다.

타탓. 타탓.

하지만 그것을 알 길이 없는 두 노인들은 곧장 자리를 박차며 달려왔다.

그들과 달리 조금 뒤늦게 움직인 구문중. 그가 서 있던 몇 걸음 앞에서 기신일류 전승자들과 함께 서로를 스쳐 지나갔다.

쉬이이익.

검이 허공을 가르는 소리뿐, 비명은 없었다.

구문중은 그 둘 사이를 지나쳤고 두 노인도 구문중이 서 있던 자리보다 좀 더 거리를 벌리고 섰다.

"아……!"

장대풍이 결과를 확인하기 위해 좀 더 눈을 뜨는 순간이었다. 두 노인들의 목에서 핏자국이 흐릿하게 생기기 시작하더니 힘없이 바닥에 자지러졌다.

혹시나 싶어 그의 눈이 다른 곳으로 향했다.

"이럴 수가……."

철컥.

구문중은 호흡의 흐트러짐도 없이 너무나 여유롭게 검집에 칼을 넣고 있었다.

"그리고 저자도 널 지켜줄 게야."

들려오는 광휘의 말에 장대풍의 고개가 좌측으로 움직였다.

그 순간, 은령사신 셋이 한 사람을 향해 달려들고 있었다.

한데 그들을 상대하는 거구는 제자리에 서 있을 뿐, 어떤 반응도 보이지 않았다.

쿵! 쿵! 콰아앙!

"아!"

땅이 울리는 순간 그냥 쓸려 나갈 것이라 생각한 장대풍이 비명을 질렀다.

이후, 눈을 비비며 바라보자 두 명의 은령사신은 쌍도를 내팽개친 채 바닥을 나뒹굴고 있었고, 오직 권사로 보이는 한 명만이 거구의 어깨에 주먹을 내지른 상태로 서 있었다.

"넌 끝이야."

뒤돌아서 있던 웅산군이 어떤 대꾸도 하지 않자 자신을 도화라고 소개했던 장한이 말했다.

"이 주먹에 팔 할의 내력이 담겨 있다. 백곰도 때려눕힌 이 주먹을 너 따위가… 헉!"

말하던 도중 도화가 놀라며 뒤로 주춤 물러섰다. 피를 토하고 쓰러져야 할 거구가 천천히 고개를 돌렸기 때문이다.

"백곰이라고?"

주먹을 제대로 강타당한 사내, 웅산군은 그를 향해 감정 없는 얼굴로 말을 이었다.

퍼어어억!

도화의 몸이 허공으로 뜨며 주욱 밀려 나갔다. 장대풍의 고개가 옆으로 휙 꺾일 정도로 멀리 튕겨 날아간 것이다.

"그거, 새끼 곰이었나 보군."

웅산군은 좌우로 과장되게 어깨를 털며, 이런 놈 상대하는데 아무 문제 없다는 것을 은연중에 표시했다.

'대체 이들은 누구냐…….'

웅산군과 은령사신의 싸움은 어른과 아이의 그것 같았다.

체구는 은령사신이 훨씬 컸다. 그런데 웅산군은 그런 상대의 일합조차 통하지 않았다. 심지어 상대의 공격을 정면으로 맞았는데도 고통이고 뭐고 없이 움찔도 하지 않았다.

"그리고 저쪽을 상대하는 천중단원은……."

툭툭.

멍한 눈으로 웅얼거리는 장대풍의 어깨를 광휘가 툭툭 치며 말했다.

"은자림의 숨겨진 거처, 놈들의 악랄한 병기를 찾을 자다."

휘휘휘.

장대풍은 등 뒤로 몸을 틀었다.

조금 멀어 보이는 곳에는 초강삼호걸이라는 사내와 대치하는 무인이 보였다. 앞서 소개했던 총채주 염악이란 자였다.

"이거야 원, 하필 내 상대가 이런 강호 신출내기라니."

조금 시간이 흐른 사이, 몇 번의 교전이 있었는지 초강삼호걸 사내 셋은 숨을 헐떡이고 있었다. 하지만 아직 눈에 독기가 서린 채 염악을 노려보고 있었다.

"큭! 제법 놀았나 보군."

사내 셋 중 한 명이 말과 함께 자신의 팔목에 칼날을 스윽 그어 보였다. 그러자 두 사내도 똑같은 행동을 했다.

칼날에 피를 짜내 흐르지 않게 수평으로 검을 든 것이다.

'혹시……'

지켜보던 장대풍은 직감했다.

그 역시 무공은 잘 모르지만 군부에 꽤 오랜 시간 몸을 담았던 자. 오히려 그렇기에 무예가 아닌 치졸한 수를 많이도 봐왔다.

일시에 칼날에 피를 묻히는 것은 모래처럼 피를 뿌려 상대의 시야를 어지럽힐 생각인 것이다.

"뭣들 하는 짓이냐? 피 아깝게."

하지만 염악은 실실 웃기만 했다. 상대가 어느 정도의 독기를 품은 건지 모르고 있는 건가. 장대풍이 그렇게 여겨 막 언질을 주려던 차에.

"조심해야……. 허!"

바박. 박. 박.

한순간 세 사내가 여섯 토막이 되어 사방으로 흩어졌다. 말 그대로 흩어졌다.

"대체 저건……!"

장대풍은 자기 눈을 의심했다. 일순 검에서 휘황한 빛이 나오는 것을 본 것이다.

퍼어억! 따각!

옆에서 커다란 격타음이 들리고 고개는 절로 옆으로 돌아갔다. 오른쪽에서 사미이승이 소림사 어쩌고 한 돌중에게 공격을 퍼부어대고 있었다.

파파팟.

사미이승 둘이 장봉을 들고 합격을 맞추어 쏟아내는 공격.

하지만 정작 상대는 그 공격의 사이를 너무나 여유롭게 빠져나가고 있었다.

"실없어 보일 때도 있지만 방호는 신법으론 우리 중에서 가장 뛰어나다. 은자림의 정보를 조달하는 자들을 쫓고 잡을 자니까."

"아아……."

광휘의 설명이 이어졌지만 장대풍은 거의 듣지 못한 듯 보였다.

슈슈슉! 슈슉!

정신없이 내려치는 봉.

공격이 지나간 바닥에 줄무늬가 죽죽 그어질 정도로 강맹한 공격이다.

그런데 방호는 느릿하게, 허깨비처럼 흐느적거리는 몸놀림으로 쉽게 쉽게 피해내고 있었다.

"틀렸다, 틀렸어. 그래 가지고 옷깃이라도 스치겠나."

"……?"

"장봉의 파지는 그렇게 하는 것이 아니다. 손에 삼 할의 힘을 주고 허리에 삼 할. 나머지 사 할은 다리에서 뻗어 나오는 회전력. 사미승 시절에 기초를 게을리했구먼."

"이노옴!"

아미파 고수들은 분개했다.

매서운 공세를 쥐새끼처럼 빠져나가며, 오히려 봉법의 기초를 차근차근 설파하는 상대에게 그들은 대놓고 살기를 드러냈다.

휙! 휘익!

뒤이어 그들은 좌우로 퍼지더니 봉을 머리 위로 쳐들며 호흡을 몰아쉬었다.

"이제야 좀 하려나 보구먼."

방호의 얼굴에 슬쩍 기대가 어렸다.

그 말이 떨어지기 무섭게 사미이승의 손, 발, 무릎이 용수철처럼 강하게 응축된 힘을 뿜어내기 시작했다.

슈슉! 슈슉!

창졸간 봉 두 개가 방호에게 날아들었다.

"그거야."

순간 느릿하던 방호의 움직임이 눈부시게 빨라졌다.

오른손을 들어 섬전처럼 날아드는 봉을 위쪽으로 쳐내고.

타탓.

반대쪽에서 찔러오는 봉의 위치를 아래로 치며 잽싸게 몸을
비틀었다.

푸욱! 푹!

그러자 양쪽에서 찔러오던 사미이승 두 명은 졸지에 스스로
의 복부와 가슴 쪽으로 봉을 찔러 넣었다. 그리고 담긴 내력 때
문인지 봉은 튕겨 날아가지 않고 그들의 몸을 관통했다.

"내세에서는 다시 기초부터 차근차근 수련을 하시게. 아미
타불……."

풀썩. 풀썩.

방호가 합장하는 가운데 둘은 천천히 자세가 무너지며 바닥
을 뒹굴었다.

"허허허……."

장대풍은 어이없다는 표정을 지어 보였다. 그러다 굳은 얼굴
로 광휘를 올려다보았다.

'이자들이라면 정말 은자림도…….'

"마지막이 남았군."

그 심사를 아는지 모르는지 광휘의 시선은 바닥에 주저앉아

있는 홍각에게로 향했다.

스윽.

"으악!"

광휘가 허벅지에 박힌 괴구검을 회수하자 홍각이 고통스러운 비명을 질렀다.

"네게 알아낼 게 있다."

그를 내려다보는 광휘.

홍각은 고통에 몸을 떨다 갑자기 무릎을 꿇은 채로 광휘를 향해 머리를 조아리더니 외쳤다.

"살려주십시오."

"……."

"소승이 아는 것을 전부 다 불 테니 제발 목숨만 살려주십시오!"

광휘가 쓴웃음을 지었다. 초면에 엄청나게 당당하게 나오더니만, 그게 단 일 합에 꼬리를 내릴 정도로 얕은 자부심인가 싶어 어처구니가 없어진 것이다.

"저도 봤습니다. 귀하들이 강하다는 것을 두 눈으로 똑똑히 봤습니다! 그러니 소승을 살려주십시오. 제발……."

'뭐지?'

그러다 뭔가 이상한 부분을 느꼈다.

은자림의 수족은 아니지만 그들에 협력하는 자들, 처음으로 드러난 꼬리다. 당연히 거센 저항이 있을 줄 알았다. 그런데 지금 이자의 행동은 곧 죽을 것에 대한 두려움이 극도로 표출되고 있었다.

"구문중."

"예."

불렀더니 바로 알아들었다는 듯 천중단 대원 구문중이 뒤에 시립한다.

"주위 삼십 장 이내에는 아무도 없습니다."

앞이 보이지 않는 맹인 검수 구문중. 그러나 앞이 보이지 않기에 그는 감각이 짐승 수준으로 예민했다. 그가 주변에 사람이 없다고 하면 그건 정말로 없는 것이다.

"단장님과 합류하면서부터 이 주위를 뒤졌다. 손을 본 이들은 모두 죽었으니 네가 걱정할 필요는 없다."

"아닙니다. 빨리 이곳을 벗어나야 합니다! 그러지 않으면 그들은 저를 죽일 겁니다."

설명해 주었지만 홍각은 더더욱 몸을 떨었다.

"그러니까 누가? 여긴 아무도 없대도?"

"걱정 마. 우리가 샅샅이 뒤졌어. 단언하건대 수십 장 내에 사람 그림자라곤 아무것도 없지. 그러니 안심해."

때마침 걸어온 염악이 말을 이었다.

"그, 그런 게 아닙니다. 빨리 여기서 벗어나야 합니다. 아니면… 아니면……."

하지만 홍각의 불안은 시간이 지날수록 더욱 커졌다. 일순 천중단원들의 얼굴이 찌푸려지고 시선이 서로 교차했다.

"사람이 아닐 수도 있다."

문득 광휘가 중얼거렸다. 대원들이 그를 바라봤다.

"사람이 아니라니요? 상대가 무슨 마물이나 신선이라도 된다는 말입니까? 고독이나 시한장치라도?"

그중 마지막으로 합류한 방호가 물었다.

"아니, 그 뜻이 아니다. 잠시……."

광휘가 그의 말을 끊었다. 뇌리가 간질간질했다. 공포에 질린 홍각의 얼굴에서 문득 기억이 되살아나려고 했다.

너무도 지긋지긋해서 잊고 있었던, 은자림 특유의 허를 노리는 수법. 그중에는 어린아이나 여자 같은, 결코 사람이 경계하지 않는 대상을 이용하는 방법도 많이 있었다.

'설마……'

구문중도 염악도, 주변을 샅샅이 살폈다. 지금 이 상황에서 자신들을 공격할 존재는 결코 없었다.

'흡!'

주위를 훑던 광휘의 눈에 뭔가가 포착되었다.

끼룩끼룩.

머리 위에서 홀연히 나타난, 근처 나무에서 둥지를 틀고 있다가 날아오는 검은 물체…….

그것은, 수십 마리에 달하는 까마귀였다.

* * *

"새 떼? 별 시답지 않은 짓거리를……."

염악이 미간을 찌푸리며 도를 치켜세웠다.

새벽빛에 비치는 새카만 까마귀들. 원래 사람을 보면 피하는 것들이 거꾸로 날아드는 게 기분 나빴다. 더욱이 지금은 뭔가의 수작질처럼 느껴졌다.

"제가 처리하겠습⋯⋯."

"멈춰!"

염악의 눈이 부릅떠졌다.

날카롭게 소리치는 광휘.

염악은 그가 자신을 말린 것에 놀라고, 광휘의 안색이 창백하게 질린 것에 더 놀랐다.

"피해라! 물러서!"

"단장?"

구문중이 당황해서 물었다. 하지만 광휘는 온몸이 뛰는 이질감에, 거기에 대답할 정신이 없었다.

두근두근.

꽉 막힌 나무숲.

높이는 육 장.

서북쪽에서 날아온 새.

심장이 울렸다.

세상 만물이 느릿하게 흘러가는 듯 보이고, 머릿속으로 온갖 주변의 정경이 파고들어 왔다.

덜덜덜.

이윽고 광휘의 몸이 덜덜 떨리기 시작했다.

처음은 두려움과 오한이었다. 나중에는 이유를 알 수 없는 불길한 예감이 뒤따라왔다.

피해야 한다고. 그러지 않으면 정말 위험하다고.

"단—자—아아아—?"

방호가 말하는 소리가 느릿하게 들렸다.

그사이 지척까지 날아온 까마귀가 갑자기 서로 몸을 부딪쳤고, 그 안에서 뜨거운 열기가 백중건의 환청과 함께 새어 나오고 있었다.

"속도는 모든 것을 극복한다."

퍽! 퍽! 퍽! 퍽!

광휘의 움직임은 한 줄기 빛이었다.

일 수에 천중단 네 명을 밀어내고 장대풍의 목덜미를 잡는 데까지는 정말 한순간이었다.

"히이—에에엑?"

"사—알—려 주—!"

장대풍이 기이한 헛바람을 일으키고, 핏발 돋은 눈으로 느릿하게 외치는 홍각.

'제기랄!'

광휘는 입술을 깨물었다.

홍각까지 챙길 틈은 없었다. 이미 열기가 눈앞까지 날아온 상황.

장대풍을 잡은 광휘가 힘껏 뒤로 던지며 몸을 웅크렸다.

콰아아아아아앙!

엄청난 폭음이 지축을 흔들었다. 그때처럼.

*　　　*　　　*

다그닥. 다그닥.

"성공입니다. 이번에도 임무를 완수했습니다."

수려한 얼굴의 사내, 유역진이 선두에서 말을 몰던 장년인에게 다가가 보고했다.

"피해는?"

"거의 없습니다."

칠 조 조장 장학림(張學臨)은 묵묵히 고개를 끄덕였다.

"잔당이 있을지도 모르니 마지막까지 방심은 금물이다. 십자(十) 대형을 유지해라!"

장학림의 말에 사사삭, 풀숲과 나무 사이에서 움직임이 일었다.

이동 시에 사용하는 십자 대형. 전후좌우 어디든 기습을 대비하기 위한 만반의 준비를 갖춘 것이다.

보고하던 유역진이 재차 경쾌하게 입을 열었다.

"조장, 은자림 은자림 하더니 생각보다 대단하진 않은데요? 고수도 많지 않고, 있는 전력이라 봐야 백여 명도 채 안 되지 않습니까."

"흐음."

유역진이 한숨 났다는 듯 개운한 얼굴로 말하는 가운데, 장학림은 고개를 갸웃했다.

"조장? 뭐 있습니까?"

"하늘에……."

스윽.

유역진의 눈이 장학림의 시선을 따라 하늘로 향했다.

조금 낮은 고도에서, 커다란 매 한 마리가 원을 그리며 날고 있는 것이 보였다.

"매라……. 별일이군요. 이쪽은 북방의 대초원 지대도 아닌데."

달자(韃子: 몽고인)들이 사는 북방에는 매를 사용한 매사냥이 잦다. 그래서 매가 혼자 날아다니는 광경도 종종 볼 수 있다.

하지만 중원 아래쪽에서는 매 같은 흉포한 금수를 사냥매로 쓰는 경우가 많지 않다. 가격도 가격이고, 어릴 때부터 길을 들여야 하기에 여간 손이 가는 것이 아닌 것이다.

"이 인근에 대단한 부호는 없었던 것 같은데……."

"탐나십니까? 제가 잡아드릴까요?"

휘익!

거기서 마침 말을 알아듣기라도 한 듯, 매가 아래로 떨어져 내렸다.

"오호! 저놈이 마침 오는구나!"

유역진이 소매를 걷어붙였다.

휘이이익!

매가 날개를 접고 급강하하고 있었다. 어지간한 화살보다 더 빠른 속도였지만, 그래 봐야 무림 고수에게는 우습게 잡히는 한낱 날짐승이다.

타악! 끼르르!

아니나 다를까, 날아든 매는 말을 박차고 도약한 유역진의 손에 그대로 목이 붙잡혔다.

"하핫! 겁도 없이 사람을 노리느냐! 내가 누군지 알고⋯⋯. 어?"

매의 목을 붙잡은 유역진이 고개를 갸웃했다.

사냥매인 줄 알고 잡은 매는, 엉뚱하게도 발에 무언가를 움켜쥐고 있었다. 아니, 좀 더 자세히 보니 움켜쥔 것이 아니라 둥글고 새카만 구체가 발치에 묶여 있는⋯⋯.

"숙여!"

상황을 채 파악할 틈도 없이 누군가가 유역진을 내리눌렀다.

꽈아아아아아아앙!

그리고 지척에서 끔찍한 폭음이 일었다.

＊　　　＊　　　＊

찌이이이─잉!

"조장⋯⋯."

비척비척.

광휘는 아직도 귀울음이 남은 귀를 부여잡고 몸을 일으켰다. 눈앞에는 새하얀 안개가 가득했다. 흐릿한 것이 일 장 앞도 분간이 안 갈 지경이다.

스스슥.

그리고 서서히 맺히는 초점.

광휘는 한참이나 눈을 이리저리 굴린 끝에 장대풍을 발견할 수 있었다.

"쿨럭! 쿨럭! 이게 대체 무슨 괴변입니까?"

"……"

저벅. 저벅.

광휘는 대답하지 않았다. 그는 이를 악문 채 무표정하게, 까마귀 떼가 날아든 방향을 향해 걸었다.

'좌우 십여 장의 폭발력. 까마귀가 들고 움직일 정도의 무게.'

폭굉으로 폐허가 된 곳에 멈춰 섰다.

홍각의 시체 따위는 찾을 수 없이 완전히 날아가 버린 공간에서 광휘는 천천히 지리를 더듬고 있었다.

'이 주위에는 없다. 하지만 지켜보고 있었다. 그렇다면 최소 오십 장, 아니 그보다 더 멀리서 이곳을 봤다는 것인데.'

스스스으으—!

공간 거리 위치가 천천히 광휘의 눈에 각인되었다. 그 순간 형태가 일그러지며 감각이 깨어나기 시작했다.

폐허가 된 주위의 소리, 바람이 부는 방향, 밟고 있는 지면의 고도.

바람이 불어오는 곳을 감지하던 광휘의 시선이 한순간 멈췄다.

타탓.

그리고 그곳에서 그의 몸이 완전히 사라져 버렸다.

바바박.

무려 삼 장을 도약한 광휘는 불길에 타고 있던 나뭇가지를 밟고 올라섰고, 나무 머리 부분에서 한 번 더 뛰어올랐다.

쉬우욱.

무려 십 장의 높이.

광휘는 무려 지면에서 십 장 높이인 공중에서 이 근방을 재빠르게 둘러보았다. 숲들이 사방을 둘러싸고 있는 공간이 확연하게 드러났다.

'분명, 이 근처에 있다.'

어딘지 쉽게 드러나지 않는 상황. 광휘는 몸이 떨어지는 와중에 검을 세웠다. 그러고는 몸을 틀며 검을 돌렸다.

새벽빛을 최대한 끌어모아 숨어 있는 대상을 찾기 위해서였다.

찌릿.

그렇게 몸이 천천히 떨어지는 와중에 언뜻 검날에 약간의 채광이 스쳤다.

광휘의 몸이 아래로 뚝 떨어지는 듯하더니 눈 깜짝할 사이 몸이 환영으로 변했다.

바바바박.

십 장.

타탓. 바바바박. 타탓.

이십, 삼십 장…….

바바박. 바바바박. 타타탓. 팟.

사, 오, 육십 장을 단번에 줄여 가던 광휘가 이름 모를 나무 위로 치솟아 오르며 검을 세웠다.

"히히힛."

눈앞에 나타난 괴인.

한쪽 눈에 하얗게 백태가 낀 그가 이빨을 드러내며 웃고 있었다.

"……!"

콰아아아아아앙!

그리고 또다시 폭발이 일었다.

*　　　*　　　*

"이건……."

염악이 잔뜩 찌푸린 얼굴로 고개를 들렸다.

광휘에 의해 밀려나 가까스로 살아남았다. 하지만 정신을 차릴 새도 없이 그 폭음이 들렸던 것이다.

"저곳이네."

맹인 구문중이 한 곳을 가리켰다.

"가지."

파파팟.

그 말에 순간 천중단 대원, 누가 뭐라 할 것 없이 달려 나갔다.

바바바박. 바바바박.

"대장?"

마지막 폭발이 예상되는 곳에서 염악은 멈춰 섰다.

그곳 역시 나무가 모두 뭉텅이로 잘려 나가 폐허로 변해 있었는데, 그곳 한가운데 광휘가 서 있었기 때문이다.

"단장, 어떻게 된 겁니까?"

방호가 다가가 슬쩍 물었다. 다른 조원들도 광휘에게 시선이 고정되어 있었다.

"개량된 벽력탄이었다."

"예?"

"이번 게 은자림이 쓰는 벽력탄이었단 말이다."

"……!"

그제야 대원들의 눈이 커졌다.

폭굉.

과거 은자림이 사용했다는 개량된 벽력탄이었다.

"위력은 예전보다 못하지만 크기는 흡사해. 벽력탄보다 작지만 위력은 몇 배나 더 강하다."

그 말에 구문중이 고개를 저으며 말했다.

"전 이해가 가지 않습니다. 제아무리 까마귀 몸에 달릴 만큼 작은 폭굉이라 하더라도 도화선이 필요합니다. 하지만 방금 전에는 불꽃은커녕 심지가 타들어가는 소리도 들리지 않았습니다."

"폭굉은 도화선이 없다. 정확히 말하면 불씨는 필요 없지."

"그게 말이 안 되는……."

"그래서 백중건이 죽었다."

웅산군이 반박하려 하는 순간 광휘가 고개를 돌렸다.

그의 부릅뜬 눈이 천중단 대원들의 시선에 확연히 들어왔다.

"아무도 몰랐어. 심지에 불이 붙지 않고도 터질 수 있는 건, 그때까지는 누구도 몰랐다."

대원들은 기억을 떠올렸다.

십대고수 백중건. 천하제일고수로도 거론되었던 그의 죽음을.

광휘는 지면 한쪽을 가리키며 말했다.

"한 명은 이미 빠져나갔다. 바닥에 찍힌 발자국이 있으니까. 아마도 방금 자폭한 사내와 이 인 일 조로 움직인 것 같다."

대원들의 눈에도 선명하게 찍힌 발자국이 보였다. 아마도 광휘가 쫓자 한 명이 시간을 벌고 다급하게 도망친 듯 보였다.

쉬이이이.

잠시 침묵이 꺼질 때쯤 광휘가 고개를 들며 말했다.

"앞서 죽은 자는 우리를 보고 있었다."

바닥으로 내렸던 대원들의 고개가 광휘 쪽으로 움직였다.

"천리경(千里鏡: 명대의 망원경을 일컫는 말)입니까?"

구문중이 묻자 광휘가 고개를 끄덕였다.

"그럼 이제 어떻게 하실 생각입니까?"

"나는……."

사박사박.

때마침 나무숲에서 인기척이 들려왔다. 반사적으로 대원들의 감각이 예민하게 반응했다.

"여기 계셨습니까."

숲에서 나온 사람은 앳된 얼굴의 청년이었다.

대원들이 다들 그를 경계하는 사이, 광휘가 손을 올렸다. 상대는 엄청 지친 기색인 것이, 필사적으로 달려온 모양으로 보인 것이다.

"누군가?"

"하오문에서 왔습니다."

"하오문? 무슨 일이지?"

"팽가가 움직였습니다. 어서 속히 장씨세가로 가서야 할 듯합니다."

남자가 어깨로 숨을 쉬며 다급히 보고해 왔다.

"왜? 장씨세가에는 당가가 있지 않느냐. 그들이 당했나?"

순간 광휘의 얼굴이 심각하게 변했다.

출진하기 전 당가가 팽가의 발목을 붙잡고 있다고 분명히 들었다. 그게 영원히 가리라고는 생각하지 않았지만, 이토록 빨리 상황이 바뀌다니.

"당가는 피해 입지 않았습니다. 팽가가 그들을 피해 우회한 것 같습니다."

"……."

광휘의 얼굴이 굳어졌다. 자존심 높은 팽가가 그런 식으로 실리만 따질 거라고는 예상 못 했던 것이다.

"웅산군, 구문중. 너희 둘은 이제부터 도지휘사를 보호한다."

"옙."

"예."

"방호, 은자림과 저들의 연결고리를 색출한다. 염악, 폭굉을 만드는 기술자가 있을 거다. 반드시 찾아 와라."

뒤이어 하나하나 재빠른 지시 변경이 이어졌다.

방호가 끄덕였고 염악이 깊이 읍한 다음 물었다.

"하면 단장께서는……."

"나는……."

광휘는 고개를 돌렸다.

저 숲 너머에 펼쳐져 있을, 작은 마을을 향해 말을 이었다.

"집으로 가야지."

*　　　*　　　*

쉬이이이.

"으으으으……."

손이 뜨거웠다.

폭발의 순간 급히 떠밀려지긴 했지만 불길을 완전히 피할 수 없었다.

가슴도 뜨거웠다. 어찌 된 영문인지 땅에서 느껴지는 강한 열기가 온몸을 지글지글 익혀 버리는 듯했다.

"신입……."

스으으으ㅡ!

"신입!"

사아아아악!

누군가의 외침 소리에 먹먹했던 귀가 뚫렸다.

시야에 먼저 들어온 건 같은 흑우단의 대원들. 몇 발 떨어진 곳에 모인 그중 하나가 자신을 향해 손짓하고 있었다.

타닷.

유역진은 비틀비틀 몸을 옮겨 대원들이 모인 곳으로 움직였다.

"조, 조장? 아… 아악!"

그리고 신음했다.

조장 장학림, 간발의 차로 폭발에서 유역진을 밀어낸 그가 힘겹게 눈을 뜨고 있었다.

"유역진이라고 했지? 이번에 처음 들어온 신입, 너 말이다."

"이게 어떻게… 조장… 대체 무슨 일이."

조장 장학림은 팔다리가 날아가 있었다. 그나마 붙어 있는 몸통도 부분부분 구멍이 뚫려 있었다. 폭발을 온몸으로 막아선 결과였다.

"이게 은자림이다."

"아… 아……."

"흔적도 실체도 알려지지 않은, 상식을 벗어난 싸움 방식. 이것이 바로 은자림이다."

"제가… 제 잘못입니다, 조장. 제가 매를 잡지만 않았어도……."

"닥치고 들어! 유역진!"

대원 중 한 사내가 소리치자 유역진이 눈을 부릅떴다.

다급한 분위기. 사지를 잃고 엄청난 출혈을 한 장학림. 그럼에도 묘하게 기운이 남아 있는 듯한 그의 얼굴.

'…회광반조.'

목숨이 경각에 달한 끝에 나온다는 마지막 힘.

"기억해야 한다. 그리고 잊지 말아야 해."

그조차 거의 끝에 다다랐던 걸까, 장학림의 소리는 점차 가늘어지고 있었다.

"그들의 방식, 그들의 병법. 모두 익히고 배워야 한다."

"조장……."

"힘들 것이다. 죽고 싶을 만큼 괴로울 것이다. 하지만 해야 해. 우리가 아니면……."

스륵.

희미하게 웃음 지으며 그가 소리를 내지 못하고 입모양만으로 말했다.

―누구도 이들을 막을 수 없다.

*   *   *

흔들흔들.

대원들과 조금 떨어진 곳.

나뭇가지를 밟고 서 있던 광휘는 멀리서 흩어지는 대원들을 바라보고 있었다.

"기억하고 있습니다. 결코 잊지 않았습니다, 조장."

과거의 잠재된 기억 속에서 떠올린 장년인.

광휘, 아니, 그때만 해도 유역진이었던 자신의 첫 번째 큰 실수. 그때 잃은 선배 조장이었다.

"지켜보십시오, 조장. 은자림도, 그와 관계된 자들도 단 한 명도 남기지 않겠습니다."

광휘는 곱씹었다.

한때 동료들의 수많은 죽음을 앗아간 은자림. 다시금 세상속에 나타난 그들의 존재를 떠올리던 광휘가 비릿하게 웃어 보였다.

"씨를 말려 버릴 겁니다, 죄다."

복잡한 그의 표정은 공포가 아니었다. 삶의 의미를 찾았다는 기쁨의 희열, 복수를 할 수 있다는 강렬한 쾌감이었다.

第六章

본인에게 하는 말

하북 패주시(貝州市).

용두객잔(龍頭客殘)은 이 일대에서도 유명한 객잔이다. 잘 방도 깨끗하지만 이곳의 숙수가 동파육을 기가 막히게 잘 만들기 때문이다.

"한번 맛이나 보라니까? 절대 후회하지 않을 테니."

"하핫! 내 다른 건 몰라도 자네 입맛만은 확실히 인정하지!"

종일 돌아다녀 배가 허전해진 떠돌이 행상 둘은 한껏 기대하며 객잔으로 향했다. 그러다가 객잔 초입에서 기겁하며 발을 멈췄다.

"허억?"

스릉!

말도, 경고도 없었다. 흑의를 입은 기골 장대한 무인들이 객잔 입구에서 조용히 험한 도를 꺼내 들고 있었다.

뒤따라온 사내가 인도해 온 이에게 물었다.

"저, 저기 자네 말이지……."

"으, 응! 동파육 말고도 이 동네는 괜찮은 곳이 많이 있다네!"

이심전심이다.

장사치로 잔뼈가 굵은 그들은 피바람이 불 것 같은 분위기에 즉각 꼬리를 내뺐다.

"퉤!"

화들짝 달아나는 두 사내를 보고 팽오운은 침을 뱉었다.

대하북팽가의 무인들이 시전의 건달이나 할 짓을 하고 있자니 기분이 매우 나빠진 것이다.

끼이익! 덜컥!

"갑시다."

"…뭐요?"

팽오운이 고개를 돌렸다.

막 허허 웃으며 나온 팽인호. 그가 어이없다는 얼굴로 고개를 내저었다.

"이 객잔이 마침 방이 다 찼다는구려."

"그럼 다른 곳으로 갑시다."

팽오운은 쓴맛을 삼키는 듯 인상을 찌푸렸다.

패주시 용두객잔의 동파육은 꽤 유명한 요리다. 모처럼 나온 길에 그 맛이나 보려 했는데 마침 객잔의 방이 다 찼다니 아쉽게 되었다 싶었다.

이래서야 귀찮음을 피하려고 잡인들을 좇아낸 것이 괜한 짓
이 된 게 아닌가.

'가는 날이 장날이라더니, 하필이면……'

하지만 그것은 시작에 불과했다.

"자리가 없다고? 또?"

"…그렇다는구려."

팽인호는 딱딱하게 굳은 얼굴로 고개를 내저었다.

하지만 다음 곳에서도 허탕이었다. 팽오운은 잔뜩 구겨진 얼
굴로 일 장로의 뒤를 따랐다.

*　　*　　*

"예약한 손님이 있으십니다."

"죄송합니다. 방이 다 차버려서……"

다섯 번째 허탕을 쳤을 때, 시각은 축시(丑時: 새벽 세시)를 넘
어가고 있었다.

"일 장로, 이거 아무래도 이상하오."

팽오운은 격한 감정을 표정으로 드러냈다. 그러고는 으스스
하게 입을 열었다.

"오늘이 무슨 날인 거요? 성시(成市)가 열리는 날도 아니고, 명
절도, 길일도 아닌데 이 무슨……"

세간에는 체구가 좋은 사람이 보통 머리가 둔하다는 인식이

있다. 그건 나름대로 일리도 있다.

대개 몸 자체가 좋은 사람은 굳이 잔머리를 쓰지 않아도 튼튼한 몸을 믿고 대부분의 일을 해결할 수 있으니까.

하지만 팽오운은 그런 범주에서는 빼놓아야 하는 인물이었다. 그는 곰의 덩치를 한 늑대였다. 필요하다면 충분히 교활해질 수 있었다.

그가 만사를 힘으로 누르는 까닭은, 그저 그게 효과적이기 때문이었다. 기분이 상한 팽오운은 저도 모르게 팽인호에게 반하대를 하고 있었다.

"확실히 말도 안 되는 일이지. 가는 곳마다 자리가 없다니."

팽인호는 모른 척, 팽오운의 무례를 받아넘겼다.

"이틀 전, 사흘 전에 갑자기 손님이 몰렸다고 합디다."

"귀찮아 죽겠군. 그냥 웃돈을 주고 되사 버립시다."

팽오운이 제의하자 팽인호는 고개를 내저었다.

"이미 평소의 세 배 값으로 냈다 하오. 게다가 돈으로 될 게 아닐 성싶소."

"돈으로 안 된단 말이오? 장사치가?"

방금 들은 게 맞느냐는 듯 팽오운이 되물었다. 팽인호가 끄덕이며 설명해 주었다.

"첫 번째 객잔을 잡은 이들은 하필 술도가(酒都家: 술을 만들어 파는 집)에서 온 사람들이라오."

객잔의 주인은 시전에서 사람들의 눈치를 많이 본다. 특히 술도가의 사람들과 사이가 나빠지면 그들이 명주를 죄다 다른 가게로 돌려 버리거나, 아니면 앞으로 자기 객잔에 들이는 술이 맛없는 물건이 들어올 수가 있다.

그렇기 때문에 주인은 절대 거절할 수 없는 것이다.

"두 번째는 동네 왈패들이라오."

"왈패라……."

팽오운의 얼굴이 와락 구겨졌다.

한마디로 시전에서 어깨에 힘주고 다니는 날건달이라는 것들이 아닌가. 그런 잡것들 때문에 팽가의 행사가 방해를 받는다니?

"주인 입장에서는 그들도 무시 못 할 손님들이오. 이들은 계속 여기서 장사를 해야 하니……."

"됐소. 더 안 들어도 되오. 그냥 차분히 설득 좀 해봅시다."

찰칵. 팽오운의 손아귀에서 도갑이 거친 소리를 냈다.

팽인호는 그 '설득'이 무슨 의미일지 팽오운을 물끄러미 바라보다 고개를 내저었다.

"하북팽가가 난동을 부린다고 소문이라도 낼 생각이오?"

"……."

팽오운의 입이 다물렸다.

하북팽가의 무인들이 잘 곳이 없어서 객잔에서 행패를 부린다니?

나중에 강호에 퍼져 나갈 망신은 둘째 치고 지금 그들은 은밀하게 움직여야 했다.

'우리가 하북팽가의 사람들입네' 하고 큰소리치면 일은 금방

해결되겠지만 장씨세가를 은밀히 암습하는 것은 물 건너가게 된다.

"일정을 변경합시다. 두어 시진 말을 달리면 또 마을이 하나 있소. 그쪽에서 묵으면 될 게요."

"젠장."

팽가의 무인들은 투덜거리며 패주시를 떠나 인근의 작은 마을을 찾았다. 하지만 그들은 가는 길에 생각도 못 한 봉변을 당했다.

푸르륵! 푸르륵!

"워. 워! 이놈들이 왜 이래?"

중간이나 갔을까. 갑자기 말들이 몸을 벌벌 떨며 입에 거품을 물기 시작했다.

부지직! 부직!

"미친!"

심지어 누렇고 악취 나는 것들을 다리 사이에서 쏟아내기 시작했다. 몸이 좀 둔한 무인 하나는 말이 쓰러지며 튀긴 오물에 옷이 엉망이 되었다.

'이거 좀……'

팽오운은 눈을 가늘게 떴다. 이상했다. 말 한두 마리가 탈이 나는 거라면 모를까, 무인 십여 명이 탄 말들이 단체로 배탈을 일으켜 달리지도 못하고 쓰러진다?

"아무래도 하오문인 듯하구려."

툭. 툭.

팽오운과 함께 온 네 명의 죽립 무사, 그 사이에서 한 사내가 걸어오며 말했다.

"하오문?"

"객잔에 방이 없다고 할 때부터 이상하다고 생각은 했지. 이번에는 말이 탈이 난 걸 보면 하오문일 수밖에 없어."

각진 얼굴에 눈매가 매서운 사내.

그는 풍운검대 대주 진자운(眞紫雲)이었다.

원래는 일 조 조장이었는데 이번 임무에 순찰당주와 순찰 부당주가 참관하지 않아 임시로 직무를 수행하고 있었다.

"술도가, 왈패, 말 먹이는 말구종(馬驅從: 말을 다루는 종놈)이라……."

팽오운이 읊듯이 말하자 진자운이 고개를 끄덕였다.

"무인 축에도 못 드는 하류의 잡것들이오."

"생각해 보니 딱 그렇구려. 한데 왜 하오문이 우리에게 이런 짓을 벌인 것이오?"

"그거야 난들 알겠소. 뭐, 우리와 하오문은 접점은 없으니 이곳만 지나면 나아질 거요."

진자운이 후우 한숨을 쉬며 동이 터 오는 산등성이를 턱짓했다. 어느새 인시(寅時: 새벽 다섯 시)가 넘어가고 있었다.

"말을 버리고 신법으로 움직입시다. 조금 피곤해지긴 하겠지만 범위를 늘릴 필요가 있소."

"참 별 더러운 꼴을 다 보는군."

휘익, 휙 불어오는 바람에 구릿한 냄새가 났다.

팽오운은 진절머리가 난다는 얼굴로 침을 탁 뱉었다.

＊　　　＊　　　＊

터벅터벅.

동이 훤하게 튼 묘시(卯時: 일곱 시) 무렵, 겨우 지친 몸을 이끌고 도착한 마을에서 이들은 또 더러운 꼴을 봐야 했다.

"워! 워! 이놈이 왜 이래!"

용두객잔과는 비교도 안 되는, 작은 마을 허름한 객잔 앞에서 팽오운은 얼굴이 굳었다. 당황하며 말을 진정시키는 말구종, 그리고 거품을 물고 발작하는 말들.

"설마……."

자신들이 당한 일을 이들도 겪고 있는 모양이었다. 그것도 마을 전체 단위로.

"알 리가 없소. 우린 그동안 제대로 쉰 적도 없어."

진자운이 침음했다.

팽가의 무인들이 소수 정예를 꾸려 떠난 지 사흘이 지났다. 그 와중에 그들이 제대로 쉰 적은 손에 꼽을 정도였다.

기력이 있는 동안은 신법으로 달려왔고, 틈틈이 쉴 겸 하여 말을 빌리거나 객잔에 묵곤 했다.

한데 보급이랄지, 무인이 취할 수 있는 가장 기본적인 휴식이 어느 순간부터 큰 차질이 생기고 있었다.

푸르륵! 푸륵!

부지지직!

"아이고! 아이고! 이놈의 말들이!"

"방? 없습니다, 없어요. 벌써 며칠 전부터……."

터벅터벅.

사시(巳時: 오전 열한 시) 무렵에 닿은 다음 마을에서도 똑같은 일을 겪었다.

이제 해는 중천에 올라 있었고, 팽가의 인물도, 풍운검대의 인물도 눈이 퀭하게 들어가 있었다.

"이렇게 의도적으로 우리를 방해하고 있다면 확실히 이건 하오문 일부의 문제가 아닌 것 같구려. 혹시 일 장로, 그들이 장씨세가와 협력한다는 얘기가 있었소이까?"

진자운은 나란히 움직이던 팽인호와 팽오운에게 다가와 물었다. 일이 이쯤 되니 그의 의문은 확신으로 변해 버렸다.

"들은 적 없소. 하지만 그럴 가능성도 배제할 수 없지요."

"왜 그렇소?"

"그곳에는……."

팽인호가 입을 떼려다가 잠시 머뭇거렸다.

장씨세가를 돕고 있는 괴상한 호위무사. 듣기로 그는 원래 무림맹 소속이라고 했다. 그의 출신을, 지금 무림맹 소속인 이들 앞에서 언급하는 것은 왠지 꺼려졌다. 천중단은 무림맹의 사내들에겐 우상 그 이상의 존재가 아닌가.

"…그냥 노숙이라도 합시다. 이건 아무래도 답이 없소."

팽오운은 이제 넌더리를 냈다.

한때는 하오문 따위가 장씨세가에 붙어본들 무슨 힘을 쓰겠나 싶었다. 녀석들이 쓰는 수단도 사실 웃긴 수준이었다. 잘 방을 죄다 선점해 두고, 말들에게 장난을 친다.

이게 개별적으로 보면 우스운데, 세 군데 마을에서 동시에 일어나고 있는 일이라면 가볍게 볼 것이 못 되었다.

"이게 다가 아닐 수도 있소."

"…앞으로도 이럴 거란 말이오? 우리 경로를 어찌 알고?"

팽오운은 회의적이었다.

하오문의 인물 중에는 제대로 된 고수가 없다. 그래서 팽가와 풍운검대가 은밀히 움직인다면 알아챌 수 없을 터였다.

"삼천 명쯤, 이 일대를 덮어버린다면 가능하지요."

"이… 일대를 전부?"

이 말에만큼은 팽오운도 기가 질렸다.

팽가의 일대, 그리고 장씨세가로 이어지는 길까지 들어서는 마을은 삼십 개가 넘는다. 그 일대에서 전부 이 같은 일이 일어나고 있다면 이건 상상도 안 가는 규모로 벌어지는 행사인 것이다.

"하오문주라도 개입했다는 말이오?"

"하북의 정보를 통째로 움직이는 일은 하오문주가 아니라도 할 수 있소. 하오문 내 열 손가락 안에 드는 위치라면."

"내 장씨세가 연놈들을 당장……."

팽오운은 욕설을 내뱉고는 뒤돌아섰다. 더 묻지 않았지만 불편한 표정을 숨기지도 않았다.

무공을 익힌 무인들이라 노숙한다고 해서 체력이 떨어질 일은 없다.

하지만 이왕이면 편안한 잠자리로 심신이 개운한 것을 바라지, 불편하게 자는 것을 선호할 자는 아무도 없었다.

"크악! 이놈이!"

끼히힝! 푸르르륵!

성미가 돋은 무인은 일격에 말을 때려죽였다.

"말 간수 누가 한 게냐!"

"대체 뭘 처먹인 거야!"

"칠 사형! 아무리 그래도 제가 말이나 보고 있어야 합니까?"

팽가의 무인들 사이에서는 책임 소재를 따져 묻는 소란이 일어났다.

나쁜 징조였다. 피로와 긴장이 계속되니, 예민해진 무인들이 자기들 사이에서 분열을 일으키기 시작하는 것이다.

"모두 따라오너라."

"옙!"

진자운의 말에 서른넷에 달하는 대원들이 고개를 숙이며 따라 움직였다.

"우리도 가야겠소."

팽인호의 말에 팽오운이 인상을 찌푸리며 외쳤다.

"모두 일 장로를 따라가라."

"옙!"

팽가의 무사들도 즉각 팽인호를 따라 움직였다.

*   *   *

"형님, 무슨 문제가 있습니까?"

팽오운의 주위로 죽립 무사들 넷이 걸어왔다. 그중 호철이라 불리는 사내가 죽립을 슬쩍 들며 입을 열었다.

모두가 자리를 떠났음에도 여전히 자리에 서 있자 뭔가 의미가 있다고 느낀 것이다.

"아무래도 우린 따로 움직여야 할 것 같다."

"예?"

팽오운은 호철을 향해 진지한 얼굴로 입을 열었다.

"내일 저녁, 황연리(黃然里) 북쪽 호숫가에서 두 정사지간과 합류한다. 그들을 만나 병력을 재정비하는 시간, 도중 의견을 조율하는 시간 등으로 지체하다 보면 장씨세가를 칠 시간은 더욱 길어질 것이다."

원래는 화월문과 천외문이 먼저 와서 기다리고 있는 와중이었다. 바로 그들을 이끌고 쳐도 되는 상황이었지만 정사지간인 그들을 통제하는 것이 무엇보다 중요했다.

잘 벼린 팽가의 무인들도 예민해져서 분란을 일으키는 상황. 만에 하나 사파 출신인 그들이 통제가 불가능해져 무공을 익히지 않은 양민들을 보이는 족족 죽여 버리는 일이라도 생기면, 차후에 큰 문제가 생길 것이 뻔했다.

어디까지나 무림맹과 팽가는 정파.

그나마 자신들은 오늘처럼 화가 나도 참기나 하지, 저 사파 잡졸들은 객잔 안에 투숙하고 있던 사람들을 강제로 끌어내는 등 피를 보는 일까지 생길 수도 있다.

"하면 어떻게……."

"이렇게 된 이상 전력으로 서두른다. 거리상 지금부터 신법을 써서 달려가면 내일 저녁쯤에는 닿을 수 있다."

"그러면 닿았을 때는 거의 녹초가 될 겁니다만……."

"그렇다 해도 상대는 장씨세가다."

분노가 점점 더 끓어올랐다. 일개 장사치 집안이 대명문이라는 팽가의 자존심을 무참히 짓밟았다. 이번에 손쓰는 김에 이 모든 것을 몇 배로 되돌려서 갚아줄 셈이었다.

"장씨세가에서 가장 껄끄럽던 광휘, 묵객. 이 둘이 거기 없단 말이다. 즉, 지금이 가장 좋은 기회다."

"그런 걸… 어찌 아셨습니까?"

"흥. 가라앉는 배를 띄우려는 쥐새끼는 어딜 가나 있는 법이다. 거기도 내분이 일어나서 우리 팽가에 충성하겠다며 정보를 가져다 바치는 놈들이 있지."

팽오운은 얼굴에 살의를 가득 드러내며 웃었다.

장씨세가에 한해서는 정도를 지킬 생각을 이미 지워 버리고 있었다. 그러니 독자적으로 움직일 생각을 한 것이다.

"하겠느냐?"

"물론입니다."

그의 물음에 네 명의 죽립 무사가 고개를 끄덕였다.

이들은 방계의 무리들. 어릴 적부터 자신과 함께 커온 듬직한 핏줄이었다.

"그럼 가자."

✻ ✻ ✻

누군가에는 의미 없는 하루.

하지만 장씨세가에는 무엇과도 바꿀 수 없는 천금 같은 시간이었다.

팽가가 제시한 최후통첩 기일이 이미 넘었음에도 장씨세가 내원은 아직 부산하게 움직였다. 당가가 시간을 벌어준 덕분에 적들을 대비할 수 있었던 것이 참으로 다행스러웠다.

드르륵.

"어떻게 됐나요?"

서혜의 방으로 들어온 장련이 대뜸 물었다.

"장 소저, 일단 앉아서 얘기해요."

서혜는 장련을 보자 손사래를 치며 자리를 권했다.

슥슥슥.

장련이 앉자 조금 더 빠르게 붓을 마무리한 서혜는 서신을 말릴 틈도 없이 대충 접어, 창을 열고는 툭 내던졌다.

다다닥.

은연중 창가 뒤로 사내의 발소리가 들렸다. 하루 종일 그녀의 지시를 기다리고 있다가 명이 떨어지면 전달을 담당하는 사람이었다.

"걱정 많이 하셨죠?"

서혜가 한숨 돌렸다는 듯 장련을 보며 말했다.

장련의 조금 상기된 표정을 본 그녀는 웃으며 말을 이었다.

"잘 해결되었어요."

"정말요?"

"그럼요."

"아!"

장련이 눈을 크게 떴다. 가슴에 모은 손이 자연스레 무릎으로 내려갔다.

서혜는 그런 장련을 지그시 응시하며 말을 이었다.

"노인들은 상회의 각 지역으로, 젊은 사람들은 배를 타고 가거나 표국으로 이동했습니다."

"아이들은요?"

"부녀자와 함께 마을로 대피했습니다. 그리고 가주와 주요 보직의 인사들도 이미 안전한 곳으로 피신시켰고요."

서혜의 말에 장련은 가슴을 쓸어내렸다.

팽가와 무림맹이 움직인다고는 한다. 그들의 전력도 무서웠지만 이번에 그들과 함께하는 이들이 정사지간의 파락호들이라는 것이 가장 마음에 걸렸다. 이 때문에 장련은 장씨세가 내의 무력한 일반인들을 대피시키는 데에 주력했다.

"다행이군요. 하오문에는 이번에 정말 큰 도움을 받았습니다."

다만 둘 곳이 마땅치 않았다. 세가의 수백에 달하는 인원이 한 번에 움직이게 되면, 그건 '우리 약점이 여기에 있소'라고 외치는 것이나 마찬가지다.

하여 은밀하게, 동시에 신속하게 그들을 소개할 필요가 있었는데, 그 부분을 하오문이 맡아준 덕에 큰 시름을 덜 수 있었던 것이다.

서혜가 슬쩍 미소를 흘렸다.

"별말씀을요. 이미 함께하기로 한 처지인데. 부창부수라, 여인은 사내를 따르는 것이 당연한 법이지요."

"네?"

"아니에요. 그냥."

서혜가 호호 웃으며 입을 가렸다.

장련은 고개를 갸웃했지만 곧 다음 것을 물었다.

"팽가에서 일부가 밖을 빠져나왔다고 하던데… 그쪽은 파악되고 있나요?"

"지금 부성시(阜城市) 황연리에서 모임을 갖고 있다고 해요. 팽가와 무림맹의 인원, 거기에 정사지간인 화월문과 천외문도 와 있다고 하네요."

"하면 어떻게 되는 건가요?"

"너무 염려치 말아요."

근심 어린 얼굴로 장련이 묻자 서혜는 밝게 웃으며 말했다.

"며칠 전 해남파가 하북에 입성했어요. 그리고 엊그제 성도를 지나쳤고요. 거리상으로는 해남파가 더 가까워요. 저들은 본 문이 필사적으로 발을 늦추고 있으니 이틀은 걸릴 테지만 해남파는 내일이면 도착할 거예요."

서혜가 안심하는 이유는 거기에 있었다.

'일부 측면에서의 행동력은 개방보다 하오문이 더 뛰어나다더니… 정말이구나.'

말구종, 객잔의 점소이나 동네의 파락호 등 하오문은 일반적인 생활면에서 밀접하게 사람들과 접해 있는 단체다.

거지가 주루에서 얼쩡거리면 사람들은 '혹 개방인가?' 하고 살펴볼 때도 있다. 하지만 주점에서 음식을 나르는 점소이까지 그렇게 보는 일은 없는 것이다.

이런 단체의 특수성 때문에, 하오문은 시시각각 변하는 하북을 손바닥 들여다보듯 하며 정보를 규합할 수 있었다.

"그리고 미처 전해주지 못한 소식인데……."

장련이 눈을 크게 해 서혜를 쳐다보자 말을 이었다.

"호위무사님도 돌아올 거예요. 오늘 아침에 전달받았거든요."

"아!"

장련의 눈이 커지더니 이내 고개를 돌려 버렸다. 꾹 눌러두었던 감정이 요동칠 것만 같아 표정을 숨긴 것이다.

"마지막에 전갈한 곳은 이곳과 거리가 있긴 하지만… 그분의 무공이라면 이미 이 인근까지 와계실지도 몰라요."

"…네."

장련은 두 손을 꼭 모으고는 고개를 끄덕였다.

"일단 내원을 살펴볼게요."

"전 북문 쪽을 더 점검해야겠어요. 거긴 아직 기관이 설치되어 있지 않아서요."

자리에서 일어나는 장련과 서혜.

그렇게 둘은 동시에 밖을 나갔다.

*   *   *

끄덕.

밖을 나온 장련은 마주 오던 무사의 인사에 같이 예를 차렸다.

영내에 구룡표국 무사였다.

대부분 사람들이 빠져나가고 그 자리를 장씨세가의 무사들과 구룡표국 무사들이 메웠다.

주위를 둘러보던 그녀가 잠시 걸음이 멈췄다. 서혜의 목소리가 귓가에 맴돌았기 때문이다.

"이곳과 거리가 있긴 하지만… 그분의 무공이라면 이미 이 인근까지 와계실지도 몰라요."

"아……."

장련은 가슴이 뛰었다.

한동안 모습을 보이지 않았기 때문일까. 아님 자신의 생각 이상으로 감정이 커져 버린 것일까.

확실한 것은 그가 온다고 생각을 하니 두근거리는 마음이 주체되지 않았다.

"아가씨, 계셨습니까."

문득 거처로 돌아가던 중 능자진이 인사해 왔다. 지난번에 청성파에 사신으로 갔던 그는, 마침 시일을 맞춰 오늘 정오쯤에 당도한 것이다.

"걱정이라도 있으십니까? 안색이 많이 안 좋아 보이십니다."

그 말에 장련이 고개를 저었다.

"오히려 반대예요."

"예?"

"그보다 밤새 지치지 않으셨나요?"

능자진은 고개를 갸웃했지만, 확실히 장련의 안색이 생각보다 나쁘지 않은 것에 끄덕였다.

"아… 예. 곡전풍과 황진수, 삼교대로 번을 서고 있으니 괜찮습니다. 그리고 아직 그들이 출몰했다는 이야기도 없고요."

"정말 고마워요. 청성파의 일도 그렇고."

"아닙니다. 전 그저 전달만 했을 뿐 큰일은 그분이 다 해주신 것 아니겠습니까."

장련은 문득 또다시 생각이 났다.

그가 내민 서책. 그로 인해 결국 가장 큰 위협은 사전에 제거된 것이다.

지금 장씨세가가 전력으로 막아내고 있는 상대에, 만약 청성파와 남궁세가까지 적으로 가세했다면… 그건 상상도 가지 않았다.

"정말 저는 도움만 받는군요."

"글쎄요…… 저는."

장련이 왠지 기운 빠진다는 얼굴을 하자 능자진은 머리를 내저었다.

"좀 잘 웃어주시면 될 것 같습니다."

"…네?"

장련은 의아했다. 무슨 뜻인지 한 번에 이해하지 못한 것이다.

"제가 나이는 어리지만 식객으로 세가나 가문에 의탁했던 경험은 제법 있습니다. 하지만 지금 장씨세가에서처럼 이렇게 마음 편히 지내본 적은 처음입니다. 처음엔 좋은 사람들이, 그리고 도움 되는 사람들이 내 옆에 있었기 때문이라 생각했습니다."

"……."

"하지만 근자에 들어 생각이 변했습니다. 내가 이렇게 편히 지낼 수 있는 이유, 이곳이 왠지 내 집 같은 이유는 바로 장련 소저 같은 분이 있었기 때문입니다."

능자진은 진지한 얼굴로 거듭 말했다.

"저뿐만이 아닐 겁니다. 한 예로 광휘 무사는… 잘 모르는 제가 보기에도 끔찍한 일을 많이 겪은 사람입니다. 그런 사람이 이곳에 있다는 것만 보아도 장련 소저가 얼마나 대단한지 충분히 알 수 있습니다."

"아니에요. 능 소협께는 항상 신세만 지고 있는걸요."

"하핫! 이거 누가 할 말을 누가 하시는 건지 모르겠습니다!"

장련이 예의 바르게 감사를 표하자 능자진은 가슴을 두드리며 웃었다.

"사실 말이야 바른말이지, 이곳에 와서 제가 소저와 광휘 무사의 덕을 본 것이 한둘인 줄 아십니까? 당장 무예만 해도 엄청 늘었고, 제 지인들에게서도 수시로 연락이……."

"크헉!"

"컥!"

그때였다.

한참 분위기 훈훈한 대화를 이어가던 두 사람의 고개가 획 돌아갔다. 갑자기 근처에서 단말마의 비명 소리가 울린 것이다.

"적이다!"

"북쪽이다!"

땡땡땡!

경계 종이 울리고 사방에서 불을 밝히며 소리치는 무사들.

능자진의 표정이 싸늘히 굳어졌다.

"어떻게 벌써……."

침입에 대비하기 위해 내원 귀퉁이와 전각 지붕마다 사람을 올려 파수를 보게 하고 있었다. 하지만 그들이 뭐라 외치기도 전에 이미 내원 안에서 소란이 인 것이다.

"아가씨, 가주전에 가계십시오."

능자진은 사태를 파악하고 급히 장련을 뒤로 물렸다.

"무, 무사님……."

"급합니다. 이 정도 경계를 뚫고 들어올 정도라면 필시 보통

자들이 아닐 터, 저희가 막겠습니다."

뛰어난 고수들이 왔다는 것은 영내에 아비규환이 일어나리라 생각했기에 두려웠던 것이다.

"막을 수 있을까요?"

"아가씨, 그건 저희가 해야 할⋯⋯."

"으악!"

"악!"

비명 소리는 점점 커지고 있었다.

"갑시다!"

능자진이 더는 말하지 않고 급히 장련의 손목을 잡아끌었다. 그의 얼굴은 이제 석상처럼 딱딱하게 굳어 있었다.

*   *   *

쇄액! 쇄액!

"컥!"

"억!"

한 번의 칼질에 장씨세가의 무사들이 툭툭 나가떨어졌다. 정심한 듯하지만 빠르고, 때론 패도적으로 밀어붙이는 도법.

하북팽가의 상승 무공의 상대가 되기에 구룡표국과 장씨세가 무사들로는 턱없이 모자랐다.

"셋씩! 셋씩 달라붙어서 공격해!"

"막아! 물러서면 죽는다!"

하나하나 사람들이 쓰러져 나가는 가운데, 그나마 급조한 지휘 체계가 발동되었다. 십여 명이 검을, 암기를, 하다못해 기와 벽돌이라도 던지며 조직적으로 항거했다.

쉬익! 픽! 픽!

하지만 그들의 칼은 적들의 몸도 스치지 못하고 바닥을 나뒹굴었다. 시간은 그나마 끌 수 있었지만 애초에 실력 차가 너무 큰 것이다.

"뭐, 이 정도면 오래 걸리지 않겠군."

전면에서 싸우고 있는 죽립 무사와 다르게 팽오운은 뒷짐을 지고 있었다.

쐐액! 후드득!

그 뒤에서 팽호경이 도신에 묻은 피를 털어내며 대답했다.

"반 시진 안에 끝내겠습니다."

"흥."

당장에 앞에 나선 죽립 무사 호경, 호윤(虎胤), 호룡. 그 셋만으로도 저들을 쳐 죽이고도 남았다.

그렇게 찬찬히 주위를 살피던 팽오운이 일순 스산한 살기를 피워 올렸다. 구룡표국과 장씨세가의 무사들 뒤에 서 있는 여인을 발견했기 때문이다.

"저년이 하오문인 것 같군."

들고 있는 각종 책들과 매혹적인 옷태. 장씨세가의 복장이 아닌 것만 봐도 화류계인 듯했다.

"어떻게 할까요?"

팽오운의 옆에 서 있던 호철이 그를 향해 물었다.

"넌 적당히 상대한 후에 장씨세가 계집년과 가주를 찾아라. 난 따로 상대할 자가 있으니까."

호철이 고개를 끄덕였다.

팽오운이 노려보고 있는 여인. 단아한 듯 차려입었지만 타고난 색기를 그 역시 한눈에 알아보았다.

"저희 몫까지 단단히 부탁드립니다."

오는 길에 말 같지도 않은 개고생을 치르게 만든 하오문주임이 분명했다.

"허허. 아미타불. 정도를 지향하는 무인의 눈에 너무 악독한 살기가 배어 있구려."

휘익. 툭. 툭.

그때였다. 지붕 위에서 뛰어내리며 승복 차림의 중 셋이 나타났다.

그들을 본 팽오운이 냉소를 흘렸다.

"이건 또 뭐야?"

"방천, 방윤, 방곤이라 하오이다. 쟁투를 넘어 지나친 살계를 여는 것은 정도 무림맹의 일원으로서 할 짓이 아니지 않소?"

"방천…… 소림인가?"

휙. 휘익! 휘휙!

뒤이어 능자진, 곡전풍과 황진수까지 모여들었다.

"제기랄! 정파란 이름을 쓰고 이리 더러운 짓을 하다니!"

"내 뭐랬어? 팽가가 말이 명문가지 하는 짓은 정사지간 잡졸보다 더하다 그랬지?"

그 모습을 팽오운이 재밌다는 듯 바라보며 살소를 흘렸다.

이제껏 손쓸 가치도 없는 잡것들만 보고 있다가 이제야 좀 실력 있는 무인들을 만나게 된 것이다.

"그 아가리를 놀린 값을 단단히 치르게 될 거다."

스릉!

팽오운은 도를 뽑아 들며 스윽, 턱짓을 했다.

"호룡."

"옙!"

죽립 무인 중 한 명이 뒤돌며 팽오운을 바라보았다.

"너는 저기 세 명의 무사를 맡아라."

"옙!"

"그리고 호철, 호경, 호윤."

"옙!"

앞서 사내들을 도륙한 죽립 무인과, 팽오운 옆에 있는 무사가 포권했다.

"너희는 중놈들을 맡아라. 무리해선 안 될 것이야, 저놈들은."

소림의 노승들을 힐끗 본 팽오운이 미간을 찌푸렸다.

"충분히 강하다."

"명!"

말을 듣지 않아도 세 명의 죽립 무인들은 잔뜩 긴장하고 있었다. 장봉과 계도, 그리고 적수공권으로 나서는 노승들은 과연 소림이라 할 만했다. 척 봐도 등골이 저릿저릿해지는 굉장한 기세에 호철은 내기를 잔뜩 끌어올렸다.

"하오문주!"

쩌러렁!

죽립 무인들이 호명된 장씨세가의 무인들에게 몸을 돌리는 사이, 팽오운이 건물을 박차며 날아올랐다.

아까 눈여겨보았던 화려한 복색의 여인을 향해.

타악! 타타탓!

막 급히 후방으로 빠지던 서혜는 멈칫했다. 한마디 호령과 함께 팽가 최강의 무사 팽오운이 그녀의 앞을 막은 것이다.

"이런. 어딜 가시나?"

"아!"

서혜의 몸이 굳었다. 그런 그녀에게 팽오운이 비릿한 살소를 지어 보였다.

"하오문주 맞지? 뭐, 아니라고 해도 상관없지만."

"……."

"어차피 이 자리에 낀 놈들은 다 죽는다. 하오문주든 일반 문도든, 씹어먹을 장씨세가의 일족이든 전부."

침착해지려는 듯 서혜가 잠시 입을 닫았다. 그러다 주위를 힐끗 쳐다본 후에야 고개를 들었다.

"…팽가의 이름이 얼마나 대단한지 새삼 느끼게 되는군요."

서혜의 표정이 미묘하게 변해 있었다.

그 모습에 팽오운은 웃음이 절로 나왔다. 두려움을 진정시키고 냉정을 유지하려는 노력이 뻔히 보이지 않는가.

"대문에 진을 친 당가에는 함부로 접근하지도 못하고 도망치듯 빠져나와서는 기껏 상대하는 것이, 칼 들 힘도 없는 아녀자인가요?"

"…이년이?"

한데 그 받아친 말은 정말 예상외였다.

"아니지. 팽가의 여식을 짝사랑하면서도 말 못 하는 겁쟁이무사라고 불러야 하나요?"

"뭐, 뭐? 이… 네 이년!"

도발인 줄은 알지만, 알고도 못 넘어가는 도발이라는 게 있는 법이다. 아니, 자신이 가장 숨기고 싶어 하는 부분까지도 끄집어냈다. 절대 알려져서는 안 되는 역린을 건드린 것이다.

"그냥 죽여주려고 했는데 생각이 바뀌었다. 아주 갈가리 찢어 죽여주마. 네 요망한 입을 원망하거라!"

그렇지 않아도 당가 때문에 찜찜한 기분이 남았던 팽오운은 무인의 자긍심과 수치심에 온몸으로 살기를 내뿜었다.

"하앗!"

팽오운이 한 발 내딛는 순간이었다. 십여 명의 무사들이 이 순간을 기다렸다는 듯 득달같이 달려들었다.

"큭!"

사사삭! 스각! 철퍽!

하지만 한 줌 비웃음과 함께 허공에 새파란 궤적이 그어지고 목을 혹은 팔다리를 잃은 무사들이 그대로 나뒹굴었다.

"주인을 지키는 개들……. 충성은 좋지만 그것도 실력이 바탕이 되어야지."

'엄청난 고수.'

서혜는 몸이 떨렸다.

거의 도가 움직이는 것도 보이지 않았다.

그녀가 도발을 걸고, 팽오운이 달려들면 호위무사들이 그 틈을 노린다는 계획이 있었는데, 그게 너무나도 쉽게 무너져 내렸다.

팽오운은 확실히 도발에 걸렸다. 그러나 달려든 무사들이 그에게 상처 하나 내지 못하고 그대로 목숨을 잃은 것이다.

"그럼 이제 끝내자."

"아, 아……."

서혜의 눈동자가 흐려지며 휘청 몸이 기울어졌다. 땅을 짚던 그녀의 손이 작게, 가볍게 당겨졌다.

피싯! 투와아악!

"……!"

그리고 일순, 그녀의 팔꿈치 근처에서 무언가가 비단 장삼을 뚫으며 터져 나왔다. 가느다란 비침이 한 무더기나 쏟아져 날아온 것이다.

카앙! 캉! 화드드드득!

팽오운은 급히 도를 휘둘러 자신의 앞을 보호했다. 거의 검막(劍膜)에 가까운 방어 검술은 우모침처럼 가느다란 수백의 비침을 모두 쳐냈다.

"…감탄했다. 이번 건 정말 나도 재미있었다."

후드득. 주룩주룩.

겁을 먹고 넘어지나 했더니, 예상도 못 한 각도에서 암기가 터진 것이다.

도 날에 달라붙은 우모침은 색들이 검푸르렀다. 하나하나가 극독이 발려 있는 것이다. 아무리 팽오운 자신이라 해도 이 한 수는 정말 모처럼 소름 돋는 반격이었다.

"네 조각으로 잘라 죽일 생각이었지만 열여섯으로 늘려주지."

'아⋯⋯.'

서혜는 이번에야말로 진심으로 절망했다.

만약을 대비한 천독폭뢰침(爆雷針)이었다. 하오문의 문주들이나 일생에 한 번 쓸까 말까 한 구명의 암기가, 팽가의 무인을 상대로 헛되이 날아간 것이다.

"더 저항해 봐. 내 즐거움이 커지게."

저벅저벅.

팽오운이 천천히 다가오며 입을 열었다.

"처음에는 당가, 그다음에는 패주시 객잔. 방도 잘 구하지 못하게 만들고. 말먹이에는 독을 타서 조금이라도 늦추려 했는데⋯⋯."

휙! 파싯!

팽오운이 도를 휘둘렀다. 그와 함께 서혜의 소맷자락이 타닥 터져 나갔다.

스칵!

천천히 뒷걸음치는 서혜는 그를 보며 푸근하게 웃었다.

"그동안 참 많이도 배웠는데… 그분께 부끄럽지 않게 열심히 노력했는데……"

고통이 폐부를 찌르는 순간에도 서혜는 흐느끼듯 계속 말을 이었다.

이번에 지나간 팽오운의 도가 그녀의 궁장 치마 아래, 허벅지와 허리춤을 벤 것이다.

후드득. 풀렁.

찢어진 옷자락이 벌어지며, 그녀의 꼭꼭 감춘 농염한 몸이 드러났다.

휘청휘청.

주저앉던 서혜는 힘들게 몸을 일으켜 세우며 눈가에 한 줄기 눈물을 흘러냈다.

"…보고 싶네요."

오 년 전, 이름 모를 사내에게 겁탈당하려던 그때 자신에게 손을 내밀었던 그녀의 첫사랑, 마지막이라고 생각하자 오늘따라 유독 그가 보고 싶었다.

"보고 싶다니. 끌끌. 재미없군. 이제 그만 죽어라!"

쐐액.

말이 끝나자마자 환영처럼 변한 도검.

너무나 빠른 공격에 그녀는 사르르 눈을 감았을 뿐이다.

캉!

"……!"

그런데 갑작스레 팽오운의 도에 뭔가가 걸렸다.

그가 눈을 부릅뜨기도 전에 자신의 도를 막은 매서운 칼날이 얼굴 쪽으로 날아들었다.

파파팟.

몸을 뒤틀다시피 하며 가까스로 피해낸 팽오운. 확 달아오른 얼굴로 몇 발짝 더 물러섰다.

'뭐지?'

느닷없이 들리는 금속음에 서혜가 눈을 천천히 떴다.

펄럭.

긴 장포가, 드러난 그녀의 몸을 덮었다. 놀란 서혜는 급히 뒤를 돌아보았다.

"그런 말은 본인에게 직접 전하는 거요."

그였다.

훤칠한 얼굴의 사내. 해남파 특유의 무복을 걸치고 초승달처럼 휘어진 단월도를 든 남자.

오 년 전처럼 자신을 구해주었던 묵객이 그녀를 향해 미소 짓고 있었다.

第七章

사해비천단(四海飛天團)

"이놈들······."

팽오운은 인상을 찌푸렸다. 눈앞에서 하오문의 여식을 죽일 기회를 놓쳤다는 것이 짜증 났다. 여기에 있어서는 안 되는 묵객이 갑자기 등장한 것도 짜증났다.

'애들은?'

하지만 더 걸리는 것은 사제들이 처한 상황이었다.

상대가 '방'으로 시작한다면 현 소림의 장문인 대(代)의 항렬. 그나마 호철은 그런대로 버티고 있지만 다른 녀석들은 일각도 버티기 쉽지 않아 보였다.

"우선 피하시오, 서 소저."

펄럭. 꾸욱!

묵객이 펄럭이는 소매를 당겨 묶으며 몸을 좀 더 가볍게 움직이기 쉽게 했다.

"대협, 조심하세요. 저자는 팽가를 대표하는……."

"염려 마시오."

묵객은 웃으며 그녀의 어깨를 붙잡았다.

"저자가 팽가의 최고수라면 난 칠객의 묵객이오. 그리고……."

살짝 물러서는 서혜에게 묵객은 들릴 듯 말 듯 입속으로 중얼거렸다.

"보고 싶다는 여인을 두고 떠나는 사람이 아니지."

서혜는 가슴을 쓸며 겨우 긴장을 풀었다.

팽오운은 하북팽가의 최고수다. 하지만 확실히 묵객은 강호의 낭인 중에서 최고의 칭호를 듣는 칠객 중의 하나다.

"몸을 보중하소서. 그리고 혹여 여의치 않은 일이 생기면……. 저희는 성벽 주위만을 방비한 것이 아닙니다."

서혜의 말투가 냉정하고 차분하게 돌아왔다.

묵객은 어깨를 으쓱하고는 다시 상대인 팽오운에게 시선을 돌렸다.

"흠. 대충 알겠군. 하오문이 장씨세가의 일에 왜 그렇게 목을 걸고 달려드나 했더니."

사박사박.

서혜가 싸움터에서 멀어지는 모습을 보며 팽오운이 이죽거렸다.

"장씨세가를 지키는 칠객, 네놈과 정분이 난 게로군. 하오문의 문주라는 계집년이 말이야."

"……."

묵객은 살짝 눈살을 찌푸렸다. 일단 서혜가 완전히 안전해질 때까지는 시간을 끌어줄 셈이었다.

"고명한 칠객의 하나인 양반이… 제법이군그래. 그런 걸로 칠객의 이름을 얻었나? 뭐, 미인계, 아니 미남계도 수완이고 능력이니 인정해 주지."

그 말이 끝나자 묵객은 천천히 그에게 시선을 돌렸다.

"너 누구냐?"

"…뭐?"

"팽가에서 한가락 하는 놈인 것 같은데 대체 누구야?"

"네놈… 정말 내가 누군지 모르는 거냐?"

팽오운의 얼굴이 굳어졌다. 분명 먼저 도발한 것은 자신이었는데, 오히려 자신이 터무니없게 화가 나기 시작했다.

일전에 그는 묵객이 보는 팽가의 중정에서 무예를 선보인 적이 있었다.

"아, 이제 기억났다. 감흥 없는 놈."

"……!"

묵객이 탁 손바닥을 쳤고, 팽오운은 눈을 부릅떴다.

"하하! 이것 참, 기억 못 해서 미안하군. 칼날에 워낙 정묘함이 빠져서 그저 그런 하급 무인인 줄 알았지 뭐냐."

"어떻게 보셨소?"

"그다지 감흥이 없었소."

울컥!

화가 치밀었다.

그날, 중정에서 서로 마주쳤을 때 광휘가 했던 말이 딱 저것이었다. 그 말은 팽가 무인들 모두의 자부심에 상처를 입히고 팽오운의 자존심에도 쐐기를 박았다.

"근데 너 이름이 뭐였지?"

"이런 개자식!"

이제 보니 아예 안중에도 없었던 것 아닌가.

이를 갈며 팽오운이 칼을 고쳐 잡는 순간 묵객이 피식 웃었다.

"그딴 얼굴 하지 마라, 잡졸."

스륵. 챙!

허공에 휘둘러진, 아무것도 닿지 않은 그의 도에서 금속성이 일었다.

"열은 내가 더 받았으니까."

휘이익!

두 사람이 대치한 사이로 바람이 불어왔다.

주위에는 팽오운과 팽가 무사들의 공격에 당한 사내들이 널브러져 있었고, 허둥지둥 뒤늦게 나타난 장씨세가 무인들은 불안한 얼굴로 지켜보고 있었다.

쉬이이이.

비릿한 피 냄새가 확 피어난 것이 신호가 되듯이.

파팟.

먼저 움직인 건 팽오운이었다.

캉! 캉! 쉐액!

좌, 아래, 위로 치켜드는 순간 팽오운의 도가, 멈춰 있던 묵객을 지나쳤다.

그리고 눈 깜짝할 사이, 그와의 거리가 삼 장으로 벌어졌다.

피유유유유—!

바닥이 들썩였고 흙먼지가 일었다. 창졸간 팽오운이 펼친 도법에서 뻗어 나온 내기(內氣)가 만들어낸 결과였다.

"별거 아니었군."

팽오운이 읊조렸다.

두 번은 막혔다. 그러나 마지막에 분명히 베는 감촉이 전해졌다. 이쯤 했으면 굳이 돌아볼 필요 없었던 것이다.

"거, 매섭구먼."

"흡!"

묵객의 목소리가 들리자 팽오운이 급히 고개를 돌렸다. 흙먼지가 잔잔히 이는 곳에서 묵객이 자신의 한쪽 어깨를 툭툭 건드렸다.

"위험하긴 했어. 아마 몇 달 전이었으면 막을 수 없었을지도. 분명 도로 막아냈는데도 그 틈을 비집고 들어와 내 몸에 생채기를 내다니."

묵객의 어깨에 살짝 드러난 자국.

팽오운의 칼끝에 닿은 건 가슴이 아니라 바로 그곳이었다.

"한번 받아줬으니 이젠 내 차례겠지? 팽가의 잡졸."

스스스스—!

지면을 향해 사선 방향으로 내리던 묵객의 단월도에서 일렁이는 기운이 퍼져 나왔다.

그리고 그 기운이 퍼지더니 언뜻 새하얀 광망이 일었다.

"이건……?"

팽오운의 얼굴에 처음으로 분노가 아닌 당황이 어렸다.

묵객의 도에 서린 것은, 도강(刀罡)이었다.

*　　　*　　　*

호철은 눈앞에 있는 노승을 바라보고 있었다. 도를 꺼내 들고 곧장 덤벼들려 했지만 왠지 모를 압박감에 쉽사리 움직이지 못했다.

'이자, 강하다.'

그는 온몸으로 느끼고 있었다. 날카로운 병기도 아닌 고작 장봉을 쥐고 있는데도 항거할 수 없는 막막함이 몰려왔다.

"덤벼들지 못하시는군요."

상대의 빈틈을 찾기 위해 이리저리 재고 있을 때 방천이 입을 열었다.

"결국 마음의 문제지요. 옳은 일을 행하는 사람은 행동에 흔들림이 없지만 옳지 못한 일을 행하는 사람은 득과 실을 따지게 되는 것과 같은 이치입니다."

"갑자기 무슨 소린가?"

"이미 시주는 소승의 실력을 살필 수 있는 수준의 무위를 지녔습니다. 그러니 아시겠지요. 쉽게 이길 수 있는 싸움이 아니라는 걸. 그리고 뛰어난 무인이 그런 것을 떠올린다는 것은 주로 한 가지 이유에서입니다."

마치 법설이라도 하듯 방천이 말을 이었다.

"스스로의 싸움에 정당성이 없다고 느끼는 거지요."

"…웃기는 소리 마라!"

그 말에 호철의 표정이 구겨졌다.

스르릇!

호철의 도에서 기이한 기가 뿜어져 나오자 방천이 고개를 끄덕였다.

"기(氣)를 뿜어낼 수 있는 경지라니……. 확실히 기예의 부분에서는 훌륭합니다. 하나, 정작 그 근원이라 할 마음의 공부가 이리 잘못되어서야……."

"주절주절 말이 많군. 입으로 해결하려는 걸 보니 겁을 먹었나?"

"겁이라……. 좋습니다. 그럼 제가 시주의 견문을 넓혀 드리겠습니다."

방천은 푸근한, 염화시중의 미소를 띠었다.

"마음공부가 제대로 되어 있다면 꼭 내기를 발출하지 않고서도 상대를 제압할 수 있다는 것을."

휘릭.

방천이 봉을 한 바퀴 돌려 오른쪽 겨드랑이에 끼우며 반장을 했다.

"들어오십시오."

마치 한참 격이 떨어지는 하수를 상대하는 모습이었다.

호철이 이를 악물며 외쳤다.

"그래, 어디 실력이 입담만큼 되는지 한번 보자!"

쇄액!

호철은 도기(刀氣)를 가슴 높이에서 평평히 눕히며 일직선으로 그었다.

파팟.

방천 역시 빠르게 반응했다. 아니, 그의 동작을 보기 전부터 이미 우측으로 몸을 틀어 피해냈다.

"하앗!"

찰나의 사이, 지척까지 거리를 좁혔던 호철이 괴성과 함께 도를 수직으로 내리그었다.

팟.

하지만 또다시 반 보 물러서며 피한 방천. 그는 상대의 공격을 피하면서도 봉을 아래로 돌리며 반격을 가해왔다.

콱!

바닥으로 떨어지던 호철의 도가 흐릿하게 변하며 가슴 쪽으로 찔러오는 방천의 봉을 막았다.

콱!

그리고 옆으로 휘두르다 이번엔 방천의 봉에 다시 막혔고.

쇄액.

휘두르던 원심력을 이용한 호철의 가로 베기는.

휘릭.

방천이 똑같이 몸을 돌리자 허공을 스쳤다.

"……!"

그 순간 호철이 신음을 토해냈다.

멀어질 것이라 생각한 방천이 자신처럼 원심력을 이용해 공격해 들어왔기 때문이다.

콱!

호철은 급히 몸을 숙이며 아래로 떨어지는 장봉을 안쪽에서 바깥쪽으로 밀어내며 쳐냈다.

슈슈슉! 콱! 콱!

하지만 자세가 무너진 호철을 향해 계속 공격해 오는 방천의 장봉.

대나무로 만든 봉인지 쇳소리는 들려오지 않았지만 거의 지척에서 십수 합을 겨루었다.

팟.

결국 그 압박을 이기지 못한 호철이 크게 뒤로 물러섰다.

"하아, 하아."

잠시 정적 상태가 되자 호철은 호흡을 거칠게 내뱉었다. 얼마 지나지 않았지만 수없이 많은 도법을 펼쳐냈으니 그럴 만도 했다. 한데 노승은 그다지 지쳐 보이지 않는다는 게 문제였다.

'까다롭다.'

호철은 느꼈다. 방금 전 교전을 생각해 보면 상대의 공격이 딱히 드세다는 생각은 없었다. 위기라 생각한 것도 그리 힘들지 않게 방어해 냈고 오히려 싸울수록 자신감이 생겼다.

하지만 왜 이렇게 자신이 지치는 것일까?

"마음의 공부 때문입니다."

"또 그놈의 소릴⋯⋯."

호철이 이를 갈았다.

"시주는 상대의 무공이 무엇을 바탕으로 하는지도 모르고 오직 무공만으로 누르려고 하고 있습니다. 그렇기에 원인을 알 수가 없는 겁니다."

"중놈 아니랄까 봐 설교질이냐?"

"봉술의 기본은 회전이며, 조화를 추구합니다. 당연히 매서운 칼날에 저항하는 유연함을 갖고 있지요. 시주가 펼친 도법은 오직 힘이었습니다."

방천은 그저 고요하게, 사미승을 가르치는 선사처럼 조곤조곤 무예에 대한 정론을 설파하고 있었다.

호철은 이제 기가 막혔다.

"나에게 도법을 가르치려고 드는 것이냐? 이 미친 중이 우리 가문을 욕보이려 하는구나!"

"잘못 이해하셨군요. 가문을 욕보이는 것은 제가 아니라 시주이시라오."

방천이 담담하게 말을 되받았다.

"팽가도 무예의 명가이니 분명 마음공부의 구절이 있을 겁니다. 한데 사문의 가르침을 스스로 가벼이 여기고, 타인이 지적하는 것을 모욕이라고 보니, 이 어찌 자기 사문과 스승을 스스로 욕되게 만드는 일이 아니겠습니까."

"이놈이……."

스으으으—!

또다시 기를 뿜어내는 호철.

하지만 방천은 이번엔 미미한 반응을 보였다. 그리고 슬쩍 옆을 바라보는 여유까지 보였다.

'다들 잘 싸우고 있구나.'

방윤과 방곤은 보다 수월해 보였다. 세 명의 호위무사 쪽은 어려워 보였지만 그리 걱정하지 않았다.

'능 대협은 이미 마음을 공부한 자니까.'

호철이 기를 모으고 다시 한번 달려들 때쯤 방천이 입을 열었다.

"다시 시작하십시다."

호철은 이를 바득 갈았다. 중이 말한 부드러움. 그것은 더 강한 힘으로 으깨면 된다.

그는 몇 번 일으킬 수 없는 도기를 모으고 정신을 집중했다.

"좋아. 확인해 보마. 정녕 네 말이 맞는지를."

방천이 반장을 하며 말했다.

"오십시오. 이제부터 차근차근 지도해 드리지요."

그 모습에 호철은 기껏 진정되던 속이 확 뒤집혀 왔다.

* * *

꿀꺽.

곡전풍, 황진수는 침을 삼켰다.

일단 나섰기는 나섰지만 눈앞의 상대가 팽가에서 잠입한 고수라 생각하니 마음이 쉽게 진정되지 않았다.

"긴장 풀어! 죽고 싶어?"

능자진은 소리쳤다. 손이 굳고 자세가 경직된 그들을 알아본 것이다.

움찔.

순간 둘은 움찔하며 능자진을 바라봤다.

"정신 팔지 마라. 한순간의 방심이 죽음을 부른다."

능자진의 말에 곡전풍과 황진수가 숨을 골랐다.

생각해 보니 그랬다. 지금 상황에선 어찌 됐든 간에 고수 앞에서 잡생각은 금물이었다. 그러지 않고선 자신들이 당한다.

피식.

눈앞의 상대가 죽립에 슬쩍 드러난 입꼬리를 올렸다.

그 모습을 본 능자진의 얼굴이 구겨졌다.

"이놈, 우릴 얕잡아 보면 크게 다칠 것이다."

능자진의 거듭된 외침에 그는 고개를 젓고는 검을 세웠다.

"와라. 한 번에 죽여주지."

섬뜩한 말투에 다시금 곡전풍과 황진수의 얼굴이 긴장감으로 물들었다.

그걸 노린 것인지 죽립 무사 호룡이 먼저 달려들었다.

캉! 쇄액!

"윽!"

너무 긴장한 탓인가.

곡전풍이 한 번 막아냈지만 단 두 번의 칼질로 다리가 베이며 주저앉았다.

쇄액!

"으헉!"

황진수는 막아내지도 못하고 가슴이 베이며 쓰러졌다.

캉! 캉! 카카캉!

두 번의 공격으로 움직임이 읽혔는지 능자진은 네 번의 칼질을 막아내며 뒤로 떨어졌다.

"오호."

신기하게 눈빛을 띠는 호룡.

얼굴이 상기된 능자진은 주위를 보고 소리쳤다.

"괜찮으냐!"

"으으……."

"아……."

둘은 고통스러워했지만 천천히 일어섰다. 큰 상처는 아닌 듯했다.

그것을 본 능자진의 눈이 더욱 매서워졌다.

"치명상은 피했나 보군."

여전히 여유가 느껴지는 호룡이었다.

"한심한 놈들. 꼴에 무인이라고 칼을 차고 다니다니."

"……."

"너도 다르지 않아. 검을 막아내는 것도 힘겨워하는 녀석이 뭘 할 수 있단 말이냐."

"이제야 알겠다."

그 말에 능자진의 눈에 이채가 서렸다.

의아하게 바라보는 호룡을 향해 그가 말을 이었다.

"널 쓰러뜨릴 방법이 무언지 말이다."

✳　　　✳　　　✳

묵객의 도에 광망이 어리자 팽오운의 눈에는 경탄이 어렸다. 저것은 무학의 끝에 다다른 기(氣)였다. 완전치 않은 기운이지만 분명히 그것과 흡사했다.

스스스스―!

광망이 다시 사그라들자 팽오운이 바라보며 읊조렸다.

"왜……."

"생각해 보니 한 번에 끝내긴 너무 아쉽군."

"뭐?"

"서 소저를 능욕한 값을 받아야 할 것 아닌가. 네 조각으로 잘라주려 했는데 열여섯 조각쯤으로 늘려야겠어."

빠득.

팽오운의 이마에 실핏줄이 그어졌다.

"감히!"

스으으으—!

팽오운의 도에서 아지랑이가 피어오르더니 일렁이던 기운이 사 척으로 팽창되었다. 도기를 극한으로 뿜어낸 기운인 것이다.

"덤벼."

스으으으—!

그때쯤 묵객도 광망이 사라진 단월도에서 삼 척의 도기가 뻗어 나왔다.

두 시선이 서로 허공에 얽혀 들었다.

그리고 어느 순간.

파팟. 파팟.

누가 뭐라 할 것 없이 서로를 향해 득달같이 달려들었다.

카아아아앙!

폭음이 일듯 강한 공명이 터지며 일대에 강한 풍압(風壓)이 몰아쳤다.

"읍!"

그 풍압을 견디지 못한 팽오운이 신음을 토하며 뒤로 밀려났다.

"내가… 이 팽오운이……."

충격이었다.

묵객과 내공의 격돌에서 완전히 밀린 것이다.

"역시나 감흥 없는 놈."

무심하게 내뱉은 묵객의 말에 팽오운이 다시 울컥, 분노로 몸을 떨었다.

"이런 새파란 어린 놈에게 내가!"

사아아아아—!

"음?"

기이한 울음소리에 묵객이 당황했다. 그 소리가 팽오운의 도 끝에서 퍼져 나오고 있었기 때문이다.

"정말로 죽여주마."

팽오운이 비릿한 환희의 웃음을 띠는 순간, 그의 도 끝에서 갑자기 생성되는 광망.

"이건……."

묵객의 눈이 가늘게 뜨였다.

그것도 단순한 기(氣)가 아니라 자주색 빛, 마기(魔氣)였다.

*　　　*　　　*

"커헉!"

호철의 몸이 비틀거렸다. 회전하던 상대의 장봉이 기습적인 하단 치기를 한 것을 막지 못한 것이다.

'안 돼!'

빈틈을 보였다고 생각한 호철.

다음 공격을 막을 수 없다고 생각하고는 이를 악물었다.

'뭐지?'

한데 상대의 공격이 들어오지 않았다.

그보다 몸을 얼어붙게 만드는 생소한 이질감. 그 거북한 기운을 따라 고개가 돌아간 곳은 대사형 팽오운 쪽이었다.

그는 호철이 아닌 전혀 다른 곳을 바라보고 있었다.

"매우 불길한 기운이로다!"

상대를 몰아붙이고 있던 방윤과 방곤, 그들 역시 기운을 느꼈는지 공격을 멈추고 팽오운 쪽을 향해 있었다.

*　　*　　*

"너… 대체 무슨 짓을 한 게냐?"

팽오운을 주시하던 묵객이 말했다.

그의 도(刀)에서 생성된 기운. 저것은 정심한 마음에서 비롯되는 기(氣)가 아니었다.

히죽.

묵객의 얼굴에 한 줄기 긴장감이 스치는 가운데 팽오운이 비릿하게 웃어 보였다.

마치 뭔가에 빙의된 듯한 행동.

그 모습을 본 묵객은 팔에 닭살이 돋았다.

'…온다!'

팟.

팽오운이 도약하자 묵객도 같이 도약했다. 괜히 기다리는 것보다 정면으로 부딪쳐 볼 생각이었다.

지이이잉! 콰앙!

공중에 솟은 두 무인이 충돌하자 기(氣)의 파동이 줄기줄기 뻗어 나갔다.

근처 무인들 중 일부는 귀를 막았고 그중 몇 명은 자리에서 쓰러지기까지 했다.

"커업!"

그리고 커다란 굉음과 함께 묵객의 몸도 저만치 떨어져 날아갔다.

"대체 이런……."

하지만 묵객은 생각할 겨를이 없었다. 기의 파동을 뚫고 다가온 팽오운의 무자비한 공격을 막기에도 버거웠다.

콰앙! 콰앙! 콰앙!

도기를 머금고 막아서던 묵객의 몸이 주욱 주욱 밀려났다.

자주색 빛에 대항하는 묵객의 도기(刀氣)는 속절없이 와해되었고, 그 피해를 고스란히 몸으로 받아들여야 했다.

내공의 양이 부족한 건 아니었다. 환골탈태를 한 묵객의 내공은 중원에서도 찾아보기 힘든, 삼 갑자를 넘어서고 있었다.

그러함에도 묵객이 고전하는 것은 바로 팽오운이 사용하는 내공의 성질 때문이었다. 즉, 폭발하는 도기가 묵객의 정순한 기운을 압도하고 있었던 것이다.

"크으윽."

스윽.

무슨 생각인지 잠시 공격을 멈춘 팽오운.

그사이 겨우 호흡을 고를 시간이 생기자 묵객의 시선이 자연스레 자신의 오른팔로 움직였다.

지글지글.

그의 손에 흙빛 기운이 감돌고 있었다. 상대의 기운을 막아서다 어느새 팔목까지 피부가 죽어버린 것이다.

'대체 이 해괴한 기운은 뭐란 말인가……'

사람은 모두 기(氣)를 가지고 있다. 그 힘을 더욱 증폭시키는 것이 내공심법이며 생각과 사고, 환경에 따라서 영향을 받는다.

그리고 이것이 기를 뿜어내는 수준에 이르면 그 특성이 드러나기 시작하는데 일반적인 정파, 정도의 무공은 무색무취로 아지랑이나 일렁임만 보일 뿐이다. 물론 그 사람의 심성이나 사문의 가르침에 따라 내공이 진한 빛 혹은 특성을 지니는 경우가 있다.

대표적인 예가 북해의 무사들이 쓴다는 북해 빙공(氷功). 그것은 순백에 가까운 흰빛이며, 살을 얼어붙게 만드는 냉기를 띤다. 그리고 화산파의 자하강기(紫霞罡氣)는 붉은 노을을 닮았다고 한다.

하지만 하북팽가의 검기가 자줏빛을 띤다는 것은, 단 한 번도 들은 적이 없다.

'아니, 애초에 자줏빛의 기운이란 건 단 한 번도 들은 적……'

타탓.

생각할 틈이 없었다. 재차 달려드는 팽오운을 향해 묵객은 다시 한번 대항했다.

쩌엉!

그리고 또다시 밀려났고 그때마다 악착같이 도를 휘두르며 저항했다.

그렇게 부딪치고 밀려나기를 십여 번.

쇄액!

"하압!"

한순간 기회를 포착한 묵객의 도기가 팽오운의 가슴을 향해 빠르게 날아갔다.

쇄액!

하지만 팽오운이 쉽게 피해냈고 묵객 앞으로 다가오며 도를 수직으로 내리그었다.

쾅!

두 손을 받쳐 들며 받아낸 묵객의 무릎이 바닥을 찍었고.

쾅!

"크윽!"

어깨를 향하는 팽오운의 칼날을 막는 순간 무려 삼 장 이상이나 날아가 버렸다.

"카아압!"

눈 깜짝할 사이 이미 묵객의 지척까지 다가선 팽오운.

바닥을 구르며 고개를 치켜든 묵객을 향해 도를 다시 한번 치켜세웠다.

"……!"

하지만 팽오운은 공격하지 않았다.

파팟.

곧장 자세를 풀며 뒤로 빠르게 물러섰다.

팟. 뚜두둑.

그때였다.

그가 뒤로 쭉 물러서자 묵객 옆에 있던 느티나무 한 그루가 천천히 한쪽으로 기울어졌다.

그사이 묵객이 몸을 일으켰고 팽오운은 인상을 쓰며 입을 열었다.

"기(氣)의 방향을 틀었군."

조금 전 묵객이 발출한 도기. 그것이 원형으로 돌아오며 팽오운을 공격했고, 물러서자마자 느티나무를 갈라 버린 것이다.

'만만치 않은 녀석.'

기의 방향을 인위적으로 움직이는 것은 백대고수 중에서도 상위에 속하는 자들만이 가능하다.

묵객은 도강을 생성할 수 있는 실력자이기에 충분히 가능한 일이었다. 게다가 팽오운이 방심하는 바람에 하마터면 당할 뻔한 것이다.

"좋아. 인정하지."

묵객이 일어서며 단월도를 든 손을 바라보았다.

피부가 거멓게 변한 손.

팽오운의 도기는 폭발하는 성질 속에 죽음의 기운이 스며 있었다.

"쉽게 이길 수 없는 상대로군."

이런 상황에서도 묵객에겐 두려움 따윈 보이지 않았다. 오히려 처음 만난 강한 상대에게 호승심이 치솟아 올랐다.

"그럼 나도 그에 걸맞게 상대해 주지."

스으으으―!

묵객이 내력을 극한으로 밀어 넣자, 단월도에서 도기가 뻗어 나왔다. 사선 방향으로 치켜든 단월도에서 점차 검푸른 빛이 피어올랐다. 그 길이가 무려 삼 척이나 늘어났다.

'저 녀석 설마……'

움찔!

팽오운의 몸이 잠시 주춤했다.

이건 조금 전 묵객이 보인 수준의 도강이 아니었다.

그 정도 빛은 팽오운도 어떻게든 할 수 있다. 어차피 놈이 보인 건 완벽한 도강이 아니었으니까.

한데 저 검푸른 색은 얘기가 다르다. 절정을 뛰어넘으면 그 문파가 가진 심법의 정신이 스며든다. 그렇다는 건 눈앞의 묵객 또한 절정을 뛰어넘었고 그것도 이미 완숙 단계에 이르렀단 것이다.

"이젠 내 차례군!"

파팟.

이번에 달려든 건 묵객이었다.

'헛!'

곧장 다가올 줄 알고 도를 휘두르던 팽오운이 주춤했다. 거리가 채 닿기 전에 묵객이 도기를 뽑아낸 것이다.

'이 정도쯤이야!'

쇄액!

팽오운은 즉각 도기를 뿌렸다.

하지만 그의 도기는 묵객의 도기와 부딪치지 않았다. 물결치듯 변화하는 검푸른 도기가 자신의 자줏빛 도기를 피해내곤 다시 날아온 것이다.

"이 새끼!"

쩌어어엉!

팽오운은 있는 힘을 다해 겨우 묵객의 도기를 소멸시켰다.

씨익!

그 순간, 거리를 좁힌 묵객이 이빨을 드러냈다.

쩌엉!

지척에서 자색 기운과 검푸른 도기가 엉키며 일순간 터졌다.

츠츠츠츠츠—!

팽오운은 제자리에서 받아냈고, 묵객은 뒤로 물러났다. 하지만 재차 달려들었다.

쉬익!

"큭!"

도기를 생성할 틈이 없던 팽오운은 그대로 맞받아쳤다.

캉캉캉!

십수 가지의 도법이 부딪치며 소멸되기를 반복했다.

피이이익!

한 가닥을 놓쳤다. 안쪽에서 바깥쪽으로 이어지는 단월도의 도기가 팽오운의 머리를 스치고 지나갔다.

"치잇!"

팽오운은 잘린 머리카락을 정리할 틈도 없이 반격했다.

쓰윽!

하지만 단월도는 그 공격을 너무나 쉽게 막아내며 오히려 자신의 얼굴을 긁고 지나갔다.

"이 새끼가!"

싸악!

팽오운의 포효가 허망하게도 이번엔 어깨 부근을 긋고 지나 갔다. 그는 그제야 묵객의 도법이 상대하기 쉽지 않다는 걸 깨 달았다.

'다르다!'

강맹함을 최고의 도로 추구하는 팽가의 도법과 달리 해남파의 도법에는 다른 것 또한 스며 있었다. 흡사 노도(怒濤)처럼 끝도 없이 몰려드는 파도와도 같은 극쾌도(極快刀)의 도법.

처음부터 본실력을 꺼내 든 자신과 달리 유심히 지켜본 묵객이 자신과 극상성의 도법을 꺼내 든 것이다.

타닥!

누구랄 것 없이 둘의 거리가 벌어지는 순간.

가가각—!

일견 번쩍이는 묵객의 도기가 팽오운을 강타했다.

콰르르르륵!

바닥의 흙먼지가 치솟아 오르며 주위를 덮었다. 강한 기류와 먼지바람이, 지켜보는 이로 하여금 장님이 된 듯한 구름을 일으킨 순간.

스으으으—!

갑자기 팽오운이 사라졌다.

＊　　　＊　　　＊

"허업!"

막 공격을 마무리하던 방천은 급히 뒤로 물러섰다.

팽가 무사 호철의 가슴을 두드리려는 순간 불쾌한 기운이 등 뒤로 쏟아진 것이다.

사사사삭—!

방천이 벗어난 자리를, 자줏빛 기운이 예리하게 긁고 지나갔다. 스친 자리에는 불꽃이 튀었고 그 뒤 서서히 죽어가고 있었다.

'이 기운은……?'

방천은 물러선 자리에서 이를 악물었다.

조금 전에 상대하던 호철 옆에(는) 팽오운이 나타나 그를 바라보고 있었다.

"호철, 빠지자."

"…알겠습니다."

팽오운의 말에 호철이 쿨럭, 한 모금 선혈을 뿜으며 대답했다.

"어딜!"

그때 지켜보던 방천이 급히 자리를 박차고 날아왔다.

사아아악—!

빠르게 뿌려진 자줏빛 도기.

방천이 급히 장봉을 세우며 막았다.

"큭!"

순간 폭발이 일었고 그의 몸이 삼 장이나 날아가 버렸다.

*　　　　*　　　　*

캉! 캉! 캉!

능자진이 몇 번 공격을 막아서자 죽립 무사, 호룡의 눈가에 이채가 서렸다. 갑자기 튀어나온 돌중들이야 그렇다 치더라도 자신의 공격을 막아낼 무사가 있을 줄 생각도 못 했다.

"화산파?"

반격으로 이어지는 화려한 검초들은 매화의 꽃잎처럼 각이 날카로웠다. 분명 화산파 매화검법이었다.

"팽가도 별 볼 일 없군."

더욱 도발하는 능자진.

그를 향해 호룡은 씨익 웃어 보였다.

지이이이—!

때마침 생성되는 도기.

호룡은 이빨이 언뜻 드러나게 웃어 보였다.

"이것도 별 볼 일 없나?"

"뭐, 그다지."

빠득.

여유롭던 호룡의 인상이 구겨졌다. 비웃음이 분노로 바뀐 것이다.

'늦게 반응하면 죽는다.'

도발하여 상대를 자극하는 와중에도 능자진은 긴장을 늦출 수 없었다.

기공을 뿜어내는 경지에 오른 고수.

묵객과 노승 같은 고수들이야 움직임을 읽고 미리 반응할 수 있다지만 자신은 불가능했다. 그랬기에 신경이 더욱 곤두설 수밖에 없었다.

파팟.

'온다.'

호룡이 순간 도약하자 능자진은 그가 펼친 칼날에 집중했다.

쇄액.

부딪치기 전, 호룡의 허공 베기.

능자진의 몸이 옆으로 움직였다.

'속임수!'

도기가 날아오지 않았다. 그리고 뿜어내는 도기 대신 기운을 잔뜩 머금고 날아오는 실체는 칼날.

이번이 진짜였다.

쇄애애액.

지근거리에서 도기가 뿜어져 나오고 능자진은 급히 도약하며 몸을 비틀었다.

'제길!'

한데 너무 몸을 회전해서일까.

능자진이 중심을 잡고 고개를 돌린 그곳에는 죽립 무사의 모습이 온데간데없었다.

쇄액.

때마침 옆에서 날아온 일 도(一刀).

휘릭.

겨우 스치며 피해내자 뱀처럼 휘어져 들어오는 사선 베기.

"컥!"

결국 허리를 조금 깊이 베이며 능자진은 크게 물러섰다.

'한 수… 아니, 두 수 위다.'

허리를 부여잡은 능자진은 생각했다.

도기를 곧장 뿌리지 않고 허초를 썼다. 이후 자신이 움직이는 쪽을 보며 도기를 뿌렸고, 그사이 지척까지 다가와 도를 휘둘렀다. 무위만이 아니라 전체적인 시각에서 확실히 차이가 났다.

"이제 끝내 주……."

"가자."

"대사형?"

호룡이 이빨을 드러내며 다가갈 때쯤.

갑자기 팽오운이 나타나 등 뒤에서 그를 불렀다.

"승세를 잡았습니다. 그런데……."

"가자니까!"

호룡은 흠칫했다. 그리고 주위에서 달려온 죽립 무사들을 보고는 안색이 변해 끄덕였다.

＊　　　＊　　　＊

"어딜 가느냐!"

팽가 무리들이 잠시 주춤거리는 사이 나한승 셋과 묵객이 입구를 막아섰다.

"너희들은 물러서라."

"대사형 혼자서는……."

"물러서!"

"아!"

번득이는 팽오운의 눈을 본 호철이 멈칫했다.

찰나, 연녹색으로 색이 변하는 눈동자를 본 순간 두려움을 느낀 것이다.

"그걸… 쓰셨습니까?"

"달리 방법이 없었다."

팽오운이 죽립 무사를 뒤로하고 한 걸음 앞으로 나섰다.

묵객도 기다렸다는 듯 무리 사이로 걸어 나왔다.

"내가 왜 물러섰는지 아나?"

딱딱하게 굳은 얼굴로 싸움을 준비하는 그들을 향해 팽오운이 입을 열었다.

그리고 짙게 웃음을 띠며 말을 이었다.

"전부 한 번에 다 죽여 버리기 위해서다."

섬뜩.

자주색 기운이 점점 퍼지기 시작했다.

"사형……? 이, 이것은……."

기운을 본 방윤이 방천을 바라보았다. 방천은 팽오운의 시선에서 눈을 떼지 못했다.

묵객은 눈살을 찌푸렸다.

팽오운의 몸에서 퍼지는 자주색 기운. 자신과 싸울 때 보였던 기운보다 훨씬 짙고 거북스러웠다.

그 기운에는 마치 협죽도(夾竹桃)의 꽃잎처럼 시커먼 흑점이 서려 있었다.

"묵객! 집중하시오!"

방천의 외침에 그제야 묵객도 도에 기를 담기 시작했다.

"음……."

문득 당장에라도 공세를 퍼부을 것 같던 팽오운이 멈칫했다. 그의 시선이 슬쩍 북문의 위쪽을 바라보았다.

"말도 없이 움직이면 저희가 뭐가 됩니까?"

투욱.

북문 위에서 사람 하나가 떨어져 내렸다.

놀랍게도 아직 당도하지 못했어야 할 노인, 팽인호가 그곳에 있었던 것이다.

"어떻게 된 거요?"

팽오운은 실눈을 치켜떴다.

팽인호뿐만 아니라 그의 주위에는 팽가와 풍운검대 무사들이 일렬로 죽 서 있었다.

"말도 없이 사라지셔서 급히 뒤를 따라와 봤습니다. 서두르느라 다른 정사지간 문파와는 합류하지 못한 상태지만요."

"끄응."

자신의 일을 방해받은 것이라 생각해서였을까.

팽오운은 눈살을 찌푸렸다.

"다행입니다. 묵객과 노승들이 있을 거라곤 전혀 생각지 못했습니다."

팽가 일 장로, 팽인호가 차분하게 대답하며 주변을 다시 한번 둘러보았다.

"아……."

"저들은……."

북문에 머물러 있던 무사 이십여 명.

소란이 이는 중에 다가온 무사 삼십여 명이 백여 명에 가까운 팽가 고수들의 모습에 겁을 집어먹었다.

명문세가라는 이름이 주는 무게감. 그리고 과거 장씨세가를 들렀던 풍운검대의 복식을 보자 대부분이 얼어붙은 것이다.

팽인호가 그런 시선들을 느긋하게 즐기며 말했다.

"조금 쉬고 계십시오. 저희들이 왔으니 전부 쓸어버리고 장씨세가를……."

"누구 마음대로?"

그때였다.

북문의 높이에 근접한, 이름 모를 건물 지붕 위에서 목소리가 들려왔다. 횃불의 빛이 비치지 않는 지붕 위에서.

얼굴은 보이지 않았다. 한데 목소리만으로도 일순 긴장하게 만드는 기세가 느껴졌다.

그 때문이었을까. 팽인호가 포권을 하며 신중히 물었다.

"하북팽가의 행사에 어느 고인이 참견하시오?"

"행사는 무슨. 하북의 호랑이라 하더니 아주 건방이 하늘을 찌르는군."

한데 팽인호의 질문에 상대의 거침없는 대답이 돌아왔다.

저벅. 저벅.

곧이어 처마를 밟고 있던 남자가 높은 전각 위에서 느물느물하게 뒷짐을 지고 걸어왔다.

"누군지 밝히시오! 그러지 않으면 살아 나갈 수 없을 것이외다!"

투욱.

쓰으으윽.

말이 끝나자마자 무인 한 명이 천천히 떨어져 내렸다.

그의 손에 언뜻 비치는 초승달처럼 휘어진 도(刀).

묵객의 단월도와 매우 유사한 모양이었다.

"누군지 밝히라고?"

장내에 널린 횃불에 언뜻 그의 얼굴이 드러났다.

수염이 가득한 얼굴, 육십 넘은 주름조차 관록으로 느껴지게 만드는 호탕한 얼굴선이 팽인호의 시선에 담겼다.

"우린 해남파다. 구파를 대표하는……."

화르르르.

해남파 문주 진일강이 벽에 걸린 횃불 하나를 들어 올리며 말했다.

"해남의 용이지."

화르륵! 화르륵! 화르륵! 화르륵!

그에 화답하듯 공중에서 수십 개의 횃불이 장씨세가의 담장 위로 드러났다.

"이건……."

내원을 물샐틈없이 단단히 포위한 무인들.

해남파를 대표하는 최정예 부대, 사해비천단(四海飛天團)의 모습이었다.

第八章

혼전 상황

"크흠."

팽오운은 불편한 표정으로 주변을 둘러보았다.

강호에서도 세외라 불리는 해남파가 왔다는 얘기가 쉽게 믿기지 않은 것이다.

물론 저들이 거짓을 말했을 가능성도 염두에 두고 있었다. 그러함에도 눈엣가시처럼 걸리는 것은 사내들의 복장이었다.

희고 누런 색감. 무명실로 덧댄 외의(外衣).

마치 바다에 배를 띄우는 사공의 옷처럼 강호에서는 눈에 띄지 않는 도복임이 분명했다.

"뭔가 큰 오해가 있으신 것 같습니다."

팽인호가 가라앉던 분위기를 깨며 한 발짝 나섰다. 그리고 이들의 대표로 추정되는 노인을 향해 깊게 읍을 해 보였다.

"저희 팽가는 적법한 절차를 거쳐 공무를 수행하고 있습니다. 남단 끝에 있는 해남파가 여기에 온 이유가 뭔지 모르겠으나 우선 저희 사정을 먼저 살펴주시면 감사하겠습니다."

"적법한 절차라고?"

"그렇습니다."

"그게 뭔데?"

옆에서 듣고 있던 팽오운의 눈꼬리가 치켜 올라갔다.

팽가 일 장로와 연배도 비슷해 보이는 자가 계속 반말조로 나오자 심기가 거슬린 것이다.

하지만 정작 팽인호는 괘념치 않는 듯 보였다.

"장씨세가는 몇 달 동안 팽가의 심기를 거슬리게 했습니다. 급기야 최근에는 거짓된 소문으로 음해하고 모함한 것을 더불어 칼을 겨누기까지 하였으니 이는 아량을 베풀 수 있는 수준을 넘어섰습니다."

"그래서? 그런 적법한 절차를 실행하려고 한밤중에 왔나?"

"……."

"솔직히 말하지 그래. 그냥 침입해서 깡그리 다 죽여 버리고 조작하려는 거 아냐?"

"이놈이!"

챙챙챙!

결국 듣다 못한 팽오운이 큰 소리 쳤고 그에 맞춰 주위의 팽가와 풍운검대 고수들이 눈에 불을 켜며 칼을 꺼내 들었다.

그런 와중에 팽인호는 주위에 손짓을 하며 여유롭게 말을 받았다.

"뭔가 큰 오해를 하셨군요. 앞서 말했다시피 이는 저희 팽가만의 일이 아닙니다. 맹에서도 적극 참여했고, 관에서도 지지를 보낸 상황임을 알아두셨으면 합니다."

팽인호는 유독 '맹'과 '관'이란 단어에 힘을 줬다. 정도맹이라면 쉽게 무시할 수 없는 단체를 언급한 것은 이쯤 하면 물러서길 바라는 생각에서였다.

"무슨 소리를 하는 건지 모르겠군."

그럼에도 진일강의 태도는 안하무인 그 자체였다.

귓밥을 후비적후비적 파내며 그는 골목을 메운 사람들 쪽으로 고개를 돌렸다.

"어이, 문 대갈! 넌 이해했냐?"

순간 그를 바라보던 무사들의 시선이 골목 쪽으로 이동했다.

"아! 문주님! 여긴 공적인 자리입니다!"

"아, 그랬지. 이거, 미안하게 됐네! 앞으로는 사람들 앞에서 문 대갈이라고 절대로 쓰지 않겠네!"

"지금도 문 대갈! 계속하고 계시지 않습니까!"

청색 비단옷을 입고 관모를 쓴 채 악을 지르며 소리치는 노인. 해남파 총관 문자운이었다.

"큼큼."

싸늘하게 변한 분위기를 뒤늦게 감지한 문자운은 헛기침을 했다. 그러고는 팽인호를 향해 몇 발짝 걷더니 정중히 읍을 해

보였다.

"본인은 해남파 총관직을 맡고 있는 문자운이란 사람이오."

"팽가의 일 장로 팽인호라 하오."

총관이란 말에 팽인호의 표정이 진지해졌다. 그 정도 인물이 움직였다는 건 해남파 전력이 이곳에 왔다는 뜻이 아닌가.

"인사를 나눌 상황이 아니니 짧게 요점만 말하겠소. 우리는 이번 일에 개입을 해야겠소."

눈꼬리가 미미하게 떨리는 팽인호.

그런 그를 보며 문자운이 부드럽게 말을 이었다.

"맹의 입장이 어떻든 관의 입장이 어떻든 우린 승룡이가 장씨세가의 식객으로 있던 차에 야밤에 이리 침입한 자들을 그저 손 놓고 바라볼 수 없다는 게 우리 입장이오."

빠직.

팽인호의 이마에 핏줄이 섰다.

충분히, 누가 들어도 납득할 만한 세력까지 언급한 상황이었다. 그런데도 상대는 물러설 생각이 없다는 걸 분명히 한 것이다.

그렇게 잠시 침음하던 팽인호가 입을 열었다.

"그게 이유는 아닐 겁니다. 고작 신세 진 것만으로는 해남파가 굳이 이 일에 개입하겠다는 게 말이 되지 않으니까요."

"사실, 더 큰 명분이 있지."

툭.

진일강이 건물 지붕에서 뛰어내리며 입을 열자 팽인호의 시선이 재차 그에게로 움직였다.

"장씨세가에는 내 제자의 배필이 될 사람이 있다."

"…예?"

"이보다 더한 명분이 어디겠는가? 안 그러냐, 승룡아."

일순, 사람들의 시선이 묵객에게로 향했다. 뒤이어 승룡이란 이름을 모르는 사람의 시선도 함께 쏠렸다.

긁적긁적.

"하하. 뭐, 그렇지요."

영문도 모른 채 주목을 받자 묵객이 머리를 긁적였다.

아니라고 말했다간 일이 더 복잡해질 것 같았기에 멋쩍게 웃어 보이기까지 했다.

'이놈들이 아주 단단히 방해하려는 속셈이군.'

팽인호의 인상이 구겨졌다.

제자의 혼례.

상식적으로 말도 안 되는 명분이지만 어떻게 보면 또 명분이라 할 수 있는 부분이었다. 혼례는 인륜대사 중 하나로도 언급될 정도로 중요한 것이 아닌가. 다만 이 순간에 그런 말이 통용된다는 것이 우스울 뿐이다.

"들어주자니 정말 가관이군."

그때였다. 더는 들어주지 못하겠다는 듯 팽오운이 몇 발짝 걸어 나왔다.

"별 말 같지 않은 잡소리 늘어놓지 말고……."

이후, 진일강을 향해 냉소를 흘렸다.

"덤빌 테면 덤벼 봐, 늙은이."

그의 도발이 먹힌 것일까.

일순간 주위가 냉랭하게 변했다. 특히나 해남파 제자들은 휘둥그레진 눈으로 진일강과 팽오운을 교차하며 바라보았다.

아는 것이다. 해남파 문주란 자의 성질머리를.

"하하하. 크하하하."

갑자기 호탕하게 터져 나오는 소리.

그것은 진일강의 웃음소리였다. 그렇게 끊임없이 흘러나온 소리가 일순간 멎어버렸다.

"거참, 내 살다 살다……."

천천히 싸늘하게 웃어 보이는 진일강.

뒷짐 지었던 손을 푼 그가 한 손으로 손목을 흔들며 말을 이었다.

"별 시답지도 않은 어린놈한테……."

패애애애액.

일순, 말이 끝나기도 전에 그의 신형이 일(一)자로 늘어지는 것처럼 환영을 일으켰다.

까아아아앙!

그리고 팽인호가 있던 무리에서 괴이한 굉음이 터져 나왔다.

구우우웅.

동시에 땅이 진동하며 흙먼지가 일어날 만한 흔들림이 감지되었다. 그로 인해 주위에 있던 팽가 무사들뿐만 아니라 무림맹 무사들도 급하게 물러섰다.

그그그극.

흙먼지가 가라앉자 주위를 밝히는 빛에 방금 전의 광경이 한 눈에 들어왔다.

팽오운은 거의 삼 장이나 밀려난 채로 도(刀)를 힘겹게 들고 있었고, 그런 그를 진일강이 재밌다는 듯 바라보고 있었다.

"오? 막았어?"

팽오운의 자리에서 단월도를 꺼낸 채 말을 걸던 진일강.

얼굴을 일그러뜨리고 있는 팽오운을 향해 실실 웃어 보였다.

"주둥이만 터는 놈인 줄 알았더니 그래도 한 가닥 믿는 구석이 있었구먼."

"주, 죽여 버리겠다."

"네놈이 그럴 기회가 있을까?"

"닥쳐!"

소리침과 동시에 달려 나가는 팽오운.

등 뒤에서 그를 바라보던 팽인호가 함께 소리쳤다.

"저들을 쳐라!"

*　　　*　　　*

대기하고 있던 팽가와 무림 무사들이 달려들자 사해비천단을 이끄는 단장, 가염(加鹽)이 소리쳤다.

"압박해라! 여지를 주지 마라!"

적들의 실력을 가늠하고 내린 판단이었다.

눈에 서린 기광과 은연중 뿜어내는 호연지기. 단순한 무인들이 아닌 상당한 경지에 오른 실력자란 사실을.

파파파팟.

사해비천단 대원들은 삼면을 둘러쌌다. 북문을 끼고 있는 팽가와 맹의 무인들을 도망가지 못하게 하려는 것이다.

하지만 가염이 한 가지 보지 못한 것이 있었다. 이들은 팽가와 풍운검대 사이에서도 고르고 고른 최상위 실력자들이었다.

"커억! 커억!"

민첩하게 휘두르는 팽가와 무림맹 무사들의 공격에 주위를 압박하던 해남파의 대열이 부지불식간에 무너졌다.

공간이 생기자 팽가 고수 서너 명이 크게 도약하며 빠져나갔다.

슈슉! 슈슈슉!

사해비천단도 당하고만 있지는 않았다. 팽가와 풍운검대에 비해 실력이 조금 못 미친다 하더라도 해남파의 정에 부대들이다. 기세에 밀릴 정도로 심지가 약한 자들이 아니었다.

"커억!"

앞서 해남파 몇 명을 순식간에 날려 버린 팽가 무인이 갑자기 바닥으로 쓰러졌다.

사람들 사이에서 도기(刀氣)가 날아온 것이다.

"고수다. 방심하지 마라!"

도기를 뿌리는 해남파 고수의 등장에 팽가의 고수들은 긴장했다.

하나 그것도 잠시뿐.

쇄애액! 쇄애액!

"컥!"

"으헉!"

기를 뿜어낼 수 있는 팽가와 맹의 고수들이 동시에 날아들어 길을 열었고, 주위를 막고 있던 해남파 무인 아홉을 그대로 날려 버렸다.

졸지에 둘러싸던 대열에 구멍이 생겼다.

파파팟.

삽시간에 대열은 와해되었고 이제는 한 명을 상대로 두세 명씩 짝을 지어 상대하는 형국이 되어버렸다.

*　　　*　　　*

"진짜 해남파로군."

동쪽으로 이동한 풍운검대 대주 진자운이 혀를 찼다. 자신을 막아선 세 명의 무사가 취한 기이한 동작 때문이었다.

휘익. 휘익.

무릎을 구부리고 무게중심을 우측에 두는 독특한 기수식.

중원에서는 볼 수 없는 특이한 도법에, 그뿐만 아니라 무림맹 무사들의 표정에도 난처한 기색이 서렸다.

"그냥 밀어붙이는 게 어떻겠습니까?"

그의 옆에 있던 삼 조 조장 구윤(具倫)이 말을 걸어왔지만 진자운이 고개를 저었다.

"해남파에 함부로 접근했다간 낭패를 보기 십상이네. 어설퍼 보여도 저 기수식은 생각보다 매우 실용적인 도법이니까."

"아⋯⋯."

"내가 나설 테니 잘 보게. 이런 적들을 어떤 식으로 처리하는지."

그는 검을 꺼내 사선으로 들었다.

진자운의 기세가 흉흉했는지 해남파 무사들도 잔뜩 긴장한 얼굴이었다.

바밧. 캉!

몇 번의 호흡을 고른 뒤 달려 나간 진자운.

생각보다 빠른 동작에 세 명의 무사의 눈에 일순간 당혹감이 스쳐 지나갔다.

캉!

하지만 진자운은 채 접근하지 못하고 물러섰다. 뜻밖의 방해물이 나타난 것이다.

"보아하니 무림맹 소속인 듯한데 노부가 상대해 주겠소."

형세가 불리한 곳을 찾던 문 총관이 풍운검대 대주 진자운을 발견하곤 그의 앞을 가로막은 것이다.

*　　　*　　　*

점점 정점으로 치닫고 있는 북문 쪽과 달리 진일강은 북문을 넘어 외원 밖으로 달려가고 있었다.

도발하던 팽오운이 갑자기 몸을 뺀 것이다.

"이 노부를 따돌릴 생각은 꿈에도 하지 않는 게 좋을 게다!"

진일강이 마음먹고 추격하자 순식간에 거리를 좁혀 버렸다.

팽오운과 거의 삼 장(9m)을 남겨놓을 무렵이었다.

"흡!"

카앙!

두 금속의 부딪침으로 카랑카랑한 쇳소리가 터져 나왔다.

도망가던 팽오운이 돌연 갑자기 달려든 것이다.

캉! 캉! 캉! 캉!

짧은 시간, 각기 십수 합의 초식이 펼쳐졌다. 서로 일정 거리를 벌리며 멈추자 눈이 동그래진 진일강이 놀라움을 표했다.

"이놈 봐라?"

진일강은 조금 전 자신이 펼친 초식을 상기했다.

하단 베기와 수직으로 쳐올리기, 가슴 쪽 중단에서 좌우측 휘두르기, 상대의 공격을 막는 순간 몸을 회전하면서 휘둘러 치기.

칼의 공격 속도를 늦추다 일부러 급히 올리는 등 변초를 넣었지만 모두 막혔다.

나중에는 해남파 초식을 변형하며 공격했음에도 상대가 수월하게 막아서고 있었다.

하지만 진일강을 그보다 놀라게 한 건 따로 있었다.

'이건 대체……'

상대의 손목 끝에서 나오는 자줏빛 기운.

몇 번 칼을 부딪쳤을 뿐인데 그 기운이 자신의 단월도를 타고 팔목으로 기어 올라왔다. 그리고 이렇게 피부를 거멓게 만들고 있었다.

"혹시 이 기운은……. 설마 너……."

패애애액!

말을 거는 순간 팽오운의 상단 베기가 펼쳐졌다.

타앗!

거의 눈 깜짝할 사이에 날아올 정도의 **빠른** 쾌검이었지만 진일강은 발 구르기 한 번으로 쉽게 피해냈다.

카아아앙!

이후 재빨리 도를 휘둘러 팽오운을 또 삼 장 밖으로 밀어냈다.

"큭."

내공에서 밀리자 다시 인상을 쓰는 팽오운.

진일강 역시 굳은 얼굴로 그를 향해 말을 걸었다.

"그 무공… 어디서 익혔느냐?"

"…그건 네가 알 바 아니지."

"너는 그 무공이 어떤 건지 알고 있느냐?"

"물론."

인정하는 대답.

거기에 진일강의 얼굴이 일그러졌다.

"왜, 더 보여줄까?"

스으으으으—!

팽오운의 도 끝에서 자주색 기운이 천천히 퍼져 나오자 진일강의 눈이 점점 커졌다.

설마하니 그 기운이 뻗어 나오리라고는 생각하지 못한 것이다.

"아직 놀라긴 일러."

기이이이이—!

기괴한 울음소리가 숲속을 울려대자 진일강의 눈이 찢어질 듯 커졌다.

이는 자연에서 나는 소리가 아니었다. 마치 접신을 하기 위해 울려 대는 쇠구슬 소리처럼 지극히 거북스러운 느낌이었다.

"너 이놈, 이제 보니 날 이리로 유인해 온 것이구나. 네 동료라는 자들에게도 이걸 보이지 않으려고!"

진일강은 팽오운이 외원 밖으로 나온 이유를 그제야 깨달았다.

"알았으면 한번 막아 보시지."

저주스러운 기운과 함께 일그러진 팽오운의 얼굴. 그는 이빨을 서서히 드러내며 비릿하게 웃어 보였다.

"해남파 문주."

지이이잉—!

때마침 그의 도 끝에서 자줏빛 기운이 감싸며 또 다른 기운이 생성되기 시작했다.

흑색 반점의 기운.

도기에 두 가지 기운이 얽히자, 닿지도 않은 땅의 잡초들이 거무튀튀하게 생명을 잃어갔다.

*   *   *

팽인호는 잘근잘근 입술을 깨물고 있었다.

"큭!"

"크악!"

"아악!"

장씨세가의 사방에서 산발적인 싸움이 일어나고 있었다.

이건 그가 기대한 바가 아니었다. 그들은 단번에 모든 것을 뚫고 벼락처럼 몰아칠 만한 전력을 준비해 왔다.

그런데.

'해남파를 대표하는 사해비천단과 문주가 직접 오다니……'

희고 누런 도복. 그리고 일파의 종주다운 무시무시한 기세. 숫자마저 근 삼백에 달한다. 아무리 팽가의 정예 고수를 추려 왔다 해도 이런 이들을 상대로는 단시간에 승부를 쉽게 장담하지 못했다.

"뭘 그리 고민하시는 게요."

"……!"

그때였다.

등 뒤로 갑작스럽게 들려오는 목소리에 팽인호의 고개가 획 꺾였다.

인기척도 없이 나타난 자들. 남색 무복을 입은 천군지사대와 그 조장들이었다.

팽인호는 저도 모르게 정중히 읍을 했다.

"오셨습니까."

"전황이 생각보다 좋지 않소. 비등하거나, 오히려 우리 쪽이 불리하구려."

일 조 조장 동추는 인사도 받지 않고 본론부터 꺼냈다.

그 뒤에서 다른 하나가 말을 받았다.

"특히 저들 때문에."

치잉! 칭! 으아악!

조금씩 밀고 밀리는 상황과 달리 비명과 함께 주욱 흩어지는 한쪽 전장.

바로 소림의 나한승들이었다. 그들이 장봉을 휘두를 때마다 팽가의 정예들이 뒤로 쭉쭉 밀려났다.

"사실 저자들을 잡아줘야 할 사람은 따로 있었소만……."

쿠웅! 카캉! 파지직!

팽인호는 싸움이 과열되는 지역과는 반대쪽, 장씨세가의 저편을 보며 속앓이를 했다.

자신들도 쳐들어올 때 아무 전략이 없었던 게 아니었다. 장씨세가에도 숨은 한 수가 있을 수 있으니 정사지간 무인들을 방패 삼아 손발을 어지럽히고, 무력이 월등한 팽가와 천군지사대로 한순간에 쓸어버릴 생각이었다.

한데 팽오운이 멋대로 기습을 감행했고, 묵객과 소림승들에게 발이 묶였다. 뒤늦게 팽가와 맹의 일류 무인들이 도착했으나, 또 하필 해남파라는 암초에 부딪혀 허우적거리고 있었다.
하나하나 상대하자면 할 만한 싸움이었으나, 저놈의 인원수가
문제였다.

"저건 왜도술인가?"

"아냐. 비슷해 보여도 달라. 격식과 도법이 일관된 것을 보니
해남파인 것 같아."

일 조장 동추는 이 조장 서화평과 대화를 나누다 팽인호에게
눈길을 던져왔다.

"이상하구려. 세외의 떨거지들이 여기 무슨 일이오?"

"…제, 제자의 배필이 어쩌고 하더이다."

팽인호의 떨떠름한 말에 풋 하고 동추가 웃음을 흘렸다.

"하! 제자의 배필? 해남파의 제자라면 묵객 아닌가. 그놈도
꽤나……."

"객쩍은 소리는 그만."

삼 조 조장 위무독이 말을 끊었다.

그는 밀리고 있는 풍운검대, 그리고 팽가의 고수들을 보고 위
기감을 느끼고 있었다.

"계획은 어찌되오?"

위무독이 아랫사람 대하듯 싸늘히 팽인호를 향해 물었다.

"…우선 일 조는 적들의 주요 인물들을 제거해 주십시오.
묵객과 저 중들, 아마 소림승인 것 같습니다. 그리고 해남파
중에서도 사해비천단의 조장급 이상은 상당히 위협적인 존재
입니다."

팽인호는 기분이 나빠졌으나, 그런 태를 일절 내지 않고 공손히 대답했다.

이번엔 이 조 서화평이 물었다.

"우리는 뭘 하면 되오?"

"이 조는 사방에서 흩어져 싸우고 있는 우리 쪽 사람들을 돕는 게 좋겠습니다. 적의 숫자가 워낙 많거니와 해남파 무공은 중원과 방식이 다르니 이대로 가다간 어려움을 겪을 수밖에 없을 겁니다."

서화평이 고개를 끄덕였다.

강호에서도 해남파의 검술과 도법은 워낙 기괴하고 파격적인 것으로 유명했다. 발생 자체가 바다와 왜구의 위협에 노출된 환경에서 이루어졌으니 내륙의 무인들과는 방향도, 방식도 다른 것이다.

"우린?"

침묵하던 삼 조 조장인 위무독이 팽인호를 불렀다.

"삼 조는 저희와 함께 장씨세가 주요 인물들을 잡는 데에 동행해 주십시오. 어차피 해남파는 장씨세가를 지키기 위해 온 자들. 장씨세가의 요인을 죽이거나 사로잡으면 더 싸울 명분을 잃게 될 것입니다."

"무사 몇이면 될 일 아니오?"

위무독이 불쾌한 표정을 하자 팽인호가 고개를 저었다.

"몇 명으로 될 일이 아닙니다. 삼 조 전체가 필요할 겁니다."

"그걸 어떻게 확신하오? 최후통첩을 한 기일보다 벌써 며칠이

더 지났잖소. 중요 인사들은 진작 도망갔을 터. 남은 놈들이 있
으리라 보오?"

일 조장 동추의 의문이었다.

팽인호가 차분히 대답했다.

"해남파가 도착한 지 얼마 되지 않았습니다. 앞서 저희 무사
들이 왔을 때만 해도 보이지 않았었지요. 즉, 저들은 우리가 이
렇게 일찍 올 거라고 생각하지 못했던 겁니다."

"그나마 그건 잘한 거구려. 뭐, 그래서 녀석들이 미처 대피를
하지 못했다는 말이오?"

"대피는 했을지 모르지요. 하나 대비는 하지 못했을 겁니다."

"무슨 차이인 거요?"

이번에는 서화평도 물었다.

"음, 무인들이시니 장사치의 집안이 어찌 돌아가는지를 모르
시겠지요. 상것들이란 원래 집을 완전히 비우지 않는 법입니다."

팽인호는 약간 숨을 돌리며 간략히 설명했다.

"장씨세가에 마지막까지 식솔이 남는 것은 저들이 용맹하기
때문이 아닙니다. 식솔이 아니고서는 누구에게 맡길 수 없는 것
들이 있기 때문입니다."

"피붙이가 아니면 맡길 수 없는 것이라면 중요한 것이겠군."

위무독이 감을 잡았다는 듯 끄덕였다.

팽인호는 세 조장을 보며 미소를 지었다.

"상계가 돈을 버는 까닭이 무엇이겠습니까? 불법적인 일들은
힘으로 가능합니다. 하지만 위험하지요. 법이 지켜주는 범위 안

에서 움직여야 큰돈을 법니다."

흔히 관시(관계关系: 인맥)라고 부르는 화인(華人: 중원인)들의 풍습이다. 무려 기천 년 가까이 이어지는 '얼굴도장'이라고도 말할 수 있다.

상계는 그 속성상 각 지방의 관리, 유력자들과 친분을 맺어야 더 큰 돈벌이를 할 수 있다. 이 때문에 공적으로는 각 지방 관인들의 승진, 발령, 임용 등에 축하 선물을 보내고, 사적으로는 그들의 가족, 관혼상제 등의 일을 알아두어 수시로 인사를 보낸다.

"그 말인즉, 관부 인사들에 대한 정보 아니오!"

"바로 그거지요."

동추의 말에 팽인호가 동의했다. 누구든 자신의 일거수일투족을 관찰하고 분석한다면, 기분이 좋을 리가 없다. 즉, 이 자료는 장씨세가의 가장 중요한 벌이 수단이며, 동시에 바깥으로 드러나면 관부의 모든 인물에게 적대감을 사고 공적으로 몰릴 그런 장부인 것이다.

"따라서 마지막 순간까지 보관해 놓고 그것을 지키기 위해 이곳에 있을 겁니다. 더구나 장씨세가의 싸움에 장씨세가 사람이 없다는 것도 말이 되지 않지요."

"그렇소."

"그런 만큼 그 마지막 방비는 쉽게 볼 수 있는 것이 아닐 겁니다. 저희 팽가만의 힘으로는 자칫 큰 손해를 볼 수도 있으니……."

팽인호는 말끝에 조금 낙심한 듯 고개를 숙였다. 차마 자기 입으로 '저희 힘이 부족합니다'라는 말을 하기는 힘든 얼굴이었다.

"가지."

상황이 상황인 만큼 위무독은 더는 얘기하지 않고 무심히 앞서 나갔다.

타다닥!

세 명의 조장들이 화살처럼 날아들었다.

"그러니……. 귀하들이 그 손해를 좀 받아줘야 하지 않겠습니까."

그 뒤에서 팽인호가 흐물흐물 웃음을 흘렸다.

*   *   *

"추행!(錐行: 적진을 돌파하는 진법)"

사삿!

전각을 날아 땅에 떨어지며 일 조장 동추가 고함을 질렀다.

"명(命)!"

사삭! 사사삭!

이제까지 어지럽게 싸우고 있던 천군지사대가 일제히 소리치며 기민하게 움직이기 시작했다.

"건(乾: 서북쪽)! 진(震: 동쪽)! 이(離: 남쪽)!"

뒤이어 팔방의 세 가지 방향을 가리키며 동추가 검을 휘둘렀다.

쉬쉬쉭!

검이 가리키는 방향으로 세 명의 천군지사대가 쏘아져 나갔다.

"크아악!"

"아아아악!"

팽팽하게 맞물리고 있던 전장에 갑자기 물결이 치기 시작했다. 이제껏 잘 버티던 방어진이 무너지자 장씨세가의 흔들림이 급격히 커졌다.

"문도들을 보호하라!"

"사람들을 지켜라!"

혼란이 커져가는 가운데, 동추의 명령은 더욱 기민해졌다. 그는 해남파의 이름도, 장씨세가에 있다는 고수들도 전혀 신경 쓰지 않았다.

'아무리 강해봐야 어차피 잡졸들!'

"대원들은 신속하게 나간다!"

쫘아아악!

그의 손짓은 칼날이나 다름없었다. 천군지사대는 집요하게 해남파와 장씨세가, 그 두 세력 사이의 연결점을 노렸다.

"크아악!"

"이봐! 왼쪽! 왼쪽!"

"젠장!"

해남파, 무림맹, 팽가 쪽 무사들의 손발이 어지러워지기 시작했다.

특히 그것은 장씨세가 쪽에서 더 심했다. 비록 해남파가 아무리 원군이라 한들, 그들과 만난 지는 이제 고작 한 식경이다. 반면 천군지사대는 오래도록 서로 손발을 맞춰본 경험이 있었다.

"다시 추행!"

촤아아악!

그들은 상관의 명에 즉각 복종했고, 전체를 하나로 볼 줄을 알았다. 칼이 날아오는 것을 몸으로 막아내고 버티면, 뒤에 있던 동료가 뛰어오르며 적의 목을 쳐 날렸다.

"크아악!"

쫘아아악!

"제기랄! 기병도 아니고 추행진이라니!"

해남파 총관은 이를 갈았다.

천군지사대는 소수의 고수들을 삼 인 일 조로 내세워, 일곱 개의 뾰족한 쐐기를 만들어 찌르고 들어왔다.

"장씨세가를 지켜라! 네 옆에 있는 사람들을 지켜!"

"어렵습니다!"

반면 해남파는 해남파대로, 장씨세가는 장씨세가대로 따로 놀았다.

이는 급조한 연합군이 당연히 가지는 약점이었다. 싸움이 거칠어질수록, 사람은 자신과 손발이 맞는 익숙한 사람 쪽에 먼저 붙게 마련이다.

챙! 챙! 퓨욱!

천군지사대의 검에 허실이 실릴수록 혼란은 더욱 가속화되었다.

하지만 문제는 거기에만 그치지 않았다. 이 조장 서화평을 필두로 이 조 조원들이 본격적으로 움직이기 시작한 것이다.

투욱. 툭.

적을 해치우고 한숨 돌리던 묵객의 앞을 천군지사대 네 명이 막아섰고.

"소림에서 나오신 듯한데 가르침을 내려주시겠소이까?"

나한승 앞에는 무려 아홉 명이 붙었다.

거기에다.

"같이 협공해서 빨리 끝내 버립시다."

사해비천단 단장인 가염에겐 세 명의 이 조 대원들이.

"우리가 돕겠소."

풍운검대 대주를 상대하던 해남파 문 총관 앞에는 천군지사대 네 명이 합류해 버렸다.

천군지사대가 개입함으로써 전세가 완전히 역전된 것이다.

* * *

"공세가 거셉니다! 빨리 움직이셔야 합니다!"

외총관 장태윤의 목소리는 다급했다. 장련은 바리바리 싸 든 보따리를 안고 남문으로 향했다.

채채챙! 챙챙챙!

하지만 얼마 가지 않아 병장기 소리가 도처에서 들리기 시작했다.

"헛?"

"외총관! 침입은 북문 쪽이라면서요!"

"저, 저도 잘……. 분명 일다경 전만 해도……."

장태윤은 갈팡질팡했다. 그가 보고받은 바로는 침입한 숫자도 적고 원군으로 해남파도 왔다고 했다. 해서 잠시 숨 돌릴 말미는 얻었다 싶었는데, 이제 보니 전황이 오히려 훨씬 악화되고 있었다.

"커억!"

"헉!"

비명 소리는 동서남북, 사방에서 울렸다. 방향을 가리지 않고 병장기 부딪는 소리가 장내를 울렸다.

"이, 이러다 우리도 죽겠어……."

"사, 살려줘!"

비명 소리가 커지자 하인들이 동요하기 시작했다.

나름 자진해서 장씨세가에 남은 그들이건만 수십 년을 함께해 온 정이라도, 눈앞에서 사람이 죽어가는 공포는 양민이 버틸 수 있는 것이 아니었다.

"안 되겠어요, 외총관. 흩어집시다."

장태윤의 뒤를 따라가던 장련이 우뚝 발을 멈췄다.

"아가씨……?"

장태윤이 놀라 물었지만 장련은 고개를 내저었다.

"들려오는 방향이나 소리를 들어보니 한두 명이 침입한 게 아니에요. 이런 상황에서 같이 다니는 건 오히려 더 적들의 눈에 띄어요."

"으음."

일리 있는 말이다. 이런 아수라장 속에서는 적아를 구분하기 힘들다. 장씨세가 쪽에서야 누가 누군지 모르니 혼란스럽지만 그건 상대 역시 마찬가지.

"지금 공격자가 누군지 모르겠지만, 해남파와 대등할 정도로 싸울 수 있는 고수들이에요. 함께 움직이다가 발각되면 우리 중 그들과 싸워서 막을 수 있는 사람이 단 한 명이라도 있나요?"

"아가씨, 하나……."

장태윤은 갈등했다.

머리로는 장련의 말이 맞는다는 걸 알고 있었다. 하지만 장씨세가의 심장이나 다름없는 그녀를 호위나 수발들 시종 하나 없이 따로 떼어내야 한다는 것이 속이 탔다.

"최악의 상황에 대한 대비는 되어 있어요. 차라리 제가 혼자라면 몸을 빼기가 쉬워요."

"그게… 정말이십니까?"

장련은 장태윤을 향해 진지한 얼굴로 고개를 끄덕였다.

"이 죄는 나중에 반드시 두고두고 치르겠습니다. 보중하시길."

"그렇게 하세요."

장련은 지그시 웃어 보이며 손을 내저었다.

화다닥! 타닥!

장태윤이 두 사람씩 짝을 지어 사방으로 하인들을 흩어지게 했다.

장련은 그들의 모습이 사라질 때쯤 바리바리 챙겨 든 보따리를 안고 달렸다.

가주전.

장씨세가의 가장 심장부인 곳으로.

第九章

대단한 고수

끼이이익.

팔각지붕이 장엄하게 펼쳐진 처마 밑으로 장련이 황급히 들어갔다.

이곳은 장씨세가의 가주전. 최종 결재된 서류와 상계에 필요한 자료들을 모두 보관해 놓는 곳이었다.

슥슥슥.

단상에 올라간 장련은 급히 수납장을 열고 무언가 뒤지기 시작했다. 이제껏 조정의 대신들과 주고받았던 수많은 인사치레(뇌물)와 그 후의에 답하는 서신들.

이들의 중요성에 비하면 장씨세가의 땅문서나 거대 상단과의 거래 명부가 오히려 하잘것없을 정도다.

"이 정도면 됐어."

일각 정도 필요한 서류를 집어 든 장련은 의자를 뒤로 밀었다.

달각달각!

의자 아래의 바닥에 난 손가락만 한 작은 틈. 거기에 손을 넣고 얇은 판자 하나를 들어 올렸다. 그러자 색이 다른 벽돌 크기의 작은 나무판이 또 드러났다.

'아버님… 죄송합니다. 결국⋯⋯.'

그것을 보는 장련은 눈썹이 가느다랗게 떨렸다.

그녀가 열세 살 때 아버지 장원태가 직접 알려준 가전의 비밀 기관. 오로지 장씨세가의 직계 혈육만이 그 존재를 아는 기관이다. 이것을 누르면 어떤 일이 벌어지는지 누구보다 잘 알기 때문이다.

'결국 소녀가 이 가주전을 무너뜨리게 되었습니다⋯⋯.'

그녀 혼자서 전각 안의 모든 서류를 다 가지고 나갈 수는 없었다. 그렇다고 이것들은 남겨둘 수도 없는 노릇이었다.

장씨세가는 상계의 가문이다. 그간 조정에 줄을 대면서, 적절히 편법이나 조정의 조치를 우회하는 방식으로 여러 가지 수단을 써왔다.

그리고 그들이 손을 잡은 조정 대신 중에는 한때 권세를 지녔지만 나중에 황제의 노여움을 사 내쳐진 집안도 많았다.

권세 있는 곳에 돈이 있는 법. 그러다 보니 결과적으로 역적을 도운 꼴이 되는 경우도 피할 수 없었다.

"이 장부와 서책이 일부라도 다른 집안에 넘어가게 되면 본 가는 결코 살아남을 수 없다."

아버지 장원태의 말이 아직도 귓가에 생생했다.

이것이 자신의 적들, 예전의 석가장이나 지금의 팽가에 넘어갈 경우 장씨세가는 선산을 탈취당하는 것보다 더 끔찍한 피해를 입을 수도 있다.

꾸욱!

장련은 기관 장치의 옆에 세워진 커다란 대도. 한쪽으로 뒤틀어져 있고, 손잡이가 둥글게 휘어진 기형도를 붙잡고 숨을 들이마셨다.

이 대도가 힘을 주기라도 하듯이.

달칵! 와지직!

"……!"

한데 때마침 가주전의 창가에서 무언가가 부서지는 소리가 났다.

기습이었다. 누군가 가주전을 강제로 부수고 들어오고 있는 것이다.

'불부터 꺼야 해.'

장련은 급히 벽 쪽으로 다가갔다. 그리고 한쪽 벽에 내걸린 등불을 황급히 꺼버렸다.

핏. 핏. 핏. 핏. 핏. 핏.

반대쪽 벽도 모두 불을 끈 뒤 바닥에서 또 하나의 널빤지를 들어 올렸다.

후욱.

오래된 공기가 훅 뿜어져 나왔다. 가주전 아래에 있는 또 하나의 입구로 장련은 몸을 던졌다.

탁. 탁.

그리고 그 안의 기관 장치에 손을 대었다. 척 봐도 다른 것과는 색이 다른 검은 벽돌이었다.

"련아, 혹여나 위험에 빠지면 이걸 누르거라. 이것이 너를 지켜줄 것이야."

기이이익. 기긱. 휘리릭.

장련이 검은 벽돌을 누르자 사방에서 기계음이 나기 시작했다.

그그궁! 그그그궁!

지진이라도 난 듯 가주전 전체가 흔들렸다.

"뭐야, 이게!"

"건물이 가라앉는다!"

주변에서 놀란 비명들이 울렸다. 가주전 전체가 땅속으로 내려앉고 있었던 것이다.

이것이 장씨세가가 위기를 맞았을 때 쓰는 두 가지 비책 중하나였다.

출입구고 창문이고 모두 흙과 돌벽에 뒤덮이고, 전각 전체가사람이 출입할 수 없는 밀실로 변하는 것이다.

"하아."

장련은 가주전의 기관이 완전히 발동되자 그제야 가슴을 쓸어내렸다.

일단 기관이 발동되면 주변 일이 정리되고 도와줄 사람들이 파내주기 전에는 나가고 싶어도 나가지 못하지만 누군가의 위협으로부터 지켜줄 철옹성의 감옥이 되는 것이다.

"다행이야, 잘 작동되어서……."

열세 살 이후 아버지에게 가르침은 들어두었지만, 단 한 번도 작동된 적이 없는 가문의 기관이었다. 바깥에 알려지는 것조차 마지막 대비를 노출하는 일이므로 연습 한번 할 수 없었다.

"사람들이 올 거야. 그때까지, 다른 이들을 믿고, 기다리면……."

쿵!

한데 막 안심하려던 장련의 눈이 휘둥그레졌다.

천장, 사방의 벽과 창문을 모두 흙에 묻어버린 가주전이 유일하게 지상에 노출된 철제 지붕.

쿵! 쿵! 쿵! 쿵!

거기서 강한 충격이 집요하게 울리고 있었던 것이다.

파팍.

탁자 밑으로 급히 몸을 숨긴 장련은 호흡을 거칠게 내쉬며 생각했다.

'설마, 설마 그런 말도 안 되는…….'

겉으로는 대충 기와를 덮어놓았지만 저 지붕은 통짜 쇠로 만든 것이다. 당장 저 지붕을 설계하고 만드는 데에도 엄청난 돈을 들었다고 했다.

어떤 도둑도, 심지어 군대의 대군이라 해도 장씨세가의 가주가 작심하고 가주전을 내려앉히면 하루 이틀 내로는 그를 끄집어내지 못한다. 한데.

쿵! 쿵! 쿵! 쿵! 쿵! 쿵! 쿵! 쿵!

상대는 무림 고수들이었다. 세가의 어떤 조상들도 그 계산에 넣지 못한, 패도적인 힘을 가진 이들.

콰아앙! 쩌어어엉!

"악!"

귀를 찢는 폭음에 장련이 머리를 부여안고 비명을 질렀다.

*　　　*　　　*

그그그긍!

"빌어먹을!"

가주전이 가라앉는 것을 보고 팽인호는 이를 갈았다.

설마 설마 하니 이런 대비를 하고 있을 줄은 몰랐다. 전각을 보호하는 방법으로 아예 땅에다 묻어버리다니.

"일 장로, 이건?"

삼 조장 위무독이 불편한 얼굴로 물었다.

창문과 정문으로 침입하던 천군지사대의 인원 중 적지 않은 수가 당했다. 전각이 내려앉는 순간, 다시 뛰어나오려 하던 이들 중 육중한 무게에 허리춤이 잘리거나 그대로 목이 부러져 나간 이들도 있었다.

하지만 무엇보다 침입할 구멍이 전부 폐쇄되어 버렸다는 것이 문제였다. 창문이고 문이고 다 흙과 돌로 덮여 거북이처럼 숨어버렸으니 이를 어찌할 것인가.

"천장이 남아 있습니다!"

팽인호의 말에 위무독이 끄덕였다.

그의 뒤쪽에는 열 명 남짓한 팽가 고수들이 서 있었고 위무독을 따르는 스무 명의 수하들이 보였다.

"뚫어라!"

"넷!"

그가 명령하자 수하들이 검을 내던지고 장공으로 장씨세가의 천장을 후려갈겼다.

콰앙! 콰앙! 쩌어어엉!

한데 기와와 벽돌로 덮여 있던 지붕에서 불현듯 둔한 금속성이 울렸다.

"통짜 쇠입니다!"

"이런 미친!"

팽인호는 다시 한번 기가 막혔다.

유일하게 침입할 수 있는 구석인 천장. 그게 강철 뚜껑으로 덮여 있다는 것이다. 저래서야 만약 장씨세가를 돕는 이가 아무도 없다면, 안에 든 이는 굶어 죽거나 질식하고 말 터.

"비키시오!"

"뭐 하시려는……."

철컥.

위무독이 검을 꺼내 들자 팽인호가 연유를 물었다.

하지만 그는 대답도 하지 않은 채 몇 발짝 걸어가 섰다.

스으으으으—!

검 끝에서 아지랑이처럼 피어오른 기운. 그 기운이 점점 팽창되더니 이윽고 붉은빛으로 변했다.

'저, 저건… 자하신공?'

지켜보던 팽인호의 눈이 화등잔만 하게 커졌다.

화산파의 절대 무공.

설마하니 그가 화산파 무공을 쓸 줄은 예상치 못했던 것이다.

쩌어어엉!

쇠고 돌이고 부수고 박살 내는 어마어마한 검기가 쏟아졌다.

✳　　　✳　　　✳

"가주전이 주저앉았습니다!"

하오문의 수하 한 명이 급히 다가와 보고했다. 대경실색한 그와 달리 서혜는 침착하게 끄덕였다.

"놀랄 것 없어요. 그건 장씨세가의 마지막 대비일 거예요."

"알고… 계셨습니까?"

"아니요. 그래도."

서혜는 고개를 내저었다.

"혹여 제 신상에 무슨 일이 생길까 하는 걱정은 않으셔도 돼요. 그보다 여차한 경우, 어떻게든 빨리 일을 처리해 주세요."

"그게 무슨 뜻이죠?"

"정확히는 말할 수 없어요. 어쨌든 위기 상황에서도 저희 가문에 가솔들의 안전 정도는 지킬 수단이 있어요."

그것이 아마 이 사태를 예견한 것이었을 터다. 대단치 않은 의문 하나를 풀고, 서혜는 다음 보고를 들었다.

"팽가만이 아니라 천군지사대도 왔습니다."

"역시."

서혜는 놀라지 않았다.

하오문의 정보 체계에 구멍이 생겼을 때 이런 사태는 짐작하고 있었다.

무림인들의 능력이란 엄청나다. 몇천 리나 떨어진 거리에서는 전서구가 압도적으로 정보 전달에 빠르다. 하지만 이백여 리 안으로 좁아지면 그때는 전서구보다 무인이 빠를 때도 있다.

전서구는 사람이 보내고, 사람이 받는 것이다. 준비하는 시간이 필수적인 데 반해 무림인들은 신법을 쓰기에, 뛰어난 경공술의 소유자라면 먼저 도착하는 경우가 생기는 것이다.

"정사지간의 두 문파의 소식은 왔나요?"

서혜는 지끈거리는 머리를 누르고 다른 부분을 물었다.

막을 수 없는 것은 어차피 버려야 한다. 지금 그녀가 할 수 있는 것은, 이미 일어난 일이 아닌 앞으로 일어날 수 있는 변수였다.

"예. 방금 접했는데 조금 이상합니다."

"뭐가 이상한가요?"

"며칠 사이에 이동하던 정사지간의 움직임 또한 지워졌습니다. 팽가나 천군지사대와 달리 그들의 경공이나 이동속도는 전서구로 충분히 전달이 가능합니다."

"이런."

서혜는 등골이 서늘했다. 상황이 너무 악화되었다. 해남파의 지원을 받고 있지만, 다른 자들도 아닌 그들이 온다면 아무리 해남파라 해도 버텨내지 못한다.

"두 가지 경우군요. 이미 도지휘사의 군대처럼 삽시간에 후퇴를 했거나."

서혜가 차분히 말했다. 하지만 말투와 달리 그녀의 얼굴은 극심하게 굳어 있었다.

"아니면 팽가처럼 장씨세가에 거의 도착했거나."

"그, 그건 불가능합니다. 그 많은 인원이……."

"잊었나요? 팽가나 맹 외에 아직 드러나지 않은 세력이 존재하고 있다는 걸. 애초에 이 싸움은 그들의 의도에서 빚어졌다는 걸."

"……!"

사내의 얼굴도 딱딱하게 굳었다.

*　　　*　　　*

콰아아앙!

마치 폭탄이 터지듯 강한 충격에 천장이 뒤흔들렸다.

그 소리에 장련이 혼비백산하며 몸을 움츠리다 본능적으로 고개를 위로 들었다.

"구멍이 뚫렸어……."

철제로 된 천장은 으그러진 모양과 함께 사람 한 명 들어올 구멍이 생겼다.

"안에 계집이 있소이다!"

"아… 아……."

곧장 사람 소리가 들려왔다.

그리고 뚫린 구멍 위로 언뜻 팽인호의 얼굴이 스쳐 가자 장련의 표정이 굳어버렸다. 적들이 곧 들어오려는 모양새였다.

장련은 뭔가 수를 찾으려고 했지만 머릿속은 이미 하얗게 변해 버렸다.

진짜 무림 고수들. 그것도 운수산과는 달리 강호에서도 알아주는 무사들에게 자신이 무엇을 할 수 있단 말인가.

그래도 가만히 있을 수 없어서 탁자 옆에 놓여 있던 대도 하나를 일으켜 자신의 몸을 감쌌다.

"우리가 먼저 들어가겠소."

그 말은 그녀에게 사형선고였다.

이윽고 뭔가 천장 사이로 뚝 떨어지자 장련의 심정은 절망으로 변해 버렸다.

그때였다.

퓨슈슈슉! 퓨슈슈슉!

"커억!"

사내가 땅을 채 밟기도 전에 쓰러져 버렸다. 어둠 속에서 화살 십수 발이 그를 향해 날아온 것이다.

"이건⋯⋯."

장련은 고개를 들었다.

어둠 속이라 앞이 보이지 않았지만 기계음은 확실히 들었다. 그렇다면 그가 이곳을 통과하자마자 기관이 작동된 것이리라.

'천장에 뭔가 있어⋯⋯.'

분명 그랬다. 적이 땅을 밟기 전에 화살이 날아왔고, 그는 바닥에 닿자마자 쓰러져 버렸다. 아마도 강제적으로 철제를 뚫고 들어왔을 때에 방비할 수 있는 기관이 작동되는 듯했다.

"당했습니다!"

"안에서 기관이 또 움직이는 것 같습니다."

뚫린 구멍 사이로 사람들의 목소리가 들려오고 소란이 일었다.

몸을 웅크린 장련은 이대로 멈춰주길 바랐다. 그리한다면 괜히 죽는 사람도 없을 것 아닌가.

"내가 내려가겠소."

하지만 포기할 그들이 아니었다. 스스로 나서겠다는 말이 들려오고 곧이어 한 명이 또 들어오기 시작한 것이다.

스윽.

한 사내가 내려왔다.

퓨슈슈슉! 퓨슈슈슉!

카카카카캉!

그는 몸을 비틀어 화살들을 모두 쳐냈다. 앞서 그냥 내려온 자와 달리 횃불을 들었고, 날아오는 화살의 위치를 파악할 수 있었던 것이다.

구슉!

"커억!"

하지만 그는 바닥을 밟자마자 쓰러졌다. 갑자기 한 자 넓이로 솟아오른 창살에 온몸이 관통당해 버렸다.

"화살이… 그리고 바닥에 창살이 있……."

팽가의 무사로 보이는 그는 그냥 죽지 않았다. 장씨세가의 기관을 몸으로 알려내고 죽었다. 그러고도 모자라 그는 마지막까지 자신을 꿰뚫은 창날을 부여잡고 있었다.

"내가 들어간다!"

"으으으……."

두 명이 연이어 처참하게 죽었지만 장련이 느끼는 공포는 더해갔다. 목줄을 서서히 조여오듯 적들은 포기하지 않았다. 더구나 처참하게 죽은 적들의 참상은 여인이 보기에 너무나 견디기 힘들었다.

스윽.

그렇게 또 한 사내가 구멍을 뚫고 들어왔다.

슈슈슉! 퓨슈슈슉!

카카카카캉!

날아오는 화살을 쳐낸 무인.

구슉!

죽은 동료를 밟고 뛰며 창날을 피해 장련에게 달려든 것이다.

파파파파팍!

"악!"

하나 그는 공중에서 자지러졌다.

신경을 마비시키는 비침들이 사선 방향으로 날아오는 걸 감지해 내지 못했다.

그렇게 사람들이 계속 들어오고 죽어나가도 그들은 포기하지 않았다.

"실이… 실이 엉켜 있습니다……."

다섯 번째 들어온 사내 역시 기관을 몸으로 파훼하고 죽었다.

기관이 움직이며 끊어진 줄은 다시 다른 줄로 바뀌었고.

화살의 방향이, 창살의 위치가, 비침(飛針)의 범위가 계속 변화했지만 그들은 포기하지 않았다.

한 명, 또 한 명, 또 한 명이 들어왔다.

"허망하구나……."

여러 구의 시체를 보며 장련은 결국 눈을 감았다.

투욱.

그사이 또 다른 사내가 내려왔지만 눈을 감아버린 장련은 더는 주위를 살피지 않았다.

슬펐다.

결국 이렇게 될 것이었는데, 이렇게 살게 될 것이었는데 왜 미련하게 악착같이 버틴 것일까.

슈슈슉! 퓨슈슈슉!

카카카카카카캉!

그는 날아오는 화살을 쉽게 쳐냈고.

구슉!

곧바로 창날도 피해냈으며.

주욱. 주욱.

파파파파팍.

침(針)을 뚫고는 장련의 지척까지 다가왔다.

"⋯⋯."

잠시 정적이 흘렀다.

죽음을 받아들인 채 눈을 감고 있는 장련.

그런 그녀를 앞에 두고 사내는 아무런 말도 꺼내지 않았다.

"대단한 고수시군요."

장련은 짧게 말했다.

기관은 벌써 열 명이 넘는 고수들을 앗아 갔다. 그런 상황을 뚫고 왔다면 그들 중에서도 손꼽히는 고수란 뜻일 테다.

퐈득.

장련은 입술을 질끈 깨물었다.

대답 없던 사내에게서 움직이는 인기척이 느껴진 것이다.

아마도 목을 베는 동작일 테다.

"그런 대단한 고수가⋯⋯."

움찔.

장련이 눈을 치켜떴다. 이 자리에 있을 리 없는, 사내의 목소리가 들린 것이다.

"장씨세가에도 있소."

횃불이 은은히 비치는 빛 속.

한지에 스며드는 진한 먹물처럼 한 사내의 얼굴이 천천히 담겼다.

보고 싶었던, 기대고 싶었던 그가 내려다보며 지그시 웃음 짓고 있었다.

"…무사님?"

"그러니 손에 힘 푸시오."

툭툭.

광휘였다.

그가 어깨를 두드리곤 그녀의 손을 잡았다.

"그리 잡고 있으면 그걸 쓸 수가 없지 않소."

"……."

커다란 대도. 한쪽으로 뒤틀려져 있고, 손잡이가 둥글게 휘어진 기형도.

이 무거운 걸 경황 중에 왜 가져왔을까 생각하니 문득 가슴이 아려왔다.

아마도 그녀가 아는 가장 강한 사람을 떠올리며 힘을 얻고 싶었던 것이 아닐까.

"적이, 적이 많아요, 무사님……."

쉰 목소리가 겨우겨우 나왔다. 말랐던 눈물도 다시금 흘러내렸다.

"너무 많아서… 계속 죽는데도… 계속 와서……."

"그러니까 내가 필요한 게요."

광휘는 말없이 고개를 끄덕였다.

그는 툭툭 장련의 손을 두드려, 얼마나 꼬옥 쥐었는지 펴지지도 않는 손을 펴주었다.

그리고 그녀의 손에서 받아 들었다. 장련이 이제껏 부둥켜안고 있던 자신의 구마도를.

"난 항상 이런 싸움만을 해왔으니까."

*　　　*　　　*

"대체 안에서 무슨 일이 벌어지고 있는 겁니까?"

상황이 끝나기만을 기다리던 팽인호가 결국 답답함을 참지 못하고 목소리를 높였다.

벌써 여덟 명째다. 뚫린 공간으로 들어간 사내들 중 단 한 명도 올라오지 못하고 있었다.

"기다리시오."

삼 조장 위무독의 대답은 짧았다.

"위 조장, 다른 수를 써야 합니다. 이대로 가다간 모두……."

"기다리라고 하지 않나!"

갑작스러운 위무독의 호통에 팽인호의 눈초리가 날쌘 동물처럼 사나워졌다.

그가 제아무리 천군지사대의 조장이라지만 자신 역시 팽가를 대표하는 장로다. 친히 이곳까지 도우러 와줬기에 그냥 넘어가 주고 있는 것이지, 원래는 이런 대우를 받을 자신이 아니었다.

'한낱 상계 집안의 기관이 이토록 정밀하다니!'

위무독의 짜증도 역시 팽인호보다 더했으면 더했지 덜하진 않았다.

건물이 주저앉을 때 천군지사대 여섯이 죽었다. 그리고 조금 전 구멍으로 여덟 명이 들어갔고 또다시 올라오지 않았다.

삼 조 대원들 중 절반이 넘게 사상자가 발생한 것이다.

"이번엔 팽가의 무인들이 들어가도록 하시오."

한참을 고민하던 위무독이 나직이 입을 뗐다.

팽인호는 즉각 거부했다.

"무의미한 짓입니다!"

"아니오. 앞서 대원들로 저들의 기관의 원리를 대충 파악한 상태오. 이번엔 실수가 없을 거요."

"위 조장, 지금 상황에서는 누가 들어가더라도……."

"빨리 투입하라고!"

'이 새끼가!'

우격다짐처럼 명령하는 말에 팽인호의 표정이 일그러졌다.

이쯤 되자 그의 인내도 한계에 다다랐다. 지금 위무독의 행동은 수하들의 죽음을 보상받으려는 의도가 물씬 풍기고 있었다.

열두 명이 죽은 천군지사대와 달리, 데리고 온 팽가 고수들은 세 명만 화(禍)를 당한 상황이기 때문이다. 하지만 아무리 그

의 심정을 이해한다고 해도 식솔들이 개죽음당하는 건 팽인호
도 용인할 마음이 없었다.

"뭐 해, 빨리 안 가시……. 응?"

휘이익!

위무독이 성을 내려는 그때, 팽가의 뒤 열에서 한 명이 그를
지나쳐 구멍 앞으로 걸어갔다.

"이봐, 거긴……."

팽인호가 그를 향해 손짓했다.

막 위무독과 눈싸움을 하고 있던 팽인호는 그가 누구인지 보
지도 못했다.

샤샤샤샥.

파파팟.

무사가 들어간 후 이전처럼 화살 소리와 창대 소리가 연거푸
들려왔다. 뒤이어 작은 바늘이 벽에 박히는 소리까지 들린 뒤,
비명은 들려오지 않았다.

잠시 흔들렸던 위무독의 입꼬리가 재밌다는 듯 올라갔다.

"호오. 이번엔 뭔가… 해결되고 있는 것 같군. 내가 뭐랬소?
이미 기관은 파악되었다니까?"

그에 반해 팽인호는 고개를 갸웃거리고 있었다.

'방금 전에 누구였지?'

분명 손짓을 했다. 자신이 명령을 내리기 전까지는 들어가지
말라고.

한데 그 무사는 자신을 무시하고 들어간 것이다.

'복장도…….'

생각해 보니 복장이 조금 달라 보였다. 아니, 확연했다. 피풍의를 둘러쓴 자가 자신의 무사들 쪽에는 없지 않은가. 거기다 지금 보니 남아 있는 무사의 수도 아홉으로 이전과 변함이 없었다.

투욱.

"……!"

때마침 뚫린 구멍 위로 사내가 불쑥 나타났다.

그를 보자 표정이 급격하게 굳어버리는 팽인호.

그와 달리 위무독은 한 발 다가서며 밝은 표정으로 입을 열었다.

"수고 많았……. 응? 그건 뭐냐?"

사내를 훑어보던 위무독의 눈이 의아하게 변했다. 가지고 들어갔는지 아님 들고 나왔는지, 처음 보는 거대한 도신이 눈에 들어온 것이다.

"이봐, 그거 뭐냐고?"

재차 묻는 질문에도 사내는 말이 없었다. 시선도 마주치지 않고 고개를 반쯤 숙인 채 우두커니 서 있었던 것이다.

뭔가 께름칙한 느낌에 위무독의 눈이 싸늘하게 변할 때쯤 팽인호가 입을 열었다.

"장씨세가 호위무사입니다."

"누구?"

위무독이 되묻자 팽인호는 이를 갈며 재차 입을 열었다.

"저자가 장씨세가 호위무사란 말입니다."

*　　　*　　　*

광휘는 눈앞의 사내들을 천천히 흘겨봤다.

철컥. 철컥.

칼을 빼 들고 천천히 주위를 도는 천군지사대.

위무독이 눈짓을 하자 네 명의 무사가 광휘를 둘러싼 것이다.

"한 번에 모두 덤벼들어야 합니다."

팽인호는 위무독을 향해 다급히 말했다.

위무독이 슬쩍 그를 흘겨보자 재차 말을 이었다.

"저자는 보통의 무인이 아닙니다. 우리가 고전하게 만든 것도, 여기까지 오게 된 것도 모두 저자…….

"자네가 보기엔 우리는 보통의 무인이오?"

"예? 제 말 뜻은 그 말이 아니오라…….

"더는 천군지사대를 모욕하지 마시오."

위무독이 팽인호를 노려보며 인상을 썼다.

그런 그를 보던 팽인호는 허탈한 표정을 지었다.

분명 천군지사대가 어떤 맹위를 떨쳤는지는 익히 알고 있다. 하나 눈앞의 저자가 이룬 업적에 비하면 조족지혈에 불과하다.

광휘는 중원을 무대로 싸운 자다. 황실도 감당 못 했던 은자림을 아예 뿌리를 뽑아버린 무인. 여기 모두가 덤벼도 이길 수 있을지 장담할 수 없었다.

'그래, 어차피 이리된 거 이사이에 빠져나가는 게 나아.'

팽인호는 현 상황을 빠르게 직시했다. 어차피 위무독이 부대 이름을 들먹이며 무인의 자긍심을 강조하고 있는 상황이다. 이런 때에는 그를 말리는 것보다 자신의 살길을 도모하는 것이 현명한 일이었다.

조금만 이곳을 벗어나면 다른 무사들이 자신을 도와줄 테니까.

처억. 처억. 처억. 처억.

팽인호가 이런저런 생각을 하는 사이, 광휘의 전후 방향으로 네 명의 무사가 거리를 좁혀왔다. 그들 모두 자신감이 잔뜩 밴 눈빛이었지만 무작정 달려들지는 않았다.

막상 앞에 마주하고 보니 알 수 있었다. 거대한 도신(刀身)으로 몸을 가린 자가 풍기는 위압감이 보통이 아니었던 것이다.

스윽.

마침 광휘의 시선이 바닥으로 더욱 내려갔다.

'앞은 일 장 두 자. 우측은 일 장 석 자.'

바닥을 딛고 있는 무사들의 보폭과 자신의 위치였다.

'좌측은 일 장 한 자 반. 뒤는 일 장.'

광휘는 고개를 슬쩍 옆으로 들었다. 가장 기본적인 것이지만 다시 한번 되새겼다.

자신과의 거리와 서 있는 자세, 검의 위치와 상대의 시선.

머릿속에 몇 번이나 각인시키고는 조용히 눈을 감았다.

파팟!

경직된 공간에서 일순 발 구르는 소리가 들리자 광휘도 곧장 반응했다.

터억.

동작은 단순했다. 왼손으로 잡은 구마도를 오른쪽 어깨에 맞대는 것.

그 상태에서 있는 힘껏 밀어버렸다.

퍼억!

우측에서 달려들던 사내는 갑자기 나타난 도신에 검을 제대로 뻗지 못하고 튕겨 날아갔다.

슈욱! 사악! 사아악!

거의 지척에서 광휘의 신형이 우측으로 쏠리자 세 개의 검이 헛되게 공중을 갈랐다.

쉬이익! 쇄액! 쇄액!

그것이 끝이 아니었다. 천군지사대 대원들의 검이 급하게 변화했다. 왼손으로 쥔 구마도를 오른쪽 어깨에 바짝 붙인 탓에 한순간 공간이 열린 광휘를 향해 짓쳐들어온 것이다.

휘릭.

하지만 구마도가 더 빨랐다. 정확히는 구마도를 잡은 자세로 몸을 비틀어 그들의 검을 막은 것이다.

그것이 끝이었다.

촤아악! 촤아악! 촤아악!

공격이 막히는 순간, 기이한 검 하나가 그들의 목을 날려 버린 것이다.

파팟.

광휘는 멈추지 않았다. 이번엔 먼저 천군지사대 쪽으로 달려 나갔다.

신출귀몰한 무위에 사방으로 흩어지며 도약하는 대원들.

그중 광휘의 목표는 정면에 있는 한 명의 대원이었다.

대원들은 광휘가 같이 도약하자 뒤로 물러선 자세로 즉각 검을 휘둘렀다.

캉! 캉!

이번에도 구마도에 맥없이 막혔다.

패애애액!

그리고 언제 뻗었는지 알 수 없는 날.

한 번의 동작으로 그는 허무하게 목숨을 잃었다.

"지금이다!"

그 순간 위무독은 외쳤다.

동료가 죽는 사이 준비한 살초.

지이이잉ㅡ!

천군지사대 대원 셋이 일시에 검기를 쏘아낸 것이다.

콱!

광휘는 돌아보지도 않고 괴구검을 땅에 박았다. 구마도를 오른손으로 잡고는 빠르게 몸을 비틀었다.

패애애애액!

회전하던 광휘를 향해 쏘아진 검기. 그 기운은 광휘의 도신을 타고 회전하다 어느 순간 그대로 세 방향으로 튕겨 나갔다.

"컥!"

"컥!"

"컥!"

구마도에 튕겨 날아간 검기는 내공을 발출한 세 명의 무인에게 그대로 적중되었다.

눈을 부릅뜬 채 서 있던 그들은 잘려 나가는 거목처럼 천천히 엎어졌다.

"이런 미친……!"

지켜보던 위무독이 욕설을 내뱉었다.

눈에 담긴 상대의 무위에 쉽게 진정할 수가 없었다. 이건 상식 밖의 일이었다. 검기를, 눈에 보이지 않는 기(氣)를 병기로 되받아쳤다.

오십 평생 그런 것은 듣지도 보지도 못했다. 그 일이 지금 눈앞에 벌어지기 전까진.

파팟.

광휘는 땅에 꽂힌 괴구검을 다시 쥐고는 계속 움직였다. 천군지사대 전원을 쓰러뜨렸지만 사실 반드시 제거해야 할 자, 팽인호를 향해 달려든 것이다.

"막아라!"

당황한 팽인호가 소리치며 뒷걸음을 쳤다.

그사이 그와 광휘의 거리는 몇 장 내로 좁아지고 있었다.

파파파파파팟.

팽인호 주위에 포진하고 있던 팽가의 무사들이 움직이기 시작했다.

척. 척.

아홉의 팽가 무사는 두려움도 잊은 채 달려오는 광휘에게 맞섰다.

터억.

파앗.

일순, 광휘의 시야에 가장 먼저 들어온 팽가 두 명.

팍!

괴구검으로 우측 사내의 가슴을 찔렀고.

픽!

좌측에 있는 팽가의 도(刀)를 구마도로 막은 다음, 재차 목을 날렸다.

파파팟.

또다시 앞을 가리는 전, 좌우 방향의 세 명.

콱!

광휘는 몸을 비트는 척하다 우측 사내의 허리춤을 베었고.

캉!

두 번째, 정면에서 도약한 무사의 도(刀)를 옆으로 쳐내고는.

스캉!

좌측으로 들어오는 무사의 칼날은 궤적을 비틀어 흘려보냈다.

상대의 도의 방향이 달라지자 빈틈이 생겼다. 그것이 그들의 마지막이었다.

쇄액! 쇄액!

정면과 좌측 무사의 목이 연달아 날아갔다.

촌각의 시간에 백중건의 단류십오검, 즉 베기, 검 면 치기, 흘리기를 동시에 펼쳐 보인 것이다.

슈욱! 슈욱! 슈욱!

광휘가 땅에 채 발을 딛기 전에 또다시 세 명의 무사가 달려들었다.

위기였다.

이미 공중에 한 번 도약하며 속도가 줄어들던 광휘에게 상대의 검은 너무나 가까이 와 있었다.

"속도는 모든 것을 극복한다."

백중건의 상념이 광휘의 움직임과 겹쳤다.

패애애애애액!

번쩍!

단류십오검의 삼검을 쓰는 순간 한 줄기 빛이 일선(一先)을 그렸다. 잔상도 보이지 않았다.

광휘의 검은 번쩍임과 함께 증발하듯 사라졌다.

그리고 그가 바닥에 섰을 때였다.

풀썩. 퍽. 퍽!

무사 세 명이 바닥에 엎어졌다. 도를 뻗으며 취하던 자세 그대로 바닥에 나뒹굴었다.

지이이이잉―!

아직 공격은 끝나지 않았다. 겨우 살아남은 한 명이 도기를 발산한 것이다.

급작스럽게 날아오는 기(氣).

파아악.

하지만 광휘는 이미 구마도를 휘두르며 대비하고 있었다.

"컥!"

사량발천근으로 도기를 되받아치자 그 무사도 비명을 질렀다.

파팟.

삽시간에 무사 이십여 명을 죽여 버리고도 광휘는 쉬지 않았다. 멀리 달아나는 팽인호를 향해 빠르게 도약한 것이다.

그때였다.

우우우웅―!

광휘는 또다시 구마도를 휘두르다 얼굴을 들었다.

기의 색깔이 특이했다.

노을의 붉은색. 더구나 날려 버리려는 검기가 구마도에 부딪 치는 순간 도신에 잠식하면서 강한 열기를 뿜어냈다.

'이건……?'

콰아앙!

폭발하며 광휘가 튕겨져 나갔다.

하지만 그건 위무독의 착각이었다. 광휘는 얼마 날아가지 않은 채 다시 중심을 잡았고 피풍의만 찢어졌을 뿐 아무 피해도 입지 않았다.

"허허허……."

위무독은 어이가 없어 쓰러질 지경이었다.

방금 전 그는 자하신공을 극성으로 뽑아내 발출했다. 한데 폭발의 순간 상대는 스스로 몸을 날려 권역에서 벗어났다. 신출귀몰한 무위는 그렇다 치더라도, 적어도 상대의 도신에 흠집이라도 나야 했다. 그것이 그가 아는 최소한의 상식이었다.

하지만 그런 흔적은 어디에서도 찾을 수 없었다.

"화산파의 자하신공인가?"

구마도를 슬쩍 내린 광휘가 입꼬리를 올렸다.

무엇이라도 맞닿는 순간, 즉각 폭발하는 기운.

머릿속에 기억나는 건 화산파의 최상승 무공인 자하신공밖에 없었다.

위무독은 이제 눈을 부릅떴다.

'일격에 모든 걸 걸어야 한다. 두 번은 없어.'

상대의 실력은 자신이 가늠할 수 없는 수준에 있다. 이리된 이상 자하신공이 가진 특별한 힘으로 일격에 찍어 누르는 수밖에 없었다.

"장씨세가 계집애랑 그렇고 그런 사이라지?"

광휘가 무표정한 얼굴로 시선을 조금 들어 올렸다.

"보아하니 그 계집애를 구하러 내려갔다가 올라온 것 같은데… 뭐, 이해하지. 원래 싸움 중에 정분이 더 잘 나는 법이니까."

"……"

'반응이 있다.'

광휘는 별다른 대꾸를 하지 않았지만 위무독은 분명 느꼈다. 덤덤한 표정 속에 감춰진 강한 불쾌함을.

"그래서 내가 미리 지시해 두었다. 가주전을 발견하거든 불을 질러 태워 죽이라고. 그래야 좀 더 상황이 재미있어질 테니까."

말하면서도 위무독의 심정은 까맣게 타들어갔다.

조금이라도, 도발이 조금이라도 통하길 바랐다. 그래야 상대의 평정심이 흐트러지고 검이 무뎌질 것이 아닌가.

콱!

광휘가 구마도를 바닥에 찍었다. 그리고 괴구검을 든 채로 천천히 다가왔다.

"와라."

'이건 기회다.'

위무독의 눈이 빛났다.

상대는 방패 역할을 하는 거대한 도를 쓰지 않았다. 그렇다면 적에게 일격을 날릴 확률이 더 올라간다는 얘기다.

파팟.

일순, 광휘가 뛰어들자 그는 눈을 부라렸다.

한 번, 검끼리 부딪치든 같이 공격하든 한 번이면 된다. 자하신공의 특성상 검기에 스치기만 해도 폭발하여 상대에게 심대한 타격을 줄 수 있다.

'왼쪽이다.'

위무독은 상대의 속도를 예측하며 빠르게 검을 휘둘렀다. 하나 지척까지 다가온 광휘의 신형이 허깨비처럼 사라졌다.

'아니, 오른쪽!'

허상으로 변했던 신형이 다시 나타나자 그는 있는 힘을 다해 검을 휘둘렀다. 하지만 또다시 광휘의 신형이 흐릿하게 변하자 그의 얼굴이 창백해졌다.

그리고 그제야 알았다. 자신에게 기회는 이것이 마지막이었다는 걸.

슈슉! 슉! 슉!

"어억! 컥!"

사라졌다 나타나는 사이에 광휘는 위무독의 가슴을 무려 여섯 번이나 찔러댔고.

패애액! 패애액!

"으억! 커억!"

왼쪽 허리를 깊이 베며 지나갔다. 연이어 가슴과 어깻죽지, 오른쪽 허벅지…….

모두 나타나고 사라지기를 반복한 사이에 공격을 가했다.

"이노오옴!"

위무독은 대체 어떻게, 어떤 식으로 공격했는지 갈피를 잡을 수 없었다.

눈으로, 감각으로 좇을 수 없을 정도로 그는 빨랐다.

"으아아악!"

위무독은 괴성을 내질렀다. 상대가 자신을 가지고 논다고 생각하자 엄청난 고통과 수치심이 한꺼번에 몰려들었다.

위무독은 모든 진기를 끌어올려 그 기운을 모아 사방으로 뿌렸다.

자하만천(紫霞滿天).

자줏빛이 하늘을 뒤덮는다는 자하신공의 최후의 초식.

일 장 내의 모든 것을 태워 버릴 정도로 강렬한 열기가 그의 검에서 분출되었다. 얼마나 기를 짜냈는지 위무독 스스로의 몸에도 불길이 일었다.

'잡았다!'

화상을 입으면서도 위무독의 얼굴이 밝아졌다. 눈앞에 나타난 광휘의 형체가 불길로 인해 일그러지고 있었기 때문이다.

"억!"

스으윽.

하나 그것 또한 허상임을 알게 되는 순간은 정말 찰나였다.

열기가 걷히는 순간 다시 나타난 광휘. 어찌 된 영문인지 아직까지도 이해 못 한 눈동자를 보이던 위무독을 향해 짧게 읊조렸다.

"놀란 척 마라. 너도 알고 있었잖아."

쇄애액!

날카롭게 파고드는 괴구검.

모든 내공을 소진하고 몸이 뻣뻣하게 굳은 위무독의 목을 단번에 날려 버렸다.

"뭘 해도 안 된다는 걸."

第十章

진일강의 분노

북서쪽으로 밀려난 해남파 무사들 육십여 명은 스물다섯 남짓한 무사들을 상대로 고전하고 있었다.

처음에는 장씨세가 무사들, 특히 구룡표국 무사들의 합류로 인해 수월하게 상대해 나가고 있었다. 하지만 뒤이어 투입된 맹의 무사들로 인해 걷잡을 수 없이 밀리기 시작한 것이다.

"크윽!"

"컥!"

특히 천군지사대의 공세가 눈부셨다.

"곤! 정! 왕!"

수없이 다져진 훈련과 실전. 조장이 명을 내리면 무사들은 몸을 던져서 공세를 막아냈다. 그리고 방어를 즉각 반격으로 전

환했다. 그야말로 한 머리에 붙은 손발처럼 민첩함과 상황에 따른 빠른 결단이 돋보였다.

그에 반해 이제 막 합류해서 서로 돕고 있는 장씨세가의 세력은 참으로 어중간했다.

"물러서지 마라!"

해남파 육십여 명을 이끄는 오 대장(五大將) 장훈(長訓)이 소리쳤지만 개개인의 무위 격차가 너무 컸다.

한번 진열이 흐트러지니 그다음은 둑처럼 무너졌다. 장씨세가 일반 무사들은 진작 나가떨어졌고 해남파 무인들도 다섯이나 큰 부상으로 쓰러져 있었다.

만약 구룡표국 무사들이 어느 정도 버텨내지 못했다면 진열이 진작 와해됐을 정도로 적들의 무공이 뛰어났다.

"대장! 후퇴하면서 싸워야 합니다!"

부대장 유백석(兪白石)이 다급하게 소리쳤다.

"안 돼! 등을 보이면 끝이다."

장훈은 고개를 가로저었다.

해남파 무사 몇 명을 제외하고 개개인의 무공에선 월등하게 뒤처졌다. 조직력에서 압도적으로 밀리는 것을 숫자로 버티고 있는 와중이다. 여기서 다시 한번 휘청거린다면 와르르 무너질 수도 있다.

"하지만 오 대장, 이미 버틸 수 있는 수준을 넘었습니다. 넓게 퍼져서 적의 약점을 잡아야 그나마 희망이 있습니다."

"그 시간까지 못 버텨! 저놈들이 작정하고 뛰어들면 우리 중에서 누구도 막을 자가 없다."

"큭!"

장훈의 말에 유백석이 이를 악물었다.

벌써 열 명이 죽고 여섯 명이 당한 상황이다. 육십 명이 넘었던 병력 중 싸우는 무사는 이미 오십이 채 되지 않았다.

"커억!"

"억!"

그사이 또다시 두 명이 당했다. 남색 무복을 입은 사내의 검이었다.

"대장! 정말로 끝입니다. 퍼져야 합니다!"

"커억!"

또다시 한 명의 수하가 목숨을 잃자 장훈의 얼굴이 일그러졌다.

양자택일.

전멸할 것을 각오하고 흩어져 싸우느냐, 끝까지 버티다 적의 약점을 찾아내느냐.

어떻게든 선택을 해야만 했다.

"제길! 모두 후퇴……."

파우우웅!

울분을 토하듯 외치던 장훈이 순간 말끝을 흐렸다. 뒤쪽에서 굉장한 파공음이 들려온 것이다.

"……!"

장훈은 반사적으로 검을 들어 그쪽을 향해 겨눴다.

멀리서 달려오는 낯선 사내. 휘어진 검과 문짝만 한 괴상한 도를 든 모습이 눈에 들어왔다.

한데 낯선 사내는 장훈에게 채 다가오기도 전에 흐릿하게 변했다.

쉬이이익!

'설마… 이형환위?'

장훈은 급히 고개를 돌렸다.

그 순간 적들 사이에서 마치 탄환처럼 쏘아지는 신형을 다시 발견했다.

쟁그랑.

"윽!"

때마침 해남파 무사가 접전 중에 손이 베이며 도(刀)를 놓쳤다.

슈슉!

맹의 대원 중 하나가 기회를 포착하고 그의 목을 향해 살초를 뿌렸다.

"아…….."

해남파 무사의 눈에 절망이 스쳐 가는 순간이었다.

휘릭, 휘릭, 휘릭— 콰악!

갑자기 나타난 거대한 도가 두 사람 사이를 막아버렸다.

풍운검대 대원, 천군지사대와 함께 온 또 하나의 세력은 검을 휘두르지도 못하고 급히 물러섰다.

촤아악!

하지만 그는 채 방비를 취할 새도 없이 쓰러졌다. 잠시 멀어졌던 괴인이 또다시 달려들어 이번엔 그의 목을 날려 버린 것이다.

"저놈이다!"

풍운검대와 팽가, 천군지사대 가릴 것 없이 덤벼들었다.

패애액!

가장 먼저 정면엔 도(刀)가.

쇄액! 쇄액!

그보다는 조금 늦게 좌우에서 검(劍)이 날아들었다.

카카캉!

괴인은 가슴을 향해 날아오는 칼날을 구마도로 연속적으로 막아냈다.

촤아아악!

이후, 득달같이 달려들어 한순간에 세 명의 사내들을 모두 베어버렸다.

움직임 자체가 달랐다. 그의 검은 날아오는 칼날과 비교도 할 수 없이 빨랐다. 그 때문에 하북의 팽가와, 천군지사대의 고강한 무사들이 저 몇 수에 대응조차 하지 못했다.

패애애액!

괴인이 뭔가를 발견한 듯 구마도를 오른쪽으로 날려 버렸다.

"큭!"

때마침 구룡표국 무사 한 명이 목이 베일 뻔한 결정적인 순간.

"윽!"

"악!"

멀리서 거대한 도가 팽가 무사 두 명을 날려 버렸다.

파팟.

그사이 다시 괴인을 향해 접근한 천군지사대 둘.

쇄액! 쇄액!

그자는 좌우로 물러서며 검을 피해내고는.

촤악!

또다시 두 명의 목을 날려 버렸다.

"허억. 허억……."

무사 다섯 명이 순식간에 쓰러지자 모든 공격이 일시에 멈췄고 주의가 그곳으로 집중되었다. 악귀처럼 피를 뒤집어쓴 그를 향해, 무림맹의 누군가가 소리쳤다.

"저놈이다! 저놈이 광휘다! 저자부터 죽여!"

＊　　　＊　　　＊

"오 대장, 대체 저자는 누굽니까……."

한동안 멍하니 바라보던 유백석은 겨우 입을 열었다. 장훈이 대답할 리 없다는 걸 알면서도 질문을 한 것이다.

"나라고 뭘 아냐……."

장훈은 허탈한 듯 말을 내뱉었다.

눈 깜짝할 사이에 적 일곱을 베어버렸다. 거의 삼십 명이 막아서야 할 무인들을, 그야말로 삼켜 버렸다는 표현이 정확했다.

"일단 아군인 것 같기는 한데……."

그는 단언컨대 태어나서 저런 무위를 단 한 번도 보지 않았다고 장담했다.

바바박.

적들이 움직이지 않자 광휘가 적들을 향해 덤벼들었다. 정확히 남색 무복을 입은 천군지사대 쪽이었다.

타앗.

광휘가 도약하자 천군지사대 대원 하나가 도약했다.

"피하시오!"

주위를 훑어보던 유백석은 저들의 의도를 간파하고 소리쳤다.

공중으로 뛰어오른 광휘의 앞을 막은 사내.

앞에 뛰어오른 사내 뒤에 조금 떨어진 좌우측에서 검기를 생성하는 모습을 본 것이다. 또한 만약을 대비해서인지 뛰어오른 사내 뒤에도 천군지사대 한 명이 대기하고 있었다.

"얕은 수로군."

광휘는 짧게 중얼거리며 괴구검을 등 뒤로 가렸다. 검의 위치를 최대한 감추기 위해서였다.

하지만 천군지사대 대원은 그런 동작을 크게 담아두지 않았다.

광휘의 목젖까지는 거의 반 치(1.5㎝), 광휘의 검과 그의 급소까지의 거리는 한 자 반(45㎝).

성공을 확신했던 것이다.

촤아아악!

둘이 교차되는 순간, 공중으로 목 하나가 치솟았다. 놀랍게도 천군지사대의 것이었다.

거의 수십 배 차이가 났던 거리. 그 간극을 광휘가 단번에 메워 버린 것이다.

휘릭— 척.

그의 목을 베자마자 광휘는 재빨리 잡고 있던 부위를 슬쩍 틀어 밑의 면을 잡았다. 사(厶) 자 모양인 검 자루의 잡는 부위를 바꾸자 눕혀졌던 검신이 위로 세워졌다.

피이이익—! 피이이익—!

때마침 날아오는 기(氣)의 파동.

광휘는 그 보이지도 않는 기운을 향해 몸을 비틀며 검을 휘둘렀다.

위이이잉. 위이잉.

지켜보는 사람들은 기이한 울림을 들었을 뿐 아무도 광휘가 어떤 행동을 했는지 보지 못했다. 검기를 받아내는 검술은 그들의 눈으로도 볼 수 없을 만큼 빠르고 충격적이었다.

"컥!"

"컥!"

신음 소리와 함께 두 명의 천군지사대가 쓰러졌다.

광휘가 날아오던 검기의 방향을 비틀자 천군지사대의 검기는 서로서로를 공격하게 되어버린 것이다.

휘릭.

도약했던 광휘의 신형이 아래로 떨어졌다.

앞서, 뒤쪽에서 대기하고 있던 천군지사대 대원이 급히 검을 세웠다.

쩌어엉!

하나 괴구검은 상대의 검을 맹렬하게 갈라 버렸다. 그러고는 목까지 파고들었다.

"커어어……."

검이 갈라지는 것을 보고도 믿기 힘든지, 상대는 눈을 부릅 뜬 그대로 축 늘어졌다.

스윽.

광휘가 천천히 일어서자 주위엔 정적이 일었다.

천군지사대는 모두 죽었고 적들의 절반 가까이가 목숨을 잃었다. 아무리 사기가 높은 부대라도 이런 압도적인 무위 앞에서는 전의를 잃을 수밖에 없는 것이다.

"허어."

"대체 저자는 누구지?"

처억.

해남파 문도들이 웅성대는 사이, 구마도를 집어 든 광휘가 뒤에 있는 장훈 쪽을 돌아보았다. 그와 눈이 마주치자 짧게 고개를 끄덕인 광휘는 이내 빠르게 사라졌다.

"이거 하난 확실해."

장훈은 뭔가에 홀린 듯 말을 내뱉었다.

"우리에겐 지금이 기회라는 것."

그와 같이 멍한 표정을 짓고 있던 유백석이 언뜻 정신을 차렸다. 그러고는 좌중을 향해 소리쳤다.

"반격! 반격이다! 모두 공격해!"

"우와아아아!"

전세가 뒤바뀌었다. 해남파, 구룡표국 무사들은 다시금 전의를 불태웠다.

광휘가 휩쓸고 몰아치는 통에 천군지사대의 수장급 인물들은 태반이 박살 났다. 적이 면밀하던 지휘를 잃었으니 이젠 해볼 만한 싸움이 된 것이다.

＊　　　＊　　　＊

기이이잉ㅡ!

해남파 문주 진일강은 팽오운의 발치에서 생명을 잃어가는 풀들을 바라보며 낯빛을 굳혔다.

생명의 기운을 앗아 가는 것은 천하에 오직 마공(魔功)뿐. 젊었을 때 강호의 온갖 험사에 연관되었던 그가 모를 수가 없었다.

"너……."

진일강이 매섭게 뜬 눈으로 물었다.

"은자림과 무슨 관계냐?"

흠칫.

잠시 눈동자가 흔들리는 팽오운. 하지만 이내 평정심을 되찾고는 별것 아니라는 듯 말했다.

"서로 협력하는 관계?"

"이노오오옴!"

귀청이 떨어질 듯한 포효!

산이 흔들릴 것 같은 용의 노호가 일대에 메아리쳤다.

"어쩌다……."

팽오운을 노려보던 진일강은 한마디를 더 내뱉었다.

"어쩌다 강호를 대표하는 명문인 팽가가… 이 지경까지 되었단 말인가!"

한탄하는 진일강의 말에도 팽오운은 동요하지 않았다. 오히려 재밌다는 듯 피식 웃어 보였다.

"그걸 뱃놈들이 알 리가 있나? 무릇 천하를 얻으려면 그만한 희생이 따르는 법이야."

"희생? 희생이라고! 네놈은 마공이 대체 어떤 것인지 알고나 있나! 그 저주받은 무공이 태어나기까지 얼마나 많은 목숨이 날아간 줄 알고나 있는 거냐!"

"흥! 그런 것 따위보다 훨씬 중요한 것이 있지. 바로……."

팽오운이 손을 들자 자줏빛 기운은 무려 오 척까지 늘어났다.

"여기서 당신은 죽는다는 것."

콰앙!

말하는 도중 팽오운이 쏘아버린 자줏빛 기운이 진일강이 서 있던 자리를 강타했다.

스스슥.

이미 환영으로 변한 진일강. 그는 눈 깜짝할 사이에 팽오운

지척까지 다가와 있었다.

패애애액!

하지만 팽오운의 공격이 연달아 이어졌다.

일순, 자신이 늦었다고 판단한 진일강은 옆으로 주욱 빠졌다.

"헛!"

한순간 진일강의 눈이 커졌다. 분명 피했다고 생각했는데 상대의 마기의 범위가 자신의 생각보다 더 넓었다.

콰아아앙!

도기를 뿌리자 공중에서 두 기파가 격돌했다.

"큽!"

그리고 밀려 나간 것은 진일강이었다.

지이이잉—!

팽오운은 그 기회를 놓치지 않았다. 또다시 마기를 뿌린 것이다.

탓.

진일강은 바닥을 나뒹구는 순간에도 팽오운이 뿜어낸 자줏빛 마기를 보았다.

콰아아앙!

재빨리 몸을 일으켜 도약하자 폭발이 생겨났다.

터억.

주르르륵.

자세를 고쳐 잡은 진일강의 입가에 핏물이 흘렀다. 피했다고 생각했는데 마기 특유의 기운이 자신도 모르는 사이에 내상을 입혀온 것이다.

"허허허."

진일강이 허탈하게 웃어 보이자 팽오운이 입꼬리를 올렸다.

"어때? 절망스럽나?"

"절망이라……."

진일강이 피식 웃어 보였다.

찌지직.

그는 한쪽 소매를 찢었다. 그러자 통나무처럼 굵은 팔목이 드러났다.

"노부가 너무 미진하게 대응하여 그대가 오해를 하게 만들었구면."

그리고 단월도에서 도기가 생성되기 시작했다. 무럭무럭 팽창하던 기운의 색이 변한 것이다. 그것은 묵객이 드러내던 남색 기운, 아니 그보다 몇 배는 진했다.

스팟.

그런 기운이 어느 순간 사라져 버렸다.

"제대로 대접해 주마, 타락한 호랑이 새끼야."

그러다 다시 생성된 기운. 그것은 청색의 매우 강렬한 빛, 도강이었다.

*　　　*　　　*

치잇. 치이잇.

진일강이 뿜어낸 기운은 도강이었다.

그것은 묵객과 맞닥뜨렸을 때 보였던 기운과는 조금 달랐다. 광망이 더 길게 퍼지고 한층 더 짙었다.

"강기(罡氣)? 큭. 비슷하지만 그건 완벽한 강기가 아니군."

그런 무학의 정점이라 할 수 있는 강기를 보면서 팽오운은 비죽 웃었다.

진일강의 미간이 좁아졌다.

"어이가 없군. 네놈이 뭘 안다고……."

"진짜 강기를 봤으니까, 직접."

팽오운은 지그시 미소를 띠었다. 그리고 아련하게 무언가를 떠올리는 듯 입을 열었다.

"강기의 형태는 여러 가지가 있어. 그중 진짜 강기라 부르는 것은 단순히 광망만 퍼지지 않지. 생성되는 순간 주위를 뒤덮을 정도의 강렬한 빛이 나. 비슷하지만 너는 아니야."

"이놈……."

진일강이 신음했다.

진짜 강기를 직접 목격했다는 건, 결국 그만한 실력자를 보았다는 것. 아마도 지금 놈이 휘두르고 있는 마공, 그걸 가르쳐 준 자일 터였다.

"널 죽여야 할 이유가 하나 더 생겼군."

진일강이 이를 갈며 말했지만 팽오운은 코웃음을 쳤다.

"흥!"

파파팟.

약속이나 한 듯 둘이 달려가며 칼날 끝에 맺힌 기운을 쏘아 댔다.

정확히 그들 가운데서 자줏빛 기운과 청색 강기가 격돌했고, 엄청난 기풍이 주위를 뒤흔들었다.

구구구구! 콰앙!

"큽!"

광망이 거친 풍압을 뚫고 나오자 팽오운이 뒤로 나뒹굴었다.

단순한 형체라 하더라도 강기는 강기였다. 이전보다 두 배로 퍼진 자줏빛을, 진일강의 기(氣)가 처음으로 밀어내며 팽오운에게 타격을 준 것이다.

"하앗!"

패애애액!

진일강은 상대에게 여지를 주지 않았다. 재빨리 일어난 팽오운에게 두 번째 도강을 연거푸 뿌려댔다.

콰아아앙!

급히 마기를 뿌려댄 팽오운.

두 번째 격돌이 이어졌다.

"크헉!"

이번에도 팽오운이 주욱 밀렸다.

처음에 비해 세 배에 달하는 마기를 뿜어냈음에도 불구하고도 이기지 못한 것이다.

'제기랄……'

팽오운의 시선이 왼쪽으로 향했다. 그의 어깻죽지에 선혈이 삼 촌의 깊이로 패 있었다. 이번엔 상대의 기운이 자신의 마공을 뚫고도 모자라 목숨까지 앗아갈 뻔한 것이다.

"하압!"

지이이잉—!

진일강의 세 번째 도강.

광망의 기운이 무려 삼 척까지 뻗어 나와 있었다.

"크합!"

이제 팽오운은 모든 내공뿐만 아니라 잠력까지 극성으로 끌어올려 대항했다.

콰카쾅! 쾅쾅!

공중에서 두 기운이 충돌하는 순간, 일대에 광풍이 사방으로 몰아쳤다.

콰드득!

근처 나무 몇 그루가 꺾일 정도의 충격 여파.

쩌어엉!

그리고 이어진 폭발과 함께 점점 팽창하던 기운이 일순간에 한곳으로 획 쏠렸다.

"컥!"

그와 동시에 팽오운의 몸이 공중으로 치솟았다.

진일강의 강기가 팽오운의 자줏빛 기운을 뚫어버리며 가슴을 관통했고, 그것도 모자라 그를 삼 장 밖으로 날려 버린 것이다.

쉬이이이.

섬뜩한 바람이 불었다.

팽팽하게 대치되었던 싸움이 삽시간에 종결되었다.

"빌어먹을⋯⋯."

마지막 일 수로 상대를 완벽하게 제압한 진일강이 얼굴을 일그러뜨렸다.

우드득! 우득!

그저 보기엔 멀쩡한 몸이지만, 온몸의 기혈이 뒤틀리고 있었던 것이다.

원래라면 이런 일은 없어야 했다.

기(氣)는 형체가 없는 것. 때문에 그것을 발출하기 위해서는 응집된 형태로 뻗어 나가야 하고, 또한 한 축이 무너지면 그 즉시 소멸하여야 한다.

한데 이 마기라는 놈은 그 구멍을 뚫어냈음에도 불구하고 깨진 그대로 날아왔고, 그래서 깨뜨리고도 남은 기운에 고스란히 충격을 받았다.

"반드시 세상에서 사라져야 할 기운이야."

툭. 투두둑.

어찌어찌 치명상은 피했지만 허리춤과 어깨를 훑고 지나간 마기가 인체 요혈에서 붕괴를 일으키고 있었다.

그는 급히 점혈을 해, 몸에 파고드는 마기를 진정시킨 후 천천히 걸어갔다.

멀리 떨어져 나간 팽오운은 바닥에 엎드린 채로 쓰러져 있었다. 팽오운의 목에 손을 댄 진일강이 고개를 들었다.

"죽었군."

맥박도 호흡도 없었다.

머리카락마저 허옇게 세어버린 것이, 아마도 모든 잠력을 짜내고 스스로 생명을 소진해 버린 것일 터.

카창! 콰으으윽!

"지금쯤이면 한창 싸우고 있겠지. 하필 이 와중에 지원 병력이라……."

그는 한숨을 쉬며 아직도 요란하게 싸움 중인 장씨세가로 고개를 돌렸다.

팽오운과 한참 싸우는 도중에 그는 목도했다. 기존에 있던 병력과 다른 새로운 병력이 장씨세가로 급히 발을 돌린 것을.

원래라면 자신 역시 그들을 쫓아야 했는데, 하필이면 눈앞의 이 팽가 놈 때문에 도통 몸을 뺄 수 없었던 것이다.

"아이고, 젠장! 뭐 하는 꼴이냐?"

그는 달달 떨리는 발을 그쪽으로 향했다.

위풍당당하게 와서 제자 뒤에서 거들먹거리려던 소박한 꿈은 아무래도 포기해야 할 성싶었다.

그르륵. 그그극.

"웅?"

몇 발짝 걷던 진일강이 고개를 획 돌렸다. 산새 소리도 들리지 않을 만큼 주위는 잠잠했다.

"뭐냐, 들개냐?"

얼핏 들은 것이지만 분명히 짐승이나 흘릴 법한 신음이었다.

그는 이제 빠른 속도로 그곳을 빠져나갔다.

스스스스ㅡ!

적막한 공간.

잘려 나간 나무, 부러진 나뭇조각들 사이로 뿌연 안개가 스며들었다.

그그그극. 그극.

음산하기 짝이 없는 짐승의 울음소리가 나지막하게 땅을 갉아왔다.

*　　*　　*

"대형은?"

와드드득! 크아악!

해남파 무사 하나의 목을 꺾어버리며 호철이 물었다.

"아직 돌아오지 않으셨습니다!"

"뭣이?"

퍽! 퍼걱!

구룡표국 무사 하나를 밟아버리며 죽립 무사가 대답했다.

"아까 북문 쪽으로 가셨습니다! 해남파의 문주란 자와 싸우는 중인 것 같습니다!"

"제길!"

사제들의 대답에 호철은 입술을 깨물었다.

퍽! 퍽! 크아악!

싸움판은 점점 아수라장이 되어 가고 있었다. 상황이 점차 어지러워지기에 팽가의 식솔을 끌고 적극 가담했다.

그 바람에 승패보다 더 중요한 팽오운의 안위를 챙기지 못한 것이다.

"모두 빠져라!"

획! 휘휘!

호철이 내공을 돋워 소리 지르자, 팽가의 죽립 무사들은 한 발 뒤로 물러섰다.

"호경! 호윤! 그리고 너희 셋은 나와 함께 간다."

"옛!"

팽가의 무사들 중 가장 발이 빠른 이들 다섯을 뽑았다. 그리고 전력으로 경공을 전개했다.

"이렇게 빠져도 괜찮은 겁니까? 천군지사대가……"

"아무리 대형이라도 상대는 일파의 문주다!"

누군가 우려하는 소리를 내는 것을 호철이 그대로 눌러 버렸다. 제아무리 팽오운이 본 가를 대표하는 고수라 해도 상대 역시 보통은 아니었다. 무엇보다……

두근! 두근! 두근두근!

아까부터 무언가 불길한 느낌이 등골을 서늘하게 만들어왔다. 옷을 적시는 축축한 새벽의 안개처럼, 까닭 모르게 숨이 턱턱 막히는 기분이었다.

'제발… 제발! 늦지 않기를!'

타악!

호철은 더더욱 다급하게 발을 박찼다.

*　　　*　　　*

"공세가 약해집니다!"

"뒤로! 뒤로!"

"전열 정비! 뒤로 물려!"

한편, 호철과 팽가의 핵심 무사들이 빠지자 장씨세가와 해남파 연합은 조금 숨을 돌렸다.

먼저 사해비천단 단장인 가염이 적진에서 몸을 뺐고, 묵객과 문 총관이 차례로 빠져나왔다.

"타아!"

그다음은 나한승이었다.

천군지사대와 함께 몇 번의 손속을 나누자 승부를 쉽게 예단할 수 없음을 깨닫고는 동시에 자리를 박차고 나왔다.

"총관! 이대로 가다간 승산이 없습니다!"

뒤쪽으로 빠진 가염은 묵객과 문 총관을 향해 피로 물든 얼굴을 일그러뜨렸다.

"기회다!"

"죽여라!"

챙! 챙!

이쪽이 전열을 가다듬은 것은 좋았지만, 그 틈에 팽가 연합의 공세는 오히려 더욱 거세졌다. 장씨세가 무사들은 속절없이 죽임을 당했고, 구룡표국 무사들도 몇 합을 받아내지 못하고 나가떨어졌다.

"제기랄!"

문 총관은 이를 갈았다.

혈육이나 다름없는 해남파 문도들이 죽어가고 있었다. 적들의 무위가 워낙 강한 탓이다.

원래 해남파의 싸움은 넓게 퍼져 전열을 갖추는데, 좁은 장원 한쪽에서 움직이자니 몸놀림이 평소와 달리 제한을 받았다.

"안 되겠다! 모두 붙어! 난전(亂戰)으로 간다!"

"총관!"

문자운의 말에 가염이 식겁하며 붙들었다.

"좋은 방법이 아닙니다. 그랬다간 우린 여기에 뼈를 묻어야 합니다!"

안 그래도 하나하나가 해남파 무인들보다 강한 천군지사대다. 지금도 피해가 큰데, 이들과 단병접전으로 난전을 벌이다간 더 큰 위험을 초래할 것이다.

"모르겠느냐? 저놈들은 우리보다 조직력이 강하다! 거리를 두고 싸우면 우리가 당해!"

"하지만 총관……."

"피해가 크더라도 해야 한다. 난전은 우리도 좋지 않지만 저놈들이 훨씬 안 좋을 테니까!"

"아!"

가염은 그제야 총관 문자운의 말을 알아들었다. 뾰족한 방도가 없는 와중에 나름 묘안인 것은 분명했다.

하지만 그로 인해 얻게 되는 대가가 너무 컸다.

"…몰고 온 애들의 절반은 죽어나갈 겁니다."

"어차피 이대로 가면 모두가 죽는다! 대놓고 한 장원을 친 놈들이, 끼어든 우릴 가만히 두지 않을 게야."

문자운이 서슬 퍼렇게 호령하며 칼을 들었다.

"모두! 정면으로……."

터억.

그때였다.

총관 문자운의 소매를 잡으며 묵객이 나섰다. 그는 조금 지쳤는지 어깨로 숨을 몰아쉬며, 한쪽 측방을 가리켰다.

"사숙, 먼저 저쪽을 보십시오. 적의 수장들이 자리 잡고 있습니다. 일단 제가 저쪽으로 길을 뚫겠습니다."

팔짱을 낀 무사들. 복면을 쓴 자들도 있고 칼날을 빼 든 자들도 있었는데 다들 적들의 핵심 지휘관들이었다.

"길을 뚫는다고?"

"승룡아, 네 마음을 모르진 않지만 이건 그런 문제가 아니다."

총관이 되묻고 가염은 묵객을 향해 타이르듯 말했다.

"적들의 무위는 네가 생각하는 것보다 더 뛰어나다. 분명 저 수장들을 상대하기도 전에 당할 게야! 그렇게는 안 돼! 넌 우리 해남의 미래다!"

"지금 상황에선 이 방법이 제일 효과적입니다. 그리고 이번에 새로 익힌 수법이 있습니다."

묵객은 미소 짓고 있었다. 그 웃음은 단순한 허세가 아니라 진짜 여유가 엿보였다.

처억.

도를 받쳐 들어 기묘한 자세를 취하고, 묵객이 숨을 몰아쉬었다.

"다만 혼자서는 힘들 테니 저를 좀 지켜주십쇼."

"대체 무슨!"

"부족하지만 저도 돕겠어요."

그때였다.

건물 사이로 불쑥 묘령의 여인이 나타났다.

문 총관의 눈이 조금 커지며 검을 든 여인을 보았다.

"…처자는?"

"서혜라 합니다. 미약하지만 하오문의 루주직을 맡고 있습니다. 묵객께 구명의 은을 입어 이번 일에 손을 보탤까 합니다."

"허?"

퍼펑! 펑!

문 총관이 뭐라고 반응하기도 전에, 싸움터 곳곳에서 폭음이 울렸다.

화아악!

무럭무럭 피어나는 연기.

딱 봐도 연막탄 같은 물건이었다. 한데 거기서 무인이라면 모두 기겁할 만한 끔찍한 비명이 울렸다.

"크아아악!"

"독! 독이다!"

"사천당문의 독이다아―!"

"헉?"

문 총관도, 가염도, 해남파의 모두가 아연실색했다. 아무리 새외의 문파로 중원과의 교류가 없는 해남파라도, 독을 대표하는 사천당문을 모를 수가 없었으니까.

"저건 단순한 연막탄이에요. 사람에게 해를 끼치지 않습니다."

한데 서혜가 빙긋 웃으며 획획 손을 휘저었다.

"하지만 저들은 그걸 모르고, 소리만 듣고 놀라겠죠."

"팽가에서 달려온 이들이니까."

묵객은 쓴웃음을 지으며 고개를 끄덕였다.

얼마 전에 가문의 코앞에 사천당문이 들이닥친 팽가다. 그들이 '사천당문의 독!'이라는 말을 들으면 무슨 반응이 나올지는 안 봐도 뻔한 것이다.

"물러서!"

"뛰어! 뒤로 뛰어라!"

과연 아니나 다를까, 천군지사대가 급히 병력을 뒤로 물렸다.

"지금밖에 없어요. 적들이 혼란에 빠진 사이 지휘관의 목을 칠 기회가."

서혜의 말에 가염과 묵객은 문자운을 바라보았고 그는 인상을 구기며 고개를 끄덕였다.

"그래, 가자."

승낙이 떨어지자마자 묵객이 숨을 고르며 도를 들어 올렸다.

그사이 가염과 문자운의 도에 청색 빛이 치솟았다.

바우우웅!

묵객이 들어 올린 도에서 짙푸른 검강의 빛이 퍼지기 시작했다. 그들로서는 해남파 문주 진일강 다음으로 보는 강렬한 빛이었다.

第十一章

합격술

뿌연 안개가 사람의 허리춤만큼 내리깔린 숲속.

잘려 나간 나무 밑으로 미약한 울음소리와 함께 뭔가가 움직이기 시작했다. 조금 전 주검으로 변한 팽오운의 손가락이 반응한 것이다.

바스락.

때마침 청설모 한 마리가 부서진 나무 주변을 기어 나왔다. 그러다 밤톨 하나를 발견하고는 총총걸음으로 움직이던 그 순간.

번쩍.

죽었던 팽오운의 눈이 번쩍 뜨였다.

"도제(刀帝)가 되고 싶지 않은가?"

동공이 확장되던 그의 시야는 숲속이 아닌 컴컴한 동굴 속을 그려내고 있었다.

이 년 전이었다. 팽인호와 함께 들른 동굴 속에서 다락방 같은 작은 공간을 발견했다.

그곳에서 그를 만났다.

─마공이라고 불결하다 생각지 마라. 마공의 근원 역시 순수한 기(氣)다. 그 힘이 워낙 강해 불안전한 기운으로 변질된 것뿐이지.

"누구요!"

처음엔 적이라 생각했다. 눈앞에 놓인 비급을 집으려던 차에 말을 걸어온 목소리는 사람의 그것과는 조금 달랐으니까.

─아직도 모르겠나. 마기든 정순한 기든 결국 강호는 살아남아야만 인정받는 곳이다. 팽가의 오호단문으로 중원을 일통(一統)시킬 수 있으리라 생각하는 건가?

"감히 어디서 수작질이냐!"

팽오운은 또다시 소리를 질렀지만 동굴 속 그는 여전히 비웃음을 머금고 있었다.

─너도 알고 있지 않느냐? 사공이니 저주받은 무공이니 해도 마공이야말로 최고의 무공이라는 것을.

"이, 이 녀석……."

팽오운의 목소리가 점차 작아졌다. 정확히 최고의 무공이란 말

어미에 눈빛이 가라앉은 것이다.

　─팽가여, 부디 잘 새겨듣거라. 네가 최고가 되면 아무도 너를 비난하지 않을 것이다. 오히려 너희 발밑에서 충성을 맹세하겠지. 노부도 그랬으니까.

　팽오운의 시선이 밑으로 내려갔다.

　그곳엔 붉은색의 글귀가 서책 위에 펼쳐져 있었다.

　'탈마흡기공(脫魔吸氣功)……'

　─단언컨대, 그 비급을 익히면 넌 최고의 힘을 가질 수 있다. 어때, 우리와 함께 꿈을 꾸지 않겠느냐?

　"여깁니다! 찾았습니다!"

　바스락.

　호젓한 숲속, 죽립 무사 중 하나가 잘려 나간 나무를 가리키며 소리쳤다. 바로 그 옆, 땅에 엎드리고 있는 사람을 발견했기 때문이다.

　"어디야?"

　"찾았어?"

　사박사박.

　수색 중이던 무인들이 다가올 때쯤 죽립 무사는 팽오운의 목에 손을 가져다 대고는 말했다.

　"숨을 쉬지 않습니다."

　"이런……."

　무사들 사이에서 한 발짝 걸어 나온 호철이 탄식을 내뱉었다. 이미 그가 말하기 전부터 호철의 표정이 굳어 있었다. 팽오운 주위가 새어 나온 피로 흥건했기 때문이다.

투욱.

팽가 무사들이 쓰러진 팽오운을 들어 나무 옆에 기대게 하자 호철은 고개를 저었다.

"대사형의 시신은 나중이다. 지금은 장씨세가 일이 더 급해."

"옙!"

팽가의 무사 다섯은 그의 말대로 한 발짝 물러섰다. 그사이 호철은 팽오운을 향해 절도 있게 읍을 해 보였다.

'이 복수는 제가 꼭 하겠습니다……'

팽가를 대표하는 고수 팽오운. 그가 이런 야트막한 숲속에서 쓸쓸히 죽어갔다고 생각하니 당장에라도 적들의 목을 베어야 분이 풀릴 것 같았다.

"호… 철아."

흠칫.

힘겹게 고개를 돌리던 호철의 자세가 급작스럽게 굳어버렸다.

순간, 잘못 들었나 싶어 근처 다른 무사들을 바라봤는데 그들 역시 당황한 얼굴로 자신을 바라보고 있었다.

"나다……."

급히 돌아본 그곳에는 축 늘어진 팽오운이 머리를 까딱이고 있었다.

오싹.

호철은 온몸이 얼어붙는 듯한 착각이 들었다. 시체가 말하는 것처럼 보였기 때문이다.

"대사형, 살아계십니까?"

머뭇거리던 호철은 이내 재빨리 그에게 다가갔다.

때마침 팽오운은 숙였던 고개를 들었다. 그러고는 어린 아기처럼 두 손을 들며 흐느꼈다.

"손을 다오……."

"…예?"

"내 손을 잡아다오……. 어서……."

움찔.

호철의 온몸에 털이 곤두섰다.

어스름한 새벽빛으로 얼핏 보이던 그의 얼굴. 단정하고 오만한 평시의 팽오운의 얼굴이 아니라 죽처럼 흐물흐물 녹아내리고 있는 얼굴이 보인 것이다.

"뭐 하느냐? 손을 달라니까……."

"헉!"

호철은 뒤로 주춤 물러섰다.

마른 논바닥처럼 죽죽 갈라진 팽오운의 피부 사이로 시뻘건 액체가 보였다. 그것은 피눈물이었다.

"대사형, 이게 어떻게 된……."

"손을 다오. 제발 네 손을……."

"아아……."

호철은 선뜻 다가서지 못하고 또다시 한 발짝 물러났다. 아무리 대사형의 명이라 해도 뭔지 모를, 불길하기 짝이 없는 예감이 속삭이고 있었다.

위험하다고.

"크크크큭. 할 수 없구나."

일순, 팽오운이 실성한 사람처럼 흐느꼈다. 호철은 반사적으로 검 자루에 손을 가져갔다.

'위험해. 대사형이…….'

콰악!

그 순간 손이 막혔다.

호철이 재빨리 도(刀)를 빼내 들었지만 그의 손과 목은 팽오운의 손에 붙잡혀 있었다.

"크아아아! 큽! 큽! 큽!"

자지러지듯 비명을 지르고.

뚜드득. 뚜드득.

그 비명조차 뼈가 부서지는 소리에 막혔다.

"허어……."

"대체 저건……."

지켜보던 팽가 무사들의 얼굴이 일그러졌다.

팽오운의 손에 들려 있는 호철. 그의 몸은 앙상한 나뭇가지처럼 말라비틀어져 있었다.

스윽.

팽오운이 고개를 돌렸다. 새벽빛에 언뜻 드러난 그의 얼굴은 조금 전과 달리 예전의 그의 모습처럼 돌아와 있었다.

"이걸로 부족해."

다만 전부는 아니었다. 가면이 위아래로 잘린 것처럼 한쪽은 사람, 한쪽은 시체처럼 움직이고 있었다.

"너희들도 다오."

"대사형!"

"제기랄! 대사형이 미쳤다! 공격해!"

"죽여!"

채채채채챙.

도를 꺼낸 팽가의 무사들.

그중에 몇 명은 검기를 뿜어내고 있었다.

"너희들도 다오!"

전방위에서 여섯 무사들이 달려들었다.

하지만 그것도 잠시.

뚜드득. 뚜드득.

비명 소리와 뼈가 부서지는 소리가 숲속을 뒤흔들었다.

"너희들의 내공을……. 크하하하!"

*   *   *

"뒤로 빠져라!"

"숨 쉬지 마! 연기 맡으면 안 돼!"

자욱이 퍼지는 연막탄으로 인해 팽가의 연합 부대의 전열은 급속도로 무너졌다. 아무리 여러 방향에서 터져 혼란을 야기했다곤 하나 부대를 뒤로 물리면 되는 일이었다.

하지만 연합이라는 단체의 치명적인 문제가 존재했다.

"무조건 빠지지 마시오. 단순한 연막작전일 수 있소."

팽가는 맞서자는 주의였고.

"무슨 소리요! 당가를 보지 않았소. 이건 분명 독이오. 빠르게 뒤로 빠져야 하오."

풍운검대는 물러서자는 의견이었으며.

"빨리 결정 내리시오!"

천군지사대가 판단을 떠넘기자 팽가로서는 고민이 더욱 깊어질 수밖에 없었다.

분명 연막탄일 것이 뻔한 어설픈 수법인데, 그 하나를 가지고 혼란이 일어났다. 여럿이 연합한 지휘 체계에서 생긴, 피할 수 없는 혼선이었다.

"쳐라!"

"와아아아!"

그 틈을 노리기라도 했는지 해남파 무사들이 물밀듯이 밀려왔다.

선두에 서 있던 팽가 무사는 그들을 향해 거칠게 대응했고, 풍운검대는 어정쩡한 태도로 협력하는 자와 일관하는 자로 나뉘었으며, 천군지사대는 한 발짝 물러선 채 사태를 관망하는 기이한 풍경까지 이어졌다.

"저건 뭐지?"

때마침 적들을 향해 칼날을 세우던 팽가 무사 하나가 눈을 번뜩였다. 연막탄으로 뿌옇게 변한 시야에 희미한 광망이 포착

된 것이다.

"어어어……."

그가 그렇게 옅은 신음을 내뱉던 그 순간 새하얗게 퍼지던 광망이 그의 몸을 뒤덮었다.

콰아아아아!

"……!"

팽가 연합의 무사들의 시선이 그리로 쏠렸다.

도강이 흩어져 나간 자리엔 시신 다섯 구가 나뒹굴고 있었고 구멍이 뚫린 듯 길쭉한 길이 하나 만들어져 있었다.

스스스슥―!

천천히 사그라드는 연막을 뚫고 묵객이 나타났다. 그는 숨을 몰아쉬고는 장내가 떠나갈 듯 외쳤다.

"단장!"

다다닥.

말이 끝나자마자 신형 하나가 뚫린 길목으로 쏜살같이 달려 나갔다. 그리고 갈라진 길목을 지나 한쪽에 서 있는 사내를 향해 재빠르게 도를 휘둘렀다.

촤아아악!

파도처럼 넘실거리며 나아가는 청색 도기.

그 푸른빛을 띤 도기에 풍운검대 조장, 이사진(李辭眞)이 그대로 즉사했다.

"총관―!"

바바박.

가염이 외치자 이번엔 그의 어깨를 밟고 문자운이 새처럼 뛰어올랐다.

'저놈이 먼저다.'

문자운은 눈을 좁히고 단둘을 눈에 담았다.

하나는 팽가 맹호단 삼 대장 중 하나. 또 하나는 천군지사대가 개입하기 전, 자신과 싸웠던 풍운검대의 대주 진자운.

"하앗!"

그중 진자운은 조금 더 떨어진 길목에 있었기에 목표는 맹호단의 대장이었다.

문자운은 두 사내의 위치를 확인하고는 거의 한 번에 사장(12m)을 도약하며 도기를 날렸다.

쉬이이이이—!

"컥!"

묵객, 가염, 문자운으로 이어지는 연계 공격에 맹호단 대장은 제대로 된 대응도 하지 못한 채 쓰러졌다.

파팟.

재빨리 도를 거둔 문 총관은 진자운의 위치를 찾았다.

한데 그는 이미 아군들 뒤로 빠져나가고 있었다.

'빨리 따라붙어야 해.'

짧은 시간 동안 거리가 꽤 많이 벌어졌다. 거기에 팽가 연합은 진자운을 노리는 걸 알았는지 문자운 주위로 몰려들고 있었다.

챙! 챙! 채채챙!

몇 번의 공격을 받아낸 문자운.

시간이 지체될수록 목표했던 대주와의 거리가 더욱 멀어지자 점차 다급해졌다.

슈슉! 슈슉!

"큭!"

때마침 눈앞을 어지럽히는 비수들까지 등장해 주위가 어지럽게 변하기 시작했다.

'늦었다. 지금 빠져나가지 않으면 역공을……. 어?'

등 뒤에 느껴지는 인기척에 문자운이 고개를 올리던 그때였다.

파파팟.

도복 자락을 흩날리는 노승 두 명이 머리 위에서 나타났다. 그들은 문자운 주위를 에워싸는 무사들을 향해 달려들었다.

"컥!"

"으헉!"

장봉을 든 노승의 공격에 무사 셋이 나가떨어졌고.

카카캉! 푹!

"컥!"

계도를 휘두르는 다른 노승의 공격에 두 명은 휘청거리며 쓰러졌고, 한 명은 그 자리에서 즉사했다.

스스슥. 사사삭.

방천과 방윤은 둥근 동선으로 움직이며 문자운과 적들의 간격을 더욱 밀어냈다. 그리고 멍하니 바라보던 문자운의 시야에.

퍼억.

무사 한 명이 옆으로 넘어지던 그때 또 다른 노승이 등장하며 소리쳤다.

"따라오시오!"

바바박.

문자운이 목표했던 풍운검대 대주 쪽으로 달려 나가는 방곤. 그는 사방에서 날아오는 칼날들을 낚아채 시체 한 구를 방패 삼아 길을 열고 있었다.

분명 장씨세가에도 뛰어난 고수 한둘쯤은 있을 줄 알았지만, 갑자기 신위에 가까운 실력을 보이는 노승들이 나타나자 문자운은 입을 쩌억 벌렸다.

'소림사가 장씨세가의 호위무사를……?'

파파팟.

생각을 접은 문 총관은 재빨리 그의 뒤를 따라붙었다.

쉬쉬쉬쉬쉭!

눈앞을 뒤덮은 칼날들. 그중에는 내기를 실은 공격까지 이어졌다.

"큭!"

길을 뚫던 방곤이 적의 일격에 몸이 뒤로 밀려났다.

파팟.

방곤의 몸이 나가떨어지자 도약한 문자운.

풍운검대 대주와 거리를 순식간에 좁힌 그가 재빨리 도기를 날렸다.

쩌어엉!

하지만 상대는 풍운검대의 수장.

기다렸다는 듯 검기를 쏘아댔고 허공에서 두 개의 기공(氣功)이 서로 공멸해 버렸다.

"이건 어떠냐!"

치잉!

문자운은 예상이라도 했다는 듯 또 다른 도기를 생성했다. 조금 전보다 훨씬 더 길고 기이한 열기까지 머금고 있었다.

사사사삭.

하나 적들은 전진 깊숙이 들어온 그를 가만히 보고 있지 않았다.

전후좌우에서 날아드는 네 명의 무사들로 인해 문자운의 얼굴이 일그러졌다. 연거푸 내공을 도에 담아내느라 빈틈이 생긴 것이다.

'전부 다 막을 수 없다.'

쩌어엉!

즉각 도기를 대응 삼아 날렸지만, 막아낸 것은 둘이 고작이었다. 우측에서 날아오는 두 개의 칼은 그저 바라만 봐야 했다.

캉!

"……!"

한데 그의 목까지 날아온 검이 갑자기 방향을 꺾었다. 정확히는 그의 목 옆에 세워진 무언가에 막힌 것이다.

좌아아악!

갑자기 등장한 사내의 검에 의해 두 무사의 목이 허공으로 날아올랐다.

이후 땅에 떨어진 사내는 주위를 막아서던 무사들을 향해 몸을 내던지듯 움직였다.

"위험해……."

파파팟.

길목을 차단하며 막아선 수많은 무사들.

동료들의 죽음에 극도로 분노한 모습은 일개 무인으로 결코 뚫을 수 없는 대열이었다.

하지만 사내는 아가리를 흉하게 벌린 적진으로 망설임 없이 진격했다. 그리고.

쇄애애액!

창졸간 검을 찌르는 일개 무사의 목을 날려 버리고.

캉! 캉!

이후 옆으로 찌르는 검을 거대한 도신으로 막아낸 뒤.

퍽! 퍽!

좌측 두 명.

캉! 퍽! 퍽!

몸을 비틀어 방어한 후 우측 두 명.

퍼퍼퍼퍽!

도약하여 눈앞에 덤벼드는 네 명을 발로 찼다.

쇄애애애액!

동시에 여섯 개의 검이 일순간에 짓쳐들어왔다.

까가가가강!

그러자 방패처럼 거대한 도로 몸 한쪽을 막으며.

타타탁!

기이하게 꺾인 검으로 상대의 손목을 겨냥해 후려치자.

쨍그랑.

세 명이 모두 검을 놓쳤다.

휘릭, 휘릭.

또다시 양쪽으로 날아오는 두 개의 검.

까앙!

휘어진 검으로 때려 궤적을 바꾸고.

퍼퍽!

땅을 박차며 무릎과 돌려차기로 두 명.

카카칵!

이후, 달려드는 무인 세 명의 목을 일시에 날려 버리며 일직선으로 뛰어갔다.

"이게 대체……."

지켜보던 문 총관은 입을 쩌억 벌렸다.

천군지사대는 맹에서도 수위를 다투는 고수들. 그런 자들이 밀집해 있는 심장을 단신으로 질주하여 초토화시켜 버린 것이다.

"저자가 광휘군!"

파팟!

어느새 광휘가 풍운검대 대주, 진자운의 지척까지 다가가는 그때였다.

삼 장을 남겨놓은 거리 앞에서 광휘는 희미한 일렁임이 자신에게 쏘아져 오고 있음을 느꼈다.

급히 구마도를 들어 막아선 광휘.

쩌어어엉!

검기에 밀려나던 그는 기다렸다는 듯 소리쳤다.

"묵객! 지금!"

"하아아압!"

물줄기가 뿜어 나오듯 새하얀 빛무리가 일 곤(l) 자를 그리며 직선 방향의 모든 물체를 갈라 버렸다.

진자운 그뿐만이 아니라 근처에 있던 두 명의 무사는 어떠한 저항도 없이 즉사했다.

"스, 승룡아?"

묵객의 도 끝에서 광망을 본 문자운의 눈이 커졌다.

흡사 강기와 비슷했다. 처음엔 얼핏 봐서 몰랐는데 지금 이것은 강기라고 봐도 무방한 기운이었다. 설마 이 기운을 두 번씩이나 뿜어냈단 말인가.

"저놈을……. 큭!"

거의 주저앉을 듯 휘청이던 묵객이 급히 고개를 돌렸다.

광휘를 보며 한 사내를 가리키고 있었던 것이다.

"저놈을 죽여야 하오!"

시간이 없었다.

적의 중앙에 팽가의 책임자라 할 수 있는 맹호단 단장이 서 있었던 것이다.

파팟.

광휘가 다시 구마도와 괴구검을 쥐고는 적들이 모여 있는 곳으로 몸을 꺾었다.

캉! 카아앙! 카캉!

그런데 광휘의 움직임이 어딘지 둔탁해 보였다. 처음 나타났을 때와 달리 저돌적으로 밀어붙이지 못하고 있었다.

'체력이……'

광휘의 호흡이 거칠었다. 내공을 기반으로 하는 무인과 달리 그는 내공보다 외공을 위주로 무예를 한다. 적을 상대한 숫자도 그렇지만 이형환위 같은 체력을 극도로 필요로 하는 경공술을 벌써 몇 번이나 사용하지 않았는가.

"적이 힘을 잃었다!"

"죽여라!"

조금 동작이 늦어지자 저들의 기세가 점차 살아났다. 거기에 무시 못 할 신위를 보인 광휘에게로 집중되고 있었다.

쩌어엉.

"으아아악!"

"커억!"

때마침 광휘 주위로 휘몰아치는 세 개의 장공(掌功)과 도기(刀氣).

무인 네 명이 곧장 떨어져 나갔다. 나한승 셋과 가염이 합류한 것이다.

"가시오! 광휘!"

방천이 소리치자 숨을 몰아쉬던 광휘의 눈이 빛났다.

콱.

무거운 구마도를 지면에 박아놓고는 광휘는 길을 뚫어둔 곳으로 다시금 질주하기 시작했다.

철컥.

그제야 맹호단 단장 팽교덕(彭敎德)이 거침없이 도를 뽑아 들었다. 웬만한 상황에서도 움직이던 않았던 그가 적 진영의 최고수들이 침투하는 상황에 드디어 도(刀)를 꺼내 든 것이다.

다가오는 동선, 이제껏 보인 움직임, 거대한 도신의 활용과 괴이한 검술.

팽교덕은 자신을 향해 달려오는 사내의 무위를 머릿속에 그려놓고는.

"하압!"

그를 향해 강렬한 기(氣)를 분출했다.

패애애애액!

한 번에 세 개의 도기가 상대의 길목, 변칙적인 방향까지 모두 뿌려졌다.

그중 하나가 광휘의 몸통을 관통하고 지나갔다.

'죽었……'

하나 그것은 진짜가 아니었다. 누군가 자신에게 말을 걸어왔기 때문이다.

"뒤에 있다."

등 뒤였다.

어느덧, 눈앞의 환영은 서서히 사라지고 있었다.

"그걸 지금 알았다면……."

재빨리 몸을 비트는 팽교덕 단장.

하지만 광휘의 대답은 빨랐고, 그의 검은 더 빨랐다.

"늦은 게지."

패애애액!

팽교덕의 목덜미에서 언뜻 빛이 스치고 지나가자 주위에 있던, 조금 떨어져 있던 무사들의 몸은 일시에 굳었다.

그리고 맥없이 바닥으로 엎어지는 팽교덕을 보며 그제야 상황을 인식했다.

이 싸움. 결코 자신들에게 유리하지 않다는 것을.

*　　*　　*

"뒤로 빠진다!"

가장 후방 쪽에 위치해 있던 천군지사대 동추가 손을 들었다.

일 조장의 명령에 일 조 조원들이 천천히 물러섰다.

"안 돼! 멈춰!"

그 순간 서화평이 앞을 막을 막았다.

두칠은 벌컥 화를 냈다.

"멈추라니! 자네 대체 무슨 생각인가!"

조원들 간에 간섭을 하지 않는 것이 불문율임에도 이 조장인 서화평이 직접 막아선 것이다.

"싸워야 하네."

"그 무슨 말도 안 되는 소린가! 자넨 방금 전 일어난 상황을 보지 못했는가? 저들은 모두 절정 고수들이고 절정을 뛰어넘은 자도 있네."

"그러니까 더욱 안 된다는 말일세!"

"이봐! 대체 지금 내 말을……."

"조금 전 전투로 팽가에선 스무 명 가까이 목숨을 잃었네."

서화평은 두칠을 향해 주검이 된 무사들을 가리키며 말했다.

"풍운검대도 열을 잃었고. 이대로 물러난다면 우리에겐 승산이 없네."

"자네 눈엔 이들만 보이고 뒤쪽, 저기 밀려오는 해남파 공격이 보이지 않는가?"

서화평이 굳이 설명하지 않아도 두칠은 상황을 정확히 이해하고 있었다.

병력을 회군하려고 한 것도 사실 그것 때문이었다. 적의 수장 격인 고수들을 잡으려다 되레 몰살당할 수 있다고 판단한 것이다.

"물리는 순간 우린 이 싸움에서 지게 될 걸세. 조금 전, 팽가의 단장과 풍운검대 대주가 목숨을 잃지 않았나."

서화평이 고개를 저었다.

"그렇다고 무턱대고 싸우다가는 우리가 포위당해!"

"그 전에 우리가 먼저 죽일 수도 있네. 저들 역시 포위당했고, 이미 힘도 빠졌어."

무사들이 포위한 곳에는 적들이 한데 모여 있었다. 척 보기에도 대부분 지친 듯했다.

"유심히 보게나. 강기를 쓴 녀석은 두 번이나 뽑아내고 쓰러지기 일보 직전일세! 신출귀몰한 사내 역시 숨을 헐떡이고 있네. 그나마 체력이 남은 놈들이라곤 중놈들뿐이야."

서화평은 두칠의 어깨에 손을 올리며 거듭 설득했다.

"싸우세. 해남파가 집요하게 밀어붙이고 있지만 놈들의 무위는 떨어져! 틈만 잡아내면 적들을 충분히 제거할 수 있어!"

예리하게 변한 두칠의 눈빛이 주위를 훑었다.

무사들에게 둘러싸인 적들이 힘겨워 보이는 건 확실했다. 여전히 물러서는 게 맞는 거라 생각하지만 서화평의 말도 일리가 있었다.

"알겠네. 제압하세."

고민 끝에 두칠이 그의 의견에 동의했다.

*　　　*　　　*

짤막한 소강상태가 돌아왔다. 나한승, 가염과 문자운은 주위를 경계하는 데 여념이 없었다.

"괜찮소?"

그사이 묵객에게로 다가간 광휘가 조심스레 말을 걸었다.

"당연한 게 아니겠소."

묵객은 태연하게 대답했다.

하지만 말과는 달리 그는 제대로 서 있지도 못했다.

"좀 쉬시오. 우리가 어떻게든 버텨볼 테니."

"어허. 내게 그런 나약한 소리를……."

끄응.

신음을 흘리며 몸을 일으킨 묵객이 단월도를 고쳐 들었다. 여전히 힘겨워 보였지만 생각 외로 얼굴은 밝았다.

"형장, 나는 죽는 순간까지 적들에게 등을 보이지 않을 게요."

묵객은 고개를 들어 광휘를 향해 말을 이었다.

"몇 번이고 맹세했소. 죽어가던 당 대협 앞에서."

"……."

광휘는 천천히 시선을 내리깔았다.

서혜에게 전해 들었다. 명호의 임종의 순간, 묵객이 그의 옆을 지켰다고.

"좁혀라!"

"공격해!"

때마침 적들이 공세를 변환하는 소리가 들렸다. 눈앞에서 대치하던 무사들이 살기를 뿜으며 차츰 거리를 좁혀왔다.

"힘을 빼야 하오."

"힘을?"

서론도 없이 툭 던지는 광휘의 말에 묵객이 고개를 갸웃거렸다.

광휘가 말을 덧붙였다.

"지금 상황에는 내공을 쓰지 않고 적들을 상대해야 하오."

"형장, 내공이 남아 있다면 한 놈이라도 더 데려가야 하지 않겠소."

"그걸 몸을 움직이는 데 사용하시오. 몸에 남아 있는 한 줌의 진기라 할지라도 어떻게 쓰느냐에 따라 몇 명이든 더 상대할 수 있을 테니까."

"……"

"녹초가 되고 남아 있는 기운은 오롯이 자신이 통제할 수 있는 기(氣)가 될 것이오. 그 기운은 보통의 내공과는 달리 특별하지."

묵객은 그제야 그 말이 무슨 뜻인지 깨달았다.

모든 힘을 빼고 난 이후 남아 있는 순수한 체력. 그 기운을 활용하면 오로지 적을 죽이기 위한 최소한의 힘만 남게 된다. 동작이 작아질 것이고, 오로지 효율적인 싸움만을 추구하게 될 것이다.

"기본을 더 다져야 하오. 부단히 수련과 경험을 쌓아야 할 것이오. 딱히 쓰려고 쓰는 것이 아니라 검을 휘두를 때 자연스럽게 나갈 수 있도록 해야 하오. 검기든 강기든."

"좀 알아듣기 쉽게 말해주지 그랬소."

불현듯 묵객의 머릿속에 명호의 말이 스쳐 지나갔다.

기본을 다져 상승 무공으로 올라간 묵객에게 그 말은 정말 기초가 부족하다는 뜻이 아니었다. 내공을 다 쓰고 난 뒤에는 아무것도 할 수 없는 상황이 벌어지는 것을 우려한 조언이었던 것이다.

"지금이니까 당신이 알아들을 수 있는 거요."

광휘의 말에 묵객이 고개를 절레절레 저었다.

"이제야 좀 알 것 같소. 형장이 어떤 길을 걸었는지."

내공을 소비해 불능이 되지 않기 위한 몸부림. 그것이 몸에 익은 생활.

대체 어느 정도의 수라장을 거쳐야 그런 게 몸에 밸지 상상도 가지 않아서 묵객은 물었다.

"과거의 적들이 얼마나 강했기에 그런……. 형장?"

카카캉!

문득 묵객이 고개를 돌린 그곳에 이미 광휘는 없었다. 사방에서 달려드는 적들을 향해 달려가고 있었던 것이다.

"하압!"

사실, 여유가 없는 건 묵객도 마찬가지였다. 이미 그의 눈앞에서 비수처럼 예리한 검 세 개가 날아들고 있었다.

*　　　*　　　*

콱! 콱!

"하압!"

사방으로 오는 적들의 공세에 나한승이 장봉을 들고 뛰어들었다.

하지만 십수 개의 칼날 앞에서 버티는 것도 힘겨웠다. 기(氣)를 발출하려면 내력 소모가 극심하기에 사용하는 것을 자제했고, 그러다 보니 한계가 있었다.

상대는 애초에 강호에서도 최상위에 속하는 실력자들. 조금이라도 나약한 모습을 보이면 들개처럼 덤벼들 것이 자명했다.

"잠시 숨을 고르십시오!"

"시간을 벌겠습니다!"

가염과 문자운도 합류해서 옆을 받쳐주었다.

원래 그들은 묵객을 제일 먼저 염려하고 있었지만, 조금 전부터 적들의 공세가 한 곳으로 집요하게 집중되고 있었다.

카카캉!

다섯 명이 오각 대형으로 사방에서 빗발치는 공세를 힘겹게 막아냈다.

검기나 도기에 대해서는 크게 대비하지 않았다. 둘러싸인 와중에 그런 강력한 공격을 한다면 맞은편에 있는 적들의 동료들도 피해를 입을 것이기 때문이다.

"한 가지 물어봅시다."

대형을 유지하던 문자운이 한쪽 검을 쳐내며 고개를 옆으로 돌렸다. 장봉을 들고 경계하던 방천 쪽이었다.

"숭산(嵩山)의 경관이 그리 좋다고 들었는데, 언젠가 한번 초대해 줄 수 있겠소? 무림인이라면 누구나 소림사에 가는 것을 꿈꾼다오."

대답은 곧바로 들려오지 않았다.

카캉!

연속으로 찌르는 검을 쳐낸 방천이 그제야 숨을 골랐기 때문이다.

"그건 어려울 듯합니다!"

"허! 우린 전우가 아니오? 함께 싸운 사이란 말이오!"

"시주의 문제가 아니라 우리 문제지요!"

"예?"

"조심!"

슈슈슉!

말과 함께 문자운을 향해 날아온 두 개의 비수.

자신의 대형을 벗어난 방천이 엄청난 반응 속도로 그것을 쳐냈다. 그러고는 다시 본래의 자리로 돌아간 후 재차 입을 열었다.

"소승들은 소림의 규율을 어기고 살계를 끝도 없이 연 자들이오. 돌아가면 아마 참회동에 갇혀 평생 면벽 수련을 피할 수 없을 거요."

슈슉! 슈슈슉!

이번엔 방천을 향해 암기가 날아들자 어느새 다가온 문자운이 그의 방어를 도왔다.

"고맙소."

"이 정도야 뭘."

한마디 내뱉은 문자운이 다시 제자리를 지키며 오각 대형을 유지했다.

다섯이 제법 강경하게 버티자 앞쪽에 대열해 있던 적들이 뒤로 물러나고 체력을 비축해 놓은 사내들과 자리를 맞바꿨다.

"그럼 싸움 끝나면 서로 모른 체합시다!"

피식.

딴에는 비장한 얼굴로 말하는 문자운. 그 모습이 묘하게 웃겨 방천은 고개를 끄덕였다.

"또 옵니다!"

"하압!"

가염의 외침에 네 명의 무인들은 비장한 각오로 맞섰다.

*   *   *

묵객의 공격은 십이 초가 고작이었다. 열두 번 정도 검을 휘두른 뒤부터는 적들을 상대하는 데도 버거웠다.

'버틸 수는 있어.'

묵객은 연막탄이 걷힌 쪽에서 해남파 무사들이 치열하게 길을 뚫는 모습을 목격했다. 조금만 더 버틴다면 어떻게든 이 위기를 벗어날 수 있을 것 같았다.

'하나 문제는……'

어느 순간부터 일부러 둥근 공간을 내주고 달려들지 않는 팽가 연합.

그것은 자신의 무위를 두려워해서가 아니었다. 뭔가 조용히 숨을 죽이는 것이 누군가를 기다리는 모양새였다.

'온다.'

순간 우측에서 길이 열리자 묵객은 단월도를 가슴께까지 들어 올렸다.

자신이 싸울 적은 필시 적장의 지휘관 격 고수. 상대의 공세에 맞서 싸우기보다 방어적으로 대응하기 위해서였다.

패애액!

"헛!"

첫 한 수는 암기였다. 평소라면 쳐내면 되지만 체력이 떨어진 그는 급히 몸을 틀었다.

"하아압!"

어느새 눈 깜짝할 사이 다가온 상대.

어찌나 빠른지 묵객이 그의 존재를 자각하는 순간 이미 지척인 반 장(1.5m) 이내에 접근하고 있었다.

캉!

다급히 막아낸 묵객.

하지만 그 때문에 동작이 커졌고, 연이어 공격이 들어오자 대응하기보다 물러서는 것을 택했다.

그 대가는 고스란히 고통으로 돌아왔다.

푹!

"크으으윽!"

어깻죽지를 맞은 묵객이 바닥을 뒹굴었다.

사내는 정신 차릴 틈을 주지 않고 지면을 따라 몸을 굴리는 묵객을 향해 검을 높이 치켜들었다.

파팟.

그 순간 고통스러워하던 묵객이 언제 그랬냐는 듯 번개처럼 튀어 올랐다.

수숙!

"큭!"

휘둘린 단월도에 이 조장 서화평이 어깨를 부여잡고 물러섰다. 그 상황에서 반격을 할 줄은 상상도 못 한 것이다.

"본전이군."

묵객이 씨익 웃어 보였다. 무릎을 굽힌 채로 힘겹게 숨을 몰아쉬며.

"이 자식!"

함성과 함께 서화평이 이전보다 더욱 저돌적으로 달려들자 묵객은 신경이 곤두섰다.

'전부 막을 수는 없다.'

상하로 이어지는 검술은 막기에도 급급한 데다 적들에 둘러싸여 크게 물러설 수도 없는 상황이었다. 그렇다고 근접전을 하면 무조건 당한다.

'허를 찔러야 해.'

슉! 슉!

상하로 이어지는 어깨와 다리의 공격을 포기한 묵객.

세 번째 공격인 가슴으로 향하는 살초를 가까스로 피해내며 주춤거리자 상대방의 눈빛에 이채가 어렸다.

그건 묵객도 마찬가지였다.

쇄액!

패애액!

일순간 한 곳을 찌르며 둘이 교차했다.

"큭!"

이번엔 서화평의 신음이 먼저 터져 나왔다. 그가 허리를 부여잡고는 고개를 돌린 것이다.

"이번에도 본전이군."

묵객 역시 자신의 허리를 부여잡고 있었다.

이전에 당한 것도 있고, 허점을 드러내 공격했기에 사실 본인이 더 상처가 깊었음에도 그는 밝게 웃어 보였다.

"모두 물러서라!"

다다다닥.

서화평의 명에, 모여 있던 무사들이 물러서자 묵객의 표정은 가라앉았다. 그가 무엇을 사용할지 깨달은 것이다.

"이봐, 그건 좀……."

예상대로 서화평의 검 끝에서 치솟은 검기를 목도하자 묵객은 이를 악물었다.

검기라면 지금은 막을 방도가 없었다.

내공이 없어서 맞받아치지도 못했고 검로를 예측하고 피하기에도 너무 지쳐 있었다.

패애애액!

시간을 주지 않고 뻗어 나오는 서화평의 검기.

자포자기의 심정으로 서 있던 묵객의 몸이 갑자기 붕 뜨기 시작했다. 누군가 자신을 낚아채 공중으로 치솟은 것이다.

"고맙…… . 뒤에!"

도움을 준 광휘에게 감사의 인사를 하려던 그때.

"헉!"

광휘의 등 뒤로 일렁이는 검기가 치솟아 올랐다. 이제껏 광휘
를 상대하던 일 조장 두칠이 검기를 날린 것이다.

쩌어어엉!

하지만 검기는 묵객의 눈앞에서 거짓말처럼 사라졌다.

천천히 지면을 밟은 자는 묵객과 광휘. 그들 옆에서 노인 하
나가 부드러운 미소로 말을 걸어왔다.

"늦어서 미안하네. 일 좀 보느라."

해남파 문주 진일강. 그가 그제야 나타난 것이다.

第十二章

마인(魔人)

"사부님, 오셨습니까!"

진일강을 본 묵객의 표정이 밝아졌다.

일촉즉발의 전황에 사부가 합류했다. 이거라면 불리했던 전세도 단번에 뒤집을 수 있다.

묵객의 인사에 진일강이 고개를 끄덕이고는 광휘 쪽으로 시선을 돌렸다.

"오랜만이외다."

"사부님?"

그 모습에 묵객은 당황했다. 면식이 있어 보이는 말투도 그렇지만 문제는 사부가 취하고 있는 태도였다. 광휘를 향해 읍을 하고 있는 것이다.

"하대하셔도 되오, 진 대협. 본인은 대협의 제자인 묵객과도 편한 사이니까."

광휘가 조금 불편한 표정으로 말했다.

진일강은 다시 고개를 저었다.

"그건 제자 놈이 몰라서 그런 것이지요. 천중단의 단장을 역임했던 분께 노부가 어찌 말을 놓겠소이까."

"내가 진 대협을 뵈었을 때도 조장 직위였소."

"그때는 그때지요."

"진 문주……."

굳은 얼굴의 광휘를 향해 진일강이 넌지시 고개를 돌렸다.

"뭐, 일단은… 이들부터 처리해야겠소이다."

잠시간에 직접 나서는 적의 숫자가 늘었다. 검기를 날린 조장 둘을 제외하고도 천군지사대에서 뛰어난 실력자가 다섯이 더 붙은 것이다.

주위에 있는 무사들은 싸울 수 있는 공간을 만들기 위해 거리를 벌리고 있었다.

진일강이 턱을 한번 쓸어내리고는 입을 열었다.

"내가 표적이 되겠소. 그대는 구표가 되시오."

"……!"

광휘의 고개가 진일강 쪽으로 획 돌아갔다.

적군에 둘러싸인 상황조차 잊어버린 모습이다. 광휘를 알고 지내 온 이들이라면 그가 얼마나 당황했는지 바로 알 수 있었다.

그런 그의 시선을 담담히 받으며 진일강이 말했다.

"승룡이 놈이 많이 지쳐 있소. 나 역시도 그렇고. 하니 내가 표적이 되어 공세를 끌어들이면 상황을 쉽게 풀어갈 수 있을 거요."

'하늘 가운데 바람.'

이제껏 두 사람의 말을 듣고 있던 묵객의 눈이 번뜩였다. 하오문을 통해 들었던, 천중단 중에서도 가려져 있던 암흑 속의 부대.

"하늘 가운데 바람(天中風). 그가 이끌던 부대를 우린 그렇게 불렀지."

이름조차 비밀에 부쳐진 살수 암살단.

그들의 전투 방식을 사부가 언급한 것이다.

'대체 어떻게? 그보다 사부님이 그걸 어떻게 아시는 거지?'

"감각이 예전과는 다르오."

광휘가 난처한 얼굴로 입을 열었다.

"그렇소. 하나 상대도 다르오. 은자림이 아니지."

진일강이 피식 웃었다.

"어떻게, 해보겠소?"

광휘는 주위를 둘러보았다. 이미 둘러싼 무사들은 저만치 물러나 있었고 지휘관급 고수 두 명이 거리를 좁히고 있었다.

스르륵.

잠시 눈을 감았다 뜬 광휘가 입을 열었다.

"병기를 내려놓고 눈을 가리시오. 내가 지시하기 전에는 공격이 들어오든 말든 계속 가시오."

"알겠소."

찌이익.

진일강이 망설임 없이 소매를 찢어 눈앞을 가렸다.

콱!

뒤이어 진일강은 도(刀)를 바닥에 내리찍은 뒤 망설임 없이 앞으로 걸어 나갔다.

"사부님! 위험합니다! 아… 형장, 이거 정말 가능한 게요?"

묵객이 기겁해서 진일강과 광휘를 연달아 불렀다.

하지만 광휘는 대답하지 않았다. 그는 이미 모든 청각과 시선을 오로지 전방으로 뻗고 있었다.

'제일 먼저 공격해 올 자는.'

진일강이 전신에 허점을 드러내고 앞서 나가자, 상대 쪽에서 약간의 동요가 느껴졌다.

나이 먹은 사자가 스스로 발을 묶고 눈까지 가렸다. 이런 손쉬운 표적을 보고 혹하지 않는다면 그게 이상할 일이다.

'이자겠지.'

때마침 광휘의 눈에 진일강과 가장 거리가 가까운 복면인 하나가 눈에 들어왔다. 자세를 낮추고 있다. 바로 도약하거나 즉각 파고들어서 선공을 펼치기 위함일 터.

다음으로 두 번째 열에 서 있는 두 사내가 눈에 들어왔다. 오른손으로 검을 쥐고 있었지만 왼손을 의도적으로 가리고 있었다.

'저들은 기회가 생기면 언제든 무공을 펼치려 할 것이고.'

셋째 열, 자신과 묵객이 상대하던 두 명의 무사를 본 광휘가 생각했다.

'저들은 검기를 능숙하게 발현할 수 있는 자. 그리고⋯⋯.'

힐끗!

네 번째 열에 있는 복면인 둘.

'공격 후 시간의 틈을 메꾸는 자.'

저들은 동료의 공격이 실패하거나 효율적인 공격의 시간을 벌어주거나, 몸을 날려 기회를 만들어줄 역할을 하는 자들일 터였다.

스으으으─!

광휘의 눈앞에 자연스럽게 환영이 생겨났다.

상대와의 거리, 몸짓과 눈빛, 호흡하는 소리가 바로 옆에 있는 것처럼 생생하게 들려왔다.

'기분이 묘해.'

뭐랄까. 예전의 감각을 떠올리는 것은 끔찍한 악몽과도 같았다. 그런데 고향에 돌아온 것 같은 먹먹함이 함께 느껴지는 것은 왜일까.

아무래도 좋았다. 지금은 이겨야 하는 싸움이니까.

*   *   *

"저놈이?"

"크윽!"

동추와 서화평의 표정이 굳어졌다.

무인이 병기를 내던졌다. 거기에 눈까지 가리고 다가오고 있었다. 언제든 죽일 테면 죽여보라는 듯 참으로 광오한 태도였다.

제아무리 해남파 문주라도, 아니 천하의 소림사 장문인이라 해도 이 자리에서 저렇게 굴지는 못할 터였다.

한데.

"그렇게나 죽고 싶다면 죽여주지. 처리하세."

"알겠네."

차자작!

천군지사대가 검을 들고 공격할 준비를 갖췄다.

계속 걸어오는 진일강. 그가 노림수가 있고, 이게 함정이라는 건 그들도 알았다. 그들 역시 오랜 강호 생활로 단련된 무인이니까.

하지만 압도적인 힘으로, 함정이나 계략이 있다면 그대로 부숴 버리면 된다.

"합!"

광휘가 읽었던 대로, 가장 앞쪽에 있던 자가 경고하듯 기합을 발하며 몸을 낮추었다.

저벅. 저벅. 저벅.

그럼에도 진일강은 걸음을 멈추지 않았다.

오 장, 삼 장, 일 장 이내로 좁혀 검을 뽑는 그 순간까지도 진일강은 여전히 앞으로 걸어가고 있었다.

"흡!"

먼저 경고할 때는 크게 소리 질렀지만, 진정 공격할 때는 오히려 소리를 죽였다.

그 순간, 진일강을 향해 이름 모를 대원이 달려들었다.

쇄애액!

검날이 진일강의 머리까지 세 치(9㎝)를 남겨둔 그때였다.

쉬이익.

일순 습격자의 검의 중앙 부분이 천천히 떨어져 나갔다.

쇄애액!

기이하게 꺾인 검이, 날아든 검의 중심을 갈라 버린 것이다.

이후, 멈추지 않고 다시 사선 방향으로 내려갔다.

촤아악!

공격에 나선 천군지사대 대원은 그대로 즉사했다. 그 목을 쳐 날림과 동시에 광휘가 소리쳤다.

"뒤로 일 보!"

터억!

진일강이 꼭두각시처럼 물러설 때였다.

픽! 픽!

콧잔등을 스칠 정도로 아슬아슬하게 칼날 두 개가 그의 앞을 베고 지나갔다.

캉!

진일강의 얼굴 앞에 교차된 검을 쳐낸 광휘.

"슉―!"

먹먹하게 들리는 외침과 함께 우측 한 명의 목을 베며.

"여―어어어!"

터억.

진일강이 몸을 굽히자 광휘는 그의 등을 짚고 넘어가 반대쪽 사내를 베어버렸다.

슈슈슈슈슉!

그 순간, 떨어져 지켜볼 것 같았던 천군지사대 십여 명이 화살처럼 날아와 진일강을 향해 검을 찔렀다.

"안 돼!"

도저히 막을 수 없는 상황이라고 판단한 묵객이 소리치던 그때, 광휘의 움직임이 점차 빨라지더니 급기야 시야에서 사라져버렸다.

카카카캉!

그리고 정면, 우측, 좌측, 후방 쪽으로 들려오는 네 번의 짤막한 공명음.

그와 동시에 적들의 검이 진일강의 온몸으로 찔러 들어갔다.

사사사사사사삭.

얼굴과 머리, 어깨와 가슴, 허벅지, 종아리.

그 사이로 십여 개의 칼날이 단 한 치(3㎝)를 남겨놓은 채 뚝 멎었다. 광휘가 횡으로 돌며 모든 칼날의 궤적을 바꿔놓은 것이다.

하지만 끝나지 않았다. 적들이 검을 조금만 움직여도 진일강의 목숨이 위험했다. 그 찰나의 간격을 광휘는 용납하지 않았다.

쉬익! 쉬익! 쇄애액!

부지불식간에 정면 셋의 목을 쳐냈고.

패액! 패애액!

좌측 둘의 목도 날려 버렸으며.

캉!

우측의 검 세 개는 직접 받아냈고.

휘릭.

공격하는 후방의 검들은 진일강을 잡아당겨 그를 구해냈다.

"뛰―!"

팟!

이후, 소리치던 광휘의 말이 채 끝나기도 전에 진일강이 도약하자 그의 발치 앞으로 비수 두 개가 박혀 들었다.

지이이잉―!

"합!"

그러나 위기는 끊이지 않았다. 함성과 함께 검기 두 개가 기이한 곡선을 그리며 날아왔다.

움찔!

눈을 가렸어도, 검기의 험한 기세를 느끼고 진일강의 몸이 멈칫했다.

그 순간, 광휘가 나서서 그 앞을 막았다.

피이이이익.

괴구검을 휘두르자 거짓말처럼 검기의 궤적이 꺾였다.

파사삭! 파각!

꺾인 검기는 다른 방향으로 날아온 검기와 충돌하며 그대로 공멸했다.

타닥!

하나, 단 한 명을 놓쳤을 뿐이다. 간신히 광휘의 방어를 뚫은 천군지사대원이 이를 갈며 손을 뻗었다.

"제기랄! 어쨌든 잡았⋯⋯!"

콱!

하지만 막 진일강의 목을 노리던 그의 목이, 정작 진일강의 손에 잡혀 있었다.

"얼, 빠, 진, 놈."

펄럭.

진일강이 비릿하게 미소 짓는 순간, 잘려 나간 눈가리개가 아래로 흘러내렸다.

"이⋯⋯."

퍼억!

벼락같은 장공에 복부를 가격당하고, 천군지사대 대원이 저만치 날아갔다.

"수고 많으셨소."

"뭘 이 정도로."

그러고는 피식, 뒤이어 땅을 밟는 광휘를 향해 미소 지었다. 더는 자신이 표적이 될 필요는 없었다.

쐐기처럼 두 사람이 뚫고 나온 대열 틈으로.

"와아아아아!"

기세가 한껏 오른 해남파가 파도처럼 밀고 들어오기 시작했으니까.

*　　　*　　　*

'어떻게 싸움이……'

부르르!

처음부터 끝까지 보고 있던 묵객은 손끝이 부들부들 떨렸다.

일부러 표적을 앞세워 허점을 드러낸다. 그 허점에 적이 반응하면, 그다음으로 괴멸하는 단순한 싸움 방식이다. 한데 그 속도가 상상을 초월하고 있었다. 첫 공격은 검신을 잘라 버리며 제압했다.

파강!

아마도 자신이 광휘였다면 즉각 적의 목을 날려 버렸을 터다. 그리고 사부 역시 머리를 상대의 검에 관통당했을 터.

'어마어마한 동체 시력, 전장 예측, 그리고… 직감!'

콰드득! 콰득!

보지도 않았다. 저건 그냥 알고 움직이는 동작이었다. 싸움터에서 조금 떨어져 있기에 묵객은 알 수 있었다.

좁은 공간, 한정된 방향, 일일이 보고 반응하는 속도보다 아예 상대의 공격을 끌어들여서 부수는 것이기에 훨씬 빠르게 처리할 수 있다. 거기에 적아가 섞여서 혼전이 되는 것도 유도한다.

'게다가!'

쉬익!

검기의 방향을 비트는 충격적인 무위.

딴에는 강호에서 밥 빌어먹은 지 오래되었지만, 묵객은 저런 유의 공부(功夫)는 본 적도 없었다.

타닥! 파바밧!

표적이 되는 사부 역시 놀라웠다. 광휘가 물러서라고 외치면 즉각 반응했고, 그 움직임에는 한 치의 의심도 두려움도 없었다. 마치 수십 년간 손발을 맞춘 고수들의 합을 보는 것처럼.

"제기랄. 아주 멋지게 당했군."

겨우 두 명만 살아남은 동추와 서화평이 씹어뱉듯 내뱉었다.

"이럴 줄 알았으면 본 파의 무공을 쓸 걸 그랬군."

서화평이 인상을 구겼다.

"아니, 설령 그랬다고 하더라도 확신할 수 없네. 저자들, 우리 수준에서 상대할 수 있는 자들이 아니니까."

동추가 웃었다.

"그래도 다시 한번……"

"이미 늦었네. 저길 보게."

와아아아!

함성 소리와 함께 해남파 무사들이 들이닥치고 있었다. 이제 껏 위치를 단단히 굳히고 공세를 쳐내던 팽가 연합이, 구심점을 잃으면서 확연히 밀려나기 시작했다.

"대열을! 뒤로 물러서서 대열을 갖춰라!"

동추의 명령에 천군지사대가 앞으로 가면서 시간을 벌어 줬다.

하지만 이미 기세가 극도로 오른 적을 상대로 뾰족한 해결 없이, 당장 선 자리를 버티기도 급급했다.

"괜찮으냐?"

문자운은 묵객의 상태를 먼저 살폈다. 가염도 도착했고 나한 승이 뒤이어 당도했다.

별다른 문제가 없어 보이자 진일강을 향해 읍을 해 보였다.

"고생하셨습니다."

"나보다… 이분이 하셨지."

"이분이 그 광휘라는 분이시지요?"

광휘는 말없이 무뚝뚝하게 서 있었다.

"대협!"

그때 낯익은 사내가 도착했다. 능자진과 곡전풍, 황진수였다. 얼굴이 거멓게 그을린 것으로 보아 아마도 연막탄을 터뜨린 모 양이었다.

"저도 돕겠습니다!"

적의 병력이 상당히 준 상황. 팽가 연합은 구심점을 잃었고,

해남파는 그만큼 기세등등했다.

"내가 한 명을 맡겠소."

"보조하겠소."

끄덕.

광휘가 달려 나가자 진일강이 옆에, 그 옆으로 가염과 문자운이 붙었다.

타다닥! 채챙!

팽가를 지휘했던 단장을 포함한, 팽인호를 위시한 팽오운도 보이지 않았다. 천군지사대 역시 삼 조도 돌아오지 않고 있었고 서남쪽에 있던 인원 역시 소식이 없었다.

반면 해남파는 달랐다.

이름 모를 고수가 상상을 초월할 무위를 보이고 있었고 문주까지 개입했다. 거기다 각기 떨어져 있던 병력도 충원되면서 병력이 세 배 이상 차이가 벌어졌다.

뒤쪽으로 나한승이 달려 나가자 대열은 하나둘씩 무너지기 시작했다. 결국에 쳐들어왔던 북문까지 밀려났다.

"후퇴합시다."

결국 참다못한 일 조장 동추가 팽가 쪽 사내들에게 말했다.

"팽가는 죽음을 두려워하지 않소!"

"끝까지 싸울 것이오!"

맹호단 단장이 죽고 지휘관이 된 대장들이 거부했다.

"미치겠군. 이것들……."

동추와 서화평이 난처한 듯 바라보는 그때.

쐐애애액!

진영이 무너지며 뛰쳐나온 광휘가 그들 쪽으로 달려들고 있었다.

"제길!"

동추와 서화평이 욕설을 내뱉고는 곧장 공격에 대비했다.

그때였다.

콰우우웅!

갑자기 뒤쪽에서 시꺼먼 무언가가 그들을 지나쳐 광휘에게 쏘아졌다.

이제껏 검기를 날려 틀어버렸던 것처럼 광휘가 괴구검을 휘둘렀지만.

퍼억!

어찌 된 영문인지 그의 신형이 무려 오 장이나 밀려 나갔다.

쉬이이이.

싸움이 일시에 멎었다. 절대 고수로 보이는 사내가 당한 것 때문이 아니었다. 전장 한가운데서 퍼지는 사이한 기운이 모두의 시선을 사로잡은 것이다.

"너, 너는⋯⋯."

광휘가 당하는 모습에 급히 달려온 진일강은 상대를 보자마자 얼굴이 확 굳어졌다.

팽오운.

이미 분명히 숨이 멎은 것을 확인한, 여기에 있어서는 안 될 시체가 저벅저벅 걸어서 온 것이다.

"형님, 오셨습니까."

괴이한 기운을 뿜어내는 팽오운을 보고 팽가 무사들이 달려왔다.

그런데.

패애액!

갑자기 둘의 신형도 저만치 날아가 버렸다.

"……!"

"형님!"

"대사형!"

이제 천군지사대도, 팽가도, 심지어 장씨세가와 해남파마저 모두 동요하기 시작했다.

팽가를 대표하는 무인 팽오운이, 식솔을 핏줄처럼 아끼던 그가 본가의 사람들을 공격한 것이다.

그르르르륵.

그의 목에서 울리는 소리는 사람이 아닌 짐승의 목울음이었다.

노랗게 변한 눈알로 좌중을 훑어보며 팽오운이 얼굴을 일그러뜨렸다.

"쓸모없는 것들."

＊　　＊　　＊

지켜보던 모두가 느꼈다. 팽오운의 울음소리는 사람이 내는 소리와는 다르다는 걸. 그 소리엔 마치 상처 입은 포식자가 동족을 먹어 치워 버릴 것 같은 광기가 배어 있었다.

"광 호위의 상태를 살피게!"

진일강이 급히 소리쳤지만 나한승들은 이미 광휘 쪽으로 달려 나간 후였다.

'대응을 제대로 못 해서 당한 게 아냐.'

진일강은 생각했다.

광휘의 대응은 완벽했다. 아까 펼쳤던 무위처럼 팽오운이 뿌린 도기(刀氣)의 궤적을 검으로 흘려 버리려 한 것이다.

문제는 그 기운이 일반적인, 응축된 도기가 아니라는 것에 있었다. 튕겨 나가지 않은 마기의 일부가 광휘의 몸을 덮쳐 버린 것이다.

"대체 뭐 하는 짓이오! 팽오운!"

"정신 차리시오!"

주위가 정적으로 물들 때쯤 동추와 서화평이 나서며 소리쳤다.

이쪽은 명백히 우군이다. 한데 그는 적아를 가리지 않고 흉수를 썼다.

"그르르륵!"

괴이한 울음소리와 함께 팽오운의 시선이 천천히 움직였다.

"허."

그 광경을 보던 일 조장 동추의 표정이 당혹스럽게 변했다.

그의 모습은 반인반수(半人半獸)와 흡사했다. 한쪽은 사람의 얼굴이었으나 다른 한쪽은 괴물처럼 흉측하게 일그러져 있었던 것이다.

"너희들도 다 똑같은 놈들이지."

패애애애액.

"……!"

팽오운이 도를 휘두르자마자 뻗어 나온 흑색 마기.

상대가 살수를 쓸 거라 생각지 못한 서화평은 어떠한 대응도 하지 못하고 가슴을 관통당했다.

"…꺼억!"

"이놈!"

"감히 누굴!"

그를 본 천군지사대 십여 명이 반사적으로 검을 세웠다.

"멈춰라!"

순간 일 조장 동추가 모두를 제지했다.

"내 명령이 있기 전에는 절대 접근하지 마라. 저놈은……."

동추는 팽오운과 눈을 맞추고는 이를 악물었다.

"마인(魔人)이다."

"……!"

순간 주위 사람들의 눈빛이 변했다.

마교.

강호에서 사라진, 너무 오래되어 이야기꾼 입에서나 나올 법한 단체가 언급된 것이다.

"대사형, 이게 뭐 하는 짓입니까!"

"대주! 정신 차리십시오."

천군지사대가 슬금슬금 뒤로 물러나는 사이, 팽오운 주위로 팽가 무인들이 하나씩 다가왔다.

팽오운은 누군가에겐 동문의 사형이었고, 누군가에겐 팽가를 이끄는 자랑스러운 고수였다. 그런 그가 마인이라고 하니 납득하기 힘들었다.

덥석.

"윽!"

"커억!"

그들이 팽오운의 앞에 다가가던 순간이었다.

갑자기 그는 팽가 두 사내의 목을 움켜쥐고는 머리 위로 끌어 올렸다.

"으아아아!"

"크아악!"

뚜두둑. 뚜두둑.

몸부림과 함께 뼈가 부서지는 소리.

이후의 동작은 없었다. 시체가 되어 축 늘어질 때쯤 팽오운이 그들을 바닥으로 던지며 말했다.

"쓸모없는 것들."

"떨어져!"

"대사형이 미쳤다!"

팽가의 무인들은 다급히 물러섰다. 그들의 눈에 팽오운은 이미 팽가 사람이 아니었다.

"크흐흐흐. 이 기분이야. 이 기분이라고!"

팽오운은 자신을 두려워하는 무사들을 향해 두 팔을 벌리며 소리쳤다.

기쁨과 환희에 가득 찬 얼굴.

반인반수의 형상을 한 그의 얼굴은 사람들에겐 공포감 그 이상을 심어주고 있었다.

"이게 뭐 하는 짓이냐!"

그때 누군가 팽오운 앞을 가로막았다.

팽인호였다.

"본가의 무사를 죽이다니! 네놈이 대체 무슨 짓을 벌였는지 알고 있느냐!"

좌중의 시선이 그에게로 쏠렸다.

희번덕거리던 팽오운의 눈이 팽인호를 보자 처음으로 나지막하게 가라앉았다.

"쓸모없는 것들을 죽인 게 어때서?"

"뭐라고? 네놈이 지금 그걸 말이라고… 너 설마……."

팽오운을 지켜보던 노인, 팽인호 장로의 눈이 아래로 내려갔다. 이후, 바닥의 말라비틀어진 팽가 무사의 시체를 확인하는 순간 경악으로 물들었다.

"그걸 익혔더냐?"

"흐흐흐."

"말해라! 그걸 익혔냐고 묻지 않느냐!"

"왜? 안 돼?"

"이노오오오옴!"

즉각, 팽인호가 고성을 토해냈다.

"그 무공이 어떤 것인지 알고 익힌 게야! 그걸 익히면 어떻게 되는지 누구보다 잘 아는 네가!"

팽 장로가 몇 번을 더 호통쳤음에도 팽오운은 그저 잠잠했다. 그러고는 그의 언성이 낮아질 때쯤 천천히 입을 열었다.

"역시 당신은 알고 있었어."

"뭐?"

"됐고, 그럼 이번엔 내가 묻지. 왜 알고도 내게 말해주지 않았나? 이런 무공이 있다고."

그 말에 팽 장로는 입을 뚝 다물었다. 그에게 모든 것을 털어놓았다고 얘기했던 과거가 떠올랐기 때문이다.

"우리에겐 오호단문도가 있으니까."

팽인호가 침묵을 비집고 그제야 입을 열었다.

"뭐?"

"하북팽가를 하북제일가로 만든 오호단문도. 실전되었던 비기만 아니라면 원래 오호단문도는 천하제일의 도법이니까!"

팽인호는 비통함과 자부심을 동시에 담아 외쳤다. 그 말을 들은 팽오운은.

"크흐흐. 크크큭."

비웃었다.

"……."

"으하하! 크하하하하! 카하하하하! 흐하하하하하하!"

장내가 떠나갈 듯한 비웃음. 듣고 있는 사람들이 인상을 찡그릴 만큼 거북할 정도로 웃어댔다.

그리고 어느 순간.

"팽인호."

뚝 웃음을 그치고는 그를 내리깔듯 바라보며 말했다.

"오호단문도는 쓰레기야."

"……!"

흠칫 몸을 떨어대는 팽인호. 그를 향해 팽오운이 도를 슬쩍 들었다.

"실전된 비기. 그게 있건 없건 상관없다. 이걸 잘 보거라."

칼날이 향한 곳은 북쪽. 장씨세가가 나름 방비를 위해 쌓은 성벽이 있는 곳이었다.

패애애액.

팽오운의 도신(刀身)의 끝에서 한순간에 거대한 기운이 뿜어져 나갔다.

콰아아아아앙!

이후, 요란한 굉음과 함께 북문의 외벽이 한순간에 폭발하며 무너졌다.

"으아아……."

"허어……."

팽가, 장씨세가, 해남파 가릴 것 없이 모든 사람들에게서 신음이 흘러나왔다.

두꺼운 벽을 한순간에 뚫어버릴 정도의 기운.

파괴력도 파괴력이지만 그 범위는 상상을 초월했다.

한 번에 수십 명이 지나갈 정도의 좌우 폭에 일반 건물의 삼 층 높이가 한순간에 뚫려 나간 것이다.

이건 인간의 힘이 아니다. 그 광경을 지켜본 무사 대부분의 생각이었다.

"보고 있느냐?"

팽오운은 집어 든 도를 슬쩍 내리고는 말을 이었다.

"이 힘의 위력이 어떤 건지. 그리고 이런 힘을 얼마나 쉽게 쓸 수 있는 건지."

"본 가의 오호단문도 역시 그에 못지않다! 찬란한 역사의 무 공은 어떤 적과 싸워서도……."

"꿈 깨, 팽인호! 이 늙은이야! 대체 언제까지 과거의 꿈만 꿀 생각이냐!"

팽인호의 말에 팽오운이 버럭 소리를 질렀다.

상기된 얼굴로 변한 팽 장로를 향해 그는 또박또박 말을 이 었다.

"오호단문도? 그게 그렇게 대단한 무공 같나? 그럴 수 있다 치지! 하지만 나는 비전도, 해석도 소실된 반쪽짜리에 사십 년 이나 허비했다. 그 결과가 어땠지? 도기를! 고작 도기를 열 번 이상 생성해 내는 것도 힘겨웠다! 그런데 지금의 나는! 이 성벽 을 뚫어낸단 말이다! 단 한 수에!"

"……."

"이제 알겠나……. 마공이든 뭐든 어떤가. 고작 이 년 익힌 심법으로, 명가에서 수십 년 익힌 정통 무예보다 더욱 강한 무학이 있다. 앞으로 다시 이 년이 지나면 어떨까? 오 년 뒤에는? 십년 뒤에는? 상상도 되지 않아."

"팽오운……."

"함께 가자, 팽인호."

팽오운이 도를 땅에 내리찍고는 두 팔을 벌렸다.

"구대문파? 오대세가? 필요할 때는 손 내밀다가 가치가 없어지면 사정없이 안면 바꾸는 맹(盟) 따위! 아무것도 아니다. 우리가 바꿔보자. 우리가 진정한 힘을 얻는다면 그따위 것들 다 찢어발길 수 있다! 나와 함께 가자!"

어느 순간부터, 팽오운은 더 이상 가문의 장로에게 존대를 하지 않았다.

스으으으.

뚫린 성벽에서 바람이 강하게 쏟아져 나왔다.

그 바람을 맞던 팽인호는 파괴된 성벽과 물러선 팽가 무사, 자신을 향해 웃음 짓던 팽오운을 차례대로 바라보았다.

"함께라……."

고민하듯 눈을 감아 보이는 팽인호. 그런 그가 천천히 눈을 뜨며 말했다.

"오운아, 우린 무가를 대표하는 명가다."

꿈틀.

눈썹이 역팔자로 휘어지는 팽오운. 그를 향해 팽인호는 담담히 말을 이어나갔다.

"수단과 방법을 가리지 않는 와중에도 반드시 잊지 말아야 할 것이 있다. 바로 우리가 명가라는 사실이다."

"……."

"무가를 대표하는 팽가! 그 팽가가 자신들의 무공을 부정한다면 그땐 명가임을 부정하는 것이다! 우리가 가진 무공을 부정하고 강호의 최고가 된들 거기에 대체 무슨 의미가 있단 말이냐!"

"그거야 폭굉을 사용하는 것도 매한가지 아닌가?"

"뭐?"

놀라는 팽인호를 향해 팽오운이 주위를 힐끗하며 입술을 비죽거렸다.

"정말 그렇게나 당당해지고 싶었다면 순수하게 무공만 쌓았어야 할 것 아닌가. 외물, 그것도 위험하기 짝이 없는 병기를 정체도 모르는 자들에게 얻어서 쓴다는 게 이미 알고 있다는 거 아닌가? 팽가의 무공만으론 부족하다고."

"……."

"그리고 뭐, 그게 정말 걸린다면 본 사람들을 모두 다 죽이면 되지. 이제껏 그래 왔던 것처럼?"

"이, 이놈이 내가 그리 말하는데도……. 읍!"

투욱.

팽인호가 말하는 도중 갑자기 바닥에 뭔가 떨어졌다. 바로 그의 팔이었다.

"크아악!"

팽인호가 비명을 지르며 무릎을 꿇었다. 팽오운은 가문의 장로이자 윗사람인 그의 팔을 사정없이 잘라 버린 것이다.

"따르지 않을 거면 나서지 마라. 그땐 정말로 죽여 버릴 테니."

저벅저벅.

팽오운이 앞으로 걸어가자 적이고 아군이고 모두 물러섰다. 자기 가문의 수장조차 언제든지 죽일 수 있는 그의 포악함에 다들 극도의 긴장이 서린 것이다.

"괜찮으십니까……."

"장로님!"

그사이 팽인호를 향해 팽가 무사들이 하나같이 다가와 그의 상태를 살폈다.

팽인호는 입을 다문 채 그들의 손길에 이끌려 안전한 곳으로 대피했다. 그렇게 무거운 분위기가 팽배해지는 그때였다.

"이거 이거, 눈에 망령이 들었나. 뒈진 놈이 다시 살아오다니."

팽오운의 앞을 당당히 막아서는 자가 있었다. 진일강이었다.

"허 참… 어떻게 살아났나 싶었는데 마기라니? 이번엔 확실히 목을 끊어줘야겠군."

어깨를 빙빙 돌리며 말하는 진일강.

팽오운은 그런 그를 지그시 응시하며 말했다.

"나를 죽인다고? 네가?"

"하! 죽었다가 살아와도 멍청한 건 여전한가 보군. 기억 안 나나? 이게?"

지이이잉.

실없이 웃는 팽오운을 보며 진일강은 재빨리 단월도의 기운

을 생성해 냈다. 그 기운은 점차 부풀어 오르며 어느새 광망으
로 물들고 있었다.

'한 번의 승부라⋯⋯.'

여유만만한 태세와 달리 진일강은 긴장을 극으로 끌어올렸
다. 강기가 아니면 이자를 쓰러뜨리기 힘들다. 그리고 지금의
체력으로는 다시 모으기가 불가능했다.

따라서 한 번의 기회밖에 없다는 것.

"흥!"

이전에 제 몸을 갈라 버린 패도적인 기운을 보면서도 팽오운
은 입꼬리를 올렸다. 그리고 자신의 도를 슬쩍 들어 마기를 주
입했다.

기이이이잉—!

철사가 쇠에 갈리는 듯한 기괴한 소리.

도 끝에 퍼지는 검고 짙은 마공에 지켜보던 무사들의 얼굴
이 일그러졌다. 보고만 있어도 섬뜩한 느낌에 털이 올올이 선
것이다.

"시작할까?"

다다다닥.

말을 내뱉고 움직인 쪽은 팽오운이었다. 철사처럼 날카로운
기운이, 진일강이 반응하기도 전에 쏘아졌다.

쩌어엉!

기운이 바닥을 채찍질하듯 때리고 지나갔을 즈음엔 진일강
의 신형이 허상으로 변했다.

패애애액!

팽오운의 마공이 연거푸 좌우, 가로 방향으로 동시에 쏘아졌다.

"흡!"

다가오던 진일강은 재빨리 뒤로 물러났다. 틈이 쉽게 보이지 않았다.

원래 무인이 기를 뿜어내는 데에는 위력과 방식이 한정되어 있는데 상대는 그런 제약이 없는 듯했다.

마기를 연거푸, 그리고 광범위하게 쏘아대는데도 팽오운의 기세가 줄기는커녕 더욱 강맹해지고 있었던 것이다.

'빗나가면 안 된다. 실패하면 끝이다!'

반면, 팽오운과 달리 자신은 아마 처음이자 마지막 공격이 될 터였다. 허투루 썼다간 그 뒤를 감당할 자신이 없었다.

자신이 무너진다면 그다음은 뻔했다. 몰살이다.

그랬기에 그는 위험을 감수하고 팽오운을 일 장까지 끌어들여서 강기를 발출할 생각이었다.

'조금 더 가까이 와라.'

쩌어엉! 쩌어엉!

줄기처럼 가늘게 쏘아오고 때로는 거대한 범위를 쓸어버리며 날아오는 마기.

주즈즉. 파슥파슥!

기운의 여파가 스쳐 지나가자 진일강의 옷이 줄기줄기 찢겨나갔다.

즈르르륵.

찢어진 옷 위로 드러난 피부는 불에 탄 것처럼 거무죽죽하게 색이 변하고 있었다.

'조금 더.'

타닥!

거리를 늘렸다 줄였다 하며 상대와의 공세를 조절하는 진일강.

해남파 독문 보법인 비천풍(飛天風)을 극성으로 끌어올리며 모든 신경을 집중시켰다.

'기회.'

일 장 안까지 좁혀 들며 팽오운이 마기를 뿜어내는 순간, 찰나를 잡은 진일강이 즉각 도강을 분출했다.

콰아앙!

두 기운의 충돌은 곧바로 균열을 일으켰다.

폭발과 함께 강한 압력이 광풍을 생성해 내며 주위에 있던 사람들을 밀어내 버린 것이다.

"크악!"

"와아악!"

상대적으로 내공이 부족한 무사는 밀려 나갔고, 강한 폭음에 귀를 막는 자도 있었다.

그 와중에도 사람들은 전장의 한 중심으로 집중하고 있었다.

"헉!"

그리고 광풍이 가지고 온 결과에 다들 경악했다. 진일강이 삼 장이나 뒤로 튕겨 날아간 것이다.

"커억. 커억."

들고 있던 도를 놓친 채 바닥을 나뒹군 진일강.

그는 두 손에 묻은 피를 보며 믿기지 않는 듯 흐느꼈다.

"이럴 수가… 어떻게……."

분명 강기는 마기를 뚫었다. 이전처럼 채 베지 못한 기운은 온몸으로 받아낼 생각을 하고 있었다. 한데 마기를 뚫고 날아간 그곳엔 팽오운이 없었던 것이다.

"피한 건가?"

"이제 알았나?"

팽오운은 조금 떨어진 곳에 서서 말을 받았다.

"허어… 마기라는 것이… 단순히 내공뿐만 아니라 육체적인 능력까지 향상시키다니. 크큭. 나이를 헛먹었군. 그 간단한 걸 생각 못 했다니."

진일강은 혈도를 두드려 급히 피를 멎게 한 후 자리에서 일어섰다.

풀썩!

하지만 제대로 서 있지 못하고 다시 주저앉았다. 상처 부위 때문이 아니었다.

"젠장……."

마기에 당하면 피부가 썩어 들어간다. 급히 지혈하여 응급처치를 했다고 해도 상처가 쉽게 아물지 않는다.

더구나 이번엔 무릎 쪽에도 맞았기에 단순한 지혈로는 서 있기 힘들었다.

"크크크큭. 그래, 이거지. 이 때문이다."

무력하게 무릎 꿇은 진일강.

그의 무기력한 모습과 겁에 질려 있는 무사들.

팽오운은 즐거웠다. 본가의 사람들도 껴 있었지만 그는 개의치 않았다.

오히려 자신의 존재에 대한 두려움을 느끼는 것에 희열을 느끼고 있었다.

진정한 강자존.

자신이 꿈꿔왔던 세상이다.

"참 바보 같지 않나. 이런 대단한 무공을 몰라보고 그깟 오호단문도에 평생을 바치다니. 가문의 명예고, 전통이고, 그 뭐든간에… 힘을 넘어설 수는 없다."

그래서 화가 났다. 한평생 수련했던 것이 헛된 짓이었다는 생각에……. 그 아까운 시간이 너무나 분했다.

"오호단문도를 그 더러운 입에 담지 마라."

"……?"

쓰러지고 겁먹은 기색의 사내들 사이로 들려온 목소리였다. 누군가 천천히 걸어오고 있었다.

"너……."

팽오운의 눈썹이 꿈틀댔다.

처음 만났을 때부터 인상이 마음에 들지 않았던.

그랬기에 장씨세가에 도착하자마자 가장 먼저 살수를 펼쳤던 사내.

"네놈 따위가 평가할 무공이 아니니까."

광휘, 그가 태연한 모습으로 팽오운 앞을 막아선 것이다.

第十三章

과거의 팽진운

"회복한 겁니까? 어떻게?"

광휘의 등장에 문자운과 가염이 나한승에게로 다가와 연유를 물었다.

문주 진일강이 나서는 상황에서 자리를 비우기가 어려웠던 그들이다. 그런 와중에 정통으로 일격을 맞은 광휘가 다시 나섰다. 반갑기는 하지만 조금 우려스럽기도 했다.

"잘 모르겠습니다."

나한승 중 방천이 대표로 나서서 말했다.

"잘 모르다니요? 신승께서 의술을 펼치신 게 아닙니까."

문자운의 말에 방천이 고개를 저었다.

"소승들은 손도 대지 않았습니다."

"예? 분명 마기를 정면으로 맞지 않았습니까."

"그랬지요."

"한데 어떻게……. 허허허."

문자운이 이해되지 않는 표정으로 빤히 바라보자 방천은 조용히 시선을 내리깔았다. 그러다 천천히 하늘을 향해 고개를 올리더니 혼잣말하듯 조용히 읊조렸다.

"아마도 그 때문인지도 모르겠습니다."

"그 때문이라니요?"

방천이 문자운 쪽으로 고개를 돌리고는 말을 이었다.

"지난번에 얼핏 들은 적이 있습니다. 광 호위는 굉장한 무위를 지녔다고. 그런데 그 무위를 스스로 버렸다고."

"그렇습니까?"

"듣기로는요. 그런데 참 이상하지 않습니까? 천중단에서 은자림을 상대한, 지금의 팽오운 같은 적들을 수도 없이 상대했던 저분이 왜 무공이라는 강력한 수단을 스스로 포기했을까요?"

"그거야……."

문자운은 말끝을 흐렸다. 사실 그도 광휘에 대해 아는 건 많지 않았다. 그저 광휘가 천중단의 살수 암살단 출신이란 것도 승룡이, 그러니까 묵객의 말을 듣고 조금 추정한 것에 지나지 않았다.

"마기는 변질된 기(氣)입니다. 사람의 의지를 거스르고 그 몸까지 부패시키는, 사람이 익히면 반드시 비참한 결말을 만드는 기운이지요. 한데 무림인이라면 누구나 가지고 있는 내공도 결국은 같은 기(氣)입니다."

"대사, 그 말은……."

문자운이 설마 설마 하는 표정으로 그를 바라보았다.

"예."

방천이 고개를 끄덕였다.

"광 호위는 내공을 버렸지만, 그렇다고 아예 내기가 없지는 않습니다. 만약 그것이 통제할 수 있는 내공, 즉 사람의 의지에 완벽히 합일하는 순수한 내공만을 가지고 있다면… 그리고 그 것을 목적으로 내공을 버린 것이라면……."

방천은 문자운을 향해 고개를 돌리며 말을 이었다.

"광 호위의 내공은 비록 적어도, 마기에 대해 피해를 받지 않 는 강한 저항을 지니고 있을 거라는 생각이 듭니다."

"……!"

*   *   *

"허? 이놈? 이놈이?"

팽오운은 몇 번을 봐도 이해할 수 없었다.

장씨세가 호위무사는 분명 마기가 담긴 일격을 정통으로 맞 았었다. 설령 막았다고 해도, 공세의 일부를 걷어냈다고 해도 어느 정도 피해가 있어야 했다. 적어도 움직이는 것 정도는 불 편해야 했다.

하지만 광휘의 모습을 보건대 도저히 일격을 당한 사람으로 보기 힘들었다.

"기가 차군."

그렇지만 팽오운은 그런 행동들을 무시해 버렸다. 아마도 어설프게 피해냈던 모양인데, 한 번이면 몰라도 우연이 두 번 일어날 가능성은 없다. 여기서 죽여 버리면 다 끝나는 일이다.

"오호단문도에 대해서 아무것도 모르는 놈이……."

기이이이익.

팽오운의 도 끝에서 검은 기운이 오 척이나 치솟았다. 진일강에게 쏘았던 기운보다 한층 더 길어진 것이다.

"주둥이를 놀리다니."

파팟.

말이 채 끝나기 전에 검은 기운이 맹렬한 속도로 광휘를 향해 쏟아졌다.

스윽.

그의 공격에 대비한 광휘의 반응은 좌(左)로 한 보, 딱 한 보(步)였다.

콰아아아앙!

불기둥이 바닥을 가로지르듯 직선으로 퍼지며 불꽃이 튀었다.

그리고 그것이 걷힐 때쯤 팽오운이 나타나 도를 휘두르고 있었다. 가까스로 피해낸 광휘를 향해 연속 공격을 퍼부은 것이다.

"뭐 하나?"

한데 광휘는 그곳에 없었다. 놀랍게도 이미 등 뒤로 와 말을 걸고 있었다.

"하압!"

돌아서며 팽오운의 휘두르기 일 초.

쾅!

다시 제자리로 돌아와 베기 이 초.

쾅!

옆으로 돌며.

쾅!

다시 왼쪽으로.

쾅!

다시 오른쪽.

콰카카카카캉!

하나하나가 도기(刀氣)를 머금은 공격이었다. 거기다 마지막은 멀찍이 떨어진 해남파 무사들이 닿을 만큼 전방위로 도기를 뿌려댔다.

"하아, 하아."

숨을 몰아쉰 팽오운은 이내 만족스러운 듯 입꼬리를 올렸다. 그런 그를 향해 들리는 한마디.

"뭐 하냐고 묻잖아."

광휘는 여전히 등 뒤에 있었다.

"이 새끼가!"

팽오운은 괴성을 지르며 도를 휘둘렀다. 도기는 없었다. 기를 뿜어낼 때의 동작이 커지는 것을 생각해 순수 도법을 펼치는 것이 더 낫다고 판단한 것이다.

슈슈슉!

왼쪽 어깨에서 오른쪽 어깨를 공격하는 상단 베기, 도신으로 낭심과 하체를 공격하는 하단 베기, 낭심에서 허리, 어깻죽지로 올라가는 변초, 가슴과 다리 허벅지로 이어지는 살초.

열두 번의 도법이 눈 깜짝할 사이에 이루어지는 사이, 광휘의 동작은 단순했다.

왼쪽 두 보, 오른쪽 세 보, 앞뒤로 한 보와 반 보, 그리고 크게 세 보.

너무나 손쉽게 팽오운의 모든 공격을 간발의 차로 피해내고 있었다.

"이건 뭐······."

"대체······."

문자운과 가염이 경악했다. 묵객과 나한승은 물론 지켜보던 무인들 역시 마찬가지였다.

빠르다.

그런데 또 그게 빠르지가 않다. 팽오운의 공격이 육안으로 잡기 힘들 정도니 당연히 상대도 빨라야 하는데 광휘의 움직임은 눈에 선명히 보인다. 그것이 그들로서는 이해하기 힘든 일이었다.

한편, 지켜보던 문자운은 광휘의 복장을 살피다 눈이 커졌다. 조금 전, 마기를 뿌린 팽오운의 공격을 간발의 차로 피한 탓인지 옷의 일부분이 찢어져 나가 있었다.

'아, 정말이다!'

유심히 살펴본 그의 눈에, 꺼멓게 변한 옷감과는 달리 붉은 기운만 도는 광휘의 피부가 보였다. 나한승의 말대로 마공이란 특성에 전혀 영향을 받지 않고 있다는 것을 증명했다.

"말도 안 돼……. 대체 어찌 저런 움직임을……."

묵객이 쩌억 입을 벌린 채로 어이없다는 듯 말하자 누군가 그의 등 뒤로 다가왔다.

"저게 바로 도법의 진체(眞體)를 꿰뚫은 무인의 모습인 게다."

진일강이었다. 한쪽으로 물러서 있던 그가 다가온 것이다.

"단순히 보고 반응하는 게 아니다. 상대의 눈짓, 어깨 높이, 병기의 위치, 보폭의 거리, 무릎의 굽힘 정도까지 모두 계산하고 움직이고 있는 거야."

듣고 있던 나한승, 문자운과 가염이 동시에 그를 바라봤다.

"그게 말이 됩니까? 그걸 보고 판단하다니요. 아니, 설령 그렇다고 하더라도 그 짧은 순간에 그럴 시간이 있습니까?"

묵객은 이해하고 싶지 않을 정도의 충격을 받았다.

상대의 공격을 예상하는 것도 어느 정도가 있다. 또 생각하는 것과 반응하는 것에도 엄연히 시간이라는 것이 있다.

하지만 지금은 다르다. 이건 거의 상대방을 조종하는 것처럼 느껴질 정도의 상황이 아닌가.

"직관력이지."

지켜보던 사람들의 눈이 커졌다. 진일강은 그런 표정을 예상한다는 고개를 끄덕이며 말했다.

"목숨을 건 수십 수백의 임무, 극한의 체력과 고통, 한계, 그 이상을 넘어서면 얻게 되는 직관력이다."

툭툭.

진일강은 묵객의 어깨를 두드리며 말했다.

"승룡아, 지금은 배우는 데 집중하거라."

"사부……."

"나중에 천천히 설명해 주마. 천중단이 어떤 곳이었는지, 그곳에서 살아남은 자들이……."

진일강은 광휘에게 눈을 돌리며 나직이 말했다.

"얼마나 대단한 인물인지를."

*　　　*　　　*

"이놈! 이노오오옴!"

한편, 팽오운은 거의 미칠 지경이었다.

얼마나 빠르게 피하는지 어느 순간, 그런 공격을 할라치면 이미 그 자리에 없다는 느낌마저 받고 있었다. 마기의 힘을 이용해 신체의 능력을 끌어올려 더 빨리 움직여 봤지만 달라지는 게 없었다. 나름 방법을 생각해 공격을 펼쳤지만 어떤 것도 통하지가 않았다.

멈칫.

결국엔 팽오운이 잠시 공격을 멈췄다. 그러자 광휘도 같이 제자리에 선 채 그를 바라봤다.

"대충 알겠어."

팽오운이 눈을 가늘게 뜨며 말을 이었다.

"네놈이 공격하지 않는 건 동작이 커지기 때문이지. 이전처럼 또 당할까 봐서가 아니냐?"

"……."

"부정하지 못하지? 하긴 그래. 이렇게 쥐새끼처럼 피해 다니는 게 네가 목숨을 부지할 수 있는 유일한 방법이지."

우두커니 서 있던 광휘는 잠시 고개를 숙였다. 검집에 굳게 갇힌 괴구검을 바라보며 고개를 끄덕였다.

"하긴 보여줄 때가 되긴 했지."

광휘가 검 자루를 잡자 팽오운의 눈이 날카로워졌다.

도발을 날린 보람이 있었다. 노리고 있던 기회가 온 것이다. 자신의 마기를 맞받기만 한다면 그 어떤 기운이라도 꺾어 누를 자신이 있었다.

철컥.

광휘가 검집에서 칼을 반쯤 뽑는 순간 짧게 말했다.

"왕자사도(王字四刀)."

"뭐?"

팽오운은 반사적으로 눈을 치켜떴다.

왕자사도는 오호단문도의 삼십이초식, 중정의 시연회 때 자신이 펼친 무공이었기 때문이다.

＊　　＊　　＊

스칵!

광휘의 검이 팽오운의 좌측 어깨로 향하자마자 그는 재빨리 방어하며 뒤로 물러났다.

따라붙은 광휘가 또다시 어깨를 향해 휘둘렀고 반사적으로 검을 치려던 팽오운의 도를 피해 또다시 좌측으로 몸을 움직여 검을 휘둘렀다.

캉!

재빠르게 대처한 팽오운의 도신과 검신이 맞부딪칠 때였다.

그그극.

도신을 따라 물 흐르듯 내려가는 광휘의 검을 본 팽오운이 밀어내려고 도를 앞으로 주욱 뻗었다.

순간.

파팟.

한 발짝 도약한 광휘가 두 손을 잡고 수직으로 내리긋자.

촤아악!

어깻죽지부터 무릎까지 꽤 깊은 상처를 내고는 검이 멎었다.

"크윽!"

팽오운이 뒤로 물러서며 인상을 썼다. 하지만 그는 여유가 없었다. 어느새 바짝 붙은 광휘가 오호단문도의 최상승 초식.

"뇌경쌍로(雷驚雙路)."

삼십육초식을 부른 것이다.

쇄애액!

일순, 팽오운은 마기를 끌어올리며 대응했다. 이전과 달리 뇌경쌍로라는 초식을 염두에 둔 방어였다.

뇌경쌍로는 가슴까지 도를 내리는 동작으로 우선 방비를 한 뒤, 허점을 찾아 좌우로 펼치는 초식이다. 그러니 방비를 하는 그 순간이 기회라고 여긴 것이다.

쉬이익!

그 순간 놀라운 일이 일어났다.

팽오운이 도를 휘두르는 순간 거의 같은 속도로 움직인 광휘가.

깡!

검은색 마기가 채 퍼지기 전 괴구검으로 상대의 도에 맞닿게 한 후.

콱! 콱!

좌우로 휘두르며 팽오운의 기운을 그대로 돌려 버린 것이다.

"으악!"

양어깨 밑에 구멍이 뚫린 팽오운은 삼 장이나 부웅 떠 날아가 바닥을 나뒹굴었다.

"아아……."

지켜보던 팽인호가 신음을 흘렸다.

떨어진 거리도 있고 상대가 너무 빨라 세세하게 보지 못했지만 전체적인 움직임은 오호단문도의 초식임이 확실했다.

"하지만 방식이……."

놀라움과 함께 의아함도 같이 교차했다.

왕자사도는 허점을 만들어서 이를 집요하게 노리는 생즉필사(生卽必死) 초식이다. 상대를 숨도 못 쉬게 제압하는 것이 도법의 요체였는데 그는 허점을 이용해 초식을 펼쳤다. 초식을 해석하는 방향이 완전히 달랐던 것이다. 또한 다음에 펼친 초식도 그랬다.

오호단문도의 뇌경쌍로.

처음은 방어에 집중한 후 양쪽을 재빠르게 공격하는, 이를테면 전광석화(電光石火)의 초식이다.

한데 그는 전혀 다른 동작을 보였다. 오히려 상대의 힘을 역이용해 격파를 했던 것이다. 기(氣)를 맨검으로 되돌리는 사량발천근도 가능할 법한가 싶은 일인데 하물며 그 초식이 하북팽가의 뇌경쌍로라는 것이 더욱 충격적이었다.

쓰러진 팽오운은 한동안 꿈쩍도 하지 않았다. 분명 죽은 것은 아니었음에도 일어나지 않고 있었다.

주위에 침묵이 물들고, 한참이 지났을 때쯤.

"그르르르."

울음소리가 들리며 팽오운이 꿈틀거렸다. 그리고 일어난 그는 얼굴이 완전히 괴물처럼 일그러져 있었다.

"나를 속였군."

음성도 기괴하게 변해 있었다. 듣는 이로 하여금 섬뜩할 정도로, 그는 이미 거의 인간이 아니었다.

"초식은 오호단문도를 따라 했지만 그건 오호단문도가 아냐! 오호단문도에는 그런 위력이 없다!"

"네 말대로 이건 오호단문도가 아니지."

광휘는 고개를 끄덕였다. 그러고는 멀찍이 떨어진 팽인호를 흘낏 쳐다본 후 목소리를 낮춰 나직하게 말을 이었다.

"팽진운(彭眞運)의 오호단문도는 지금 내가 쓰는 것보다 몇 배는 더 강했으니까."

＊　　＊　　＊

"들었어? 방금 팽진운이라고 했지?"

"호면대도(虎面大刀) 팽진운 대형을 말하는 건가?"

"가주의 친형 존함을 왜 저자가……."

물러서 있던 팽가 무사들이 웅성대기 시작했다.

십수 년이 지났음에도 그 이름을 기억하지 못하는 자들은 없었다. 과거 팽가를 대표했던, 뜻하지 않은 죽음으로 더욱 뇌리에 남은 일 공자의 존함이었기 때문이다.

"팽가제일도(彭家第一刀)……."

그중 팽인호의 반응은 더욱 격렬했다. 그에게 팽진운이란 이름은 이 자리의 어느 누구보다 더 특별했기 때문이다.

＊　　＊　　＊

십여 년 전 어느 겨울.

"정말 무림맹에 가시는 겁니까?"

맹의 부름을 받고 나서는 그를 대문까지 따라나선 적이 있었다.

"그렇게 되었소."

팽진운은 언제나 그렇듯 밝은 얼굴로 자신을 맞이해 주었다.

"혹 한번 다시 생각해 보실 수 있겠습니까? 이 늙은이가 걱정이 돼서 말입니다. 들리는 소문으로는 보통 심각한 임무가 아니라고……."

그래서 더 막고 싶었다. 이번 맹에서 추진하는 일들이 너무 위험한 일이었기에, 누구보다 더 막고 있었다.

"그러니 나라도 한 손 더 거들어야 하지 않겠소."

하지만 생각처럼 쉽지 않았다. 그는 그런 인물이었다. 성정이 올곧고 우직하여 위험한 일이라면 언제든 달려가는 협(俠)을 아는 인물이었다.

"하나 공자……."

그래서 더 말리고 싶었다.

높은 직위에 있는 사람들뿐만 아니라 아랫사람들 마음까지도 헤아리는 사내. 자신이 유일하게 마음을 털어놓을 수 있는 사람이었기 때문이다.

만약 '그 말'만 하지 않았다면 어떤 방법을 써서라도 그를 가지 못하게 막았을 것이다.

"팽설옹 공자께서도 가신다고 들었습니다. 그런 마당에 굳이 진운 공자까지 가시는 건 좋지 못한 판단인 것 같습니다. 만에 하나 두 분께서 모두 변을 당하시기라도 하면 우리 팽가는……."

"구 장로."

최근 공식적으로 승계를 했다지만 아직 방계의 신분 때문에 누구도 불러주지 않는 직위였다.

교각 회의에서도 인정하지 않는 장로란 직위. 한데 그 직위를 곧 가주가 될 인물인 팽진운, 그가 처음으로 거론했다.

"구 장로가 얼마나 신중하고 신실한 사람인지 나는 알고 있소. 그렇기에 무엇을 걱정하는지도 잘 아오."

"공자⋯⋯."

"해서 말인데, 나와 약속 하나 해주시오."

그는 다정하게 자신을 부르며 자신의 어깨에 손을 올렸다.

"가문 내의 누가 뭐라 하든."

그리고 누구보다 진실하게 걱정해 주었다.

"그대가 이 팽진운이 인정한 명가(名家)의 후손임을 잊지 말겠다고 말이오."

＊　　　＊　　　＊

그가 죽었을 때의 아픔은 식솔을 잃은 것보다 몇 배는 더 했다.

팽인호에게 그는 그런 존재였다. 한데 광휘의 입에서 팽진운의 이름이 불렸다. 그것도 누구보다 뛰어난 무위를 가졌다고.

천중단 단장이었던 자가 자신보다 뛰어났다고 말했다. 말 못할 감정이 가슴 저 아래에서부터 메어왔다.

"이놈이 실성을 했나⋯⋯."

혼란, 당혹감으로 물든 팽가와 달리 팽오운은 분노했다.

그에겐 이미 오래전에 뒈져 버린 팽가의 무인이었다. 그런 그의 무위를 자신과 비교하는 건 그간 쌓아온 수십 년의 노력을 부정하는 것과 다름없었다. 곧 그는 극도의 분노로 변하고 있었다.

"몇 번 좀 성공하더니 아주 신이 났구나!"

콰아아앙!

급히 일어난 팽오운이 땅을 내리찍자 엄청난 파동이 일어났다. 땅이 흔들리는 건 물론이고 십 장 이상으로 멀어져 있던 주위 무사들까지 더욱 뒤로 물러나게 만들었다.

"그래, 알았다. 인정하지. 네놈을 보통의 방법으로 죽일 수 없다는 걸."

생명을 꺼뜨리면서까지 증폭시킨 마기의 힘. 슬쩍 집어 든 도의 날 끝에서 불길처럼 이글이글 타오르고 있었다.

"갈 데까지 가는군."

팽오운의 얼굴을 본 광휘가 말했다. 반인반수였던 그의 얼굴에 살점이 모두 다 떨어져 나가고 오로지 눈동자만 남아 있었다. 보고만 있어도 혐오감을 갖게 하는 인상이었다.

"크크크크. 이제부터는 오호단문도 따위로 날 이길 수 없다."

팽오운은 목숨을 걸었다. 마기 자체가 조금 전보다 더 강맹한 것만 봐도 확실히 알 수 있었다.

"아쉽게도 이번엔 오호단문도가 아냐."

철컥.

광휘가 검을 검집에 도로 집어넣으며 말했다.

"그럼 뭐지?"

곧 싸울 상황에서 검을 집어넣는 그의 기이한 행동.

그 모습에 팽오운이 냉소적인 웃음을 띠며 말했다.

"단류십오검."

광휘는 어느 위치에서 움직이건 한계 이상의 속도를 끌어올리는 무공, 백중건의 무공을 쓸 생각이었던 것이다.

"칠검(七劍)이지."

＊　　＊　　＊

"단류십오검?"

상황을 유심히 지켜보던 묵객이 의아한 듯 물었다. 그 말에 문자운이 대답했다.

"백중건의 무공이다."

순간 가염의 눈이 부릅떠졌다.

이십 년 전에 활동한 자라 자신도 잠시 잊었다가 불현듯 떠오른 것이다. 하지만 묵객은 여전히 모르는 눈치였다.

"승룡이 네가 모르는 게 당연해. 이십 년 전에 활동한 자지. 그 시대 십대고수의 무공이다."

"하면 사부님과 같은……."

"아니, 나와는 다른 자다."

진일강은 담담한 얼굴로 대답했다.

"그 시절과 지금은 다르니까. 그리고 말이 십대고수지, 천하제일검이라는 평가까지도 나왔던 자니까."

"아!"

묵객은 신음을 흘렸다. 사부조차 인정하는 천하제일검. 그에 가까운 고수라니. 대체 얼마나 강했던 것일까.

"한데 그의 무공을 형장이 어찌… 아니, 광 호위께서……."

"그럴 만한 이유가 있지."

얼떨떨하게 존칭을 쓴 묵객에게 진일강은 입꼬리를 올리며 말했다.

"사실 그가 어떤 무공을 익히고 있다고 해도 이상한 일이 아냐."

그때였다.

지이이이잉.

마공의 기류가 점차 퍼지며 멀리 떨어진 그들에게도 덮치려는 기미가 보였다.

"조심해야 할 듯합니다."

방천은 주위를 둘러보며 말했다.

"이 정도 기운을 뿜어내는 거 보면 팽오운은 죽음을 각오한 것 같습니다. 만에 하나 광 호위가 막지 못하면……."

"그럴 리 없네."

진일강은 방천의 말을 잘랐다. 그리고 여유롭게 팔짱을 끼며 말을 이었다.

"그는 전문가야. 내 단언할 테니 지켜보세."

*　　　*　　　*

지이이이잉.

팽오운은 한계 이상으로 마기를 끌어올리고 있었다. 그가 쥐고 있는 도(刀)뿐만 아니라 전신에서 마기가 뿜어져 나오고 있었다.

불꽃처럼 이글거리며, 줄기처럼 뻗어가는 괴이한 기운.

이제 그 기세는 일 장 이상으로 퍼져 나갔다.

반면, 광휘의 모습은 초라하기 그지없었다.

무릎 한쪽을 살짝 굽힌 자세, 검 자루를 잡은 왼손, 평소보다 조금 내린 시선이 팽오운의 공격에 발맞춘 대비의 전부였다.

쉬이이익.

한순간 침묵이 일 때쯤 팽오운의 마기가 일 장 밖으로까지 쭈욱, 퍼져 나갔다.

스팟.

그리고 그때쯤 광휘가 질풍처럼 달려 나갔고.

카아앙!

광휘의 검과 팽오운의 도가 맞닿는 순간부터 팽오운의 시간은 거짓말처럼 멎어버렸다.

슥.

어깨를 베였다.

슥.

허리를 베였고.

슥.

오른팔에 깊은 칼자국이 새겨질 때쯤에야 겨우 시간이 돌아왔다.

"하압!"

팽오운은 광휘를 찾았지만 이번엔 휘두르지 못했다.

퍼억!

등 뒤에서 공격한 것을 맞고는 엎어질 듯 흔들거렸고.

퍼억!

가슴을 맞고 또다시 뒤로 밀려났으며.

퍼억!

왼쪽 다리를 맞고 자세가 무너지며.

퍼억!

오른쪽 다리를 맞자마자 주저앉아 버렸다.

필사적으로 어떻게든 초식을 펼쳐내는 팽오운의 일 초(一招).

캉!

광휘의 검과 부딪치자마자.

푹!

그의 등 어느 부분에 구멍이 생겼고.

이를 악물며 잔상처럼 사라지는 적을 향해 도를 휘두르는 팽오운의 이 초(二招).

캉!

이번에도 막히자마자.

푹!

무릎 어딘가 구멍이 뚫렸다.

"크아아아아!"

팽오운은 미친 듯이 저항했다. 몸에 구멍이 뚫리면서도 마기가 어디로 움직이는지, 자신의 도가 어디로 움직이는지 모를 만큼 정신없이 도를 휘둘렀다. 하지만 상대에게 위협은커녕 아무런 피해를 주지 못했다.

급기야 종국에는.

카아앙!

상대의 검에 공격이 막히는 순간.

패애애액!

예(乂) 자 모양이 가슴팍에 새겨지며 검이 지나갔다.

아마 거기서부터였을 것이다. 힘을 잃음과 동시에 팽오운의 기억이 끊어진 것은.

쇄액! 쇄액! 쇄액! 쇄액! 쇄액!

얼마나 찔렀는지도, 얼마나 베고 지나갔는지도 모른다.

팽오운은 그를 향해 어떤 것도 할 수 없었다.

촤악!

그리고 자신의 오른팔이 날아갈 때쯤 팽오운은 죽이겠다는 의욕도, 노여워하던 분노도, 참을 수 없던 자존심도 사라져 버렸다.

쉬이이이.

격렬하던 공방이 끝나고 잠시 정적이 일었다. 하지만 누구도 말을 꺼내는 사람은 없었다.

"뭐가 일어난 거야……."

거의 눈에 보이지도 않는 빠르기와 검격이었다. 팽오운이 왜 저리 있는지 짐작은 갔지만 그걸 제대로 눈에 담은 이는 거의 없었다.

유일하게 진일강만이 피식 웃으며 내심 혀를 내두르는 정도였다.

"허허허……."

피직. 피시식. 후드드득.

그야말로 혈인. 온몸이 피로 물든 팽오운의 입에서 기가 차다는 웃음이 흘러나왔다.

제대로 도를 휘두르지도 못했다. 심지어는 싸우는 도중 정신을 잃어버렸다. 그런 자신의 모습을 그제야 자각한 것이다.

"이게 무슨 무공이라고?"

그 때문일까? 오히려 목소리는 차분했다. 압도적인 무위에, 그는 인정을 한 것이다.

"단류십오검."

그 말에 그의 눈썹이 파르르 떨었다. 그제야 들은 기억이 난 그였다. 과거 중원을 떠들썩하게 했던 백중건, 십대고수의 이름이.

"완벽히 패했군."

팽오운은 팽가 쪽을 돌아보며 말했다.

"보거라."

괴인이 된 그는, 팽가 무인들이 어떻게 바라보는지도 무시한 채 크게 소리쳤다.

"이게 진짜 무공이다! 십대고수의 단류십오검 정도는 되어야 무림을 평정할 수 있다!"

그 말에 팽가의 무인들이 얼굴을 일그러뜨렸다.

그들도 충분히 보았다. 명실공히 팽가의 오호단문도를 대표했던 고수가 장씨세가 무사에게 압도적인 차이로 당하는 모습을.

"그야 당연히……."

팽인호가 뭐라 말을 하려다 멈칫했다.

팽가 무인들의 눈빛이 죽어 있었다. 실의에 빠진 듯 멍한 표정을 짓는 자, 고개를 떨구며 의미를 생각하는 자.

명가라는 자부심은 결국 그들의 근원적인 힘에서 나온다.

지금 팽가 출신으로 어느 누구보다 강대한 힘을 보여주는 팽오운이 이렇게나 무기력하게 무너지는 모습은, 그가 마공에 손을 댔건 어쨌건 팽가 사람들을 치욕스럽고 무력한 비탄에 빠지게 만들었다.

결국 거기서 팽인호는 목에 핏줄을 세웠다.

"말도 안 되는 소리 마라! 오호단문도는 강하다!"

이제 더는 숨길 수 없었다.

"상대가 강한 게야! 저자는 자그마치 천중단의 단장을 지냈던 자! 당연히 네가 이길 수 없는 자였다!"

진실을 숨기는 것보다 더 지켜야 할 것이 있었다.

하북의 팽가, 무가로서의 가장 근본적인 자부심.

"천중단? 단장?"

"어… 거긴 맹주님밖에 살아남은 자가 없었던 곳 아니었나?"

"그럼 그런 자와 우리가 싸워왔던 거야?"

천중단이란 말에 지켜보던 무인들의 얼굴이 또 변했다.

팽인호가 얼굴을 더욱 구기는 중에 팽오운이 쿨럭 피를 내뱉으며 이를 갈았다.

"팽 장로, 현실을 직시해라. 마공을 익힌 지금의 나도 상대할 수 없다. 지금의 팽가는 어떤 짓을 해도 강호에 이름을 내놓을 수도 없는 처지다! 하물며 그깟 오호단문도 따위로!"

"이……."

"착각하지 마라."

그때 둘 사이의 대화에 광휘가 끼어들었다.

"단류십오검의 주인인 백중건은 천중단에서 받은 첫 임무도 버티지 못하고 죽었다."

그러고는 찬찬히 주위를 둘러본 후 팽오운을 향해 입을 열었다.

"하지만 우리와 함께했던 팽진운은 수십 번에 걸친 악랄한 임무를 성공적으로 수행했다."

"어쨌든 결국 그도 죽지 않았느냐!"

팽오운이 악에 받쳐 고함을 질렀다.

"맞아. 그도 죽었다."

광휘는 인정했다. 사실을 부정하지 않았다.

"오호단문도란 걸출한 무공을 익혀도 살아남지 못했지. 나 때문에……."

"뭐?"

철컥.

숨을 몰아쉰 광휘. 천천히 검을 회수하며 고개를 올렸다.

새벽빛이 서서히 물러나는 시각.

그윽한 눈빛으로 변한 광휘가 조용히 읊조렸다.

"그는 동료들을 살리느라 죽었다. 둘 중 하나는 남아야 하는 임무에서 그가 스스로 목숨을 버린 것이다."

第十四章

명가란 자부심

사락. 사락.

여명이 동녘을 밝히고 있었다. 밤을 모두 잡아먹은 아침이 어
둡던 시간의 참상을 고스란히 드러냈다.

휘청.

피와, 온갖 파괴된 잔해 위에서 팽오운이 흐느적거리며 주저
앉았다.

"수십이나 해냈다고? 천하십대고수도 버티지 못한 임무를?"

"그래."

광휘의 대답은 짤막했다. 팽오운은 이제 입을 다물었다.

근 오십에 가깝도록 평생을 도에만 매달려 온 삶은 그럴 리
가 없다고 말한다.

하지만 팽오운은 왠지 맞는 말일 수도 있다고 생각했다. 조금 전 광휘가 한 말에 수긍해서가 아니다.

"…하긴, 그럴 만한 사람이었지."

팽진운.

누대에 걸친 팽가의 역사 중에서도 그는 참으로 특이한 인물이었다. 무릇 팽가의 대공자 중 범상한 이는 없지만, 그는 그중에서도 더욱 대단한 자였다.

"오호단문도, 한번 배워보겠소?"

혈족의 직계인 대공자가 방계의 사람에게 무공을 가르쳐 준다는 건 쉬운 일이 아니다. 그것이 가전무공인 오호단문도라면 더욱 그렇다.

한데 엉뚱하게도 팽진운은 자신에게 가르침을 주고 싶다고, 진짜 인재에게는 그만한 무위가 필요하다는 말을 덧붙였다.

기분이 좋지 않았다면 거짓말이다. 처음 받아보는 호의에 신기하기도 했고 마음 한편으로는 존경심도 생겼다.

"나는 하북의 팽가, 이 이름이 자랑스럽소."

"오운 사제, 그대도 그렇지 않소?"

"……"

너무 오래되었기에 잊고 있었지만 그는 분명히 기억하고 있었다. 그때의, 그 젊은 날의 팽오운 자신의 가슴에는 분명 밝음이 있었다.

스으으으으.

불어오는 바람에 눈길이 절로 돌아갔다. 살점이 모두 떨어져 나간 팽오운의 얼굴에서 눈동자가 미미하게 경련을 일으켰다.

얼굴이 시뻘겋게 달아오른 팽인호.

두려움, 혐오감, 끔찍함, 비참함 등, 온갖 감정을 얼굴에 담은 팽가의 무사들.

그의 혈족들, 형제들이 팽오운의 눈에 담겼다.

"…쿨럭!"

팽오운의 기혈이 역류했다. 독하디독한 백일취(百日醉)로 대취한 머리에 싸늘한 얼음물이 퍼부어진 듯했다.

"내가… 뭘 한 거냐."

이제야 정신이 돌아왔다.

그는 만신창이가 된 몸을 끌다시피 하며 움직였다. 바닥에 떨어진 도(刀)를 잡기 위해서.

부르륵. 부륵.

그런 그의 몸은 기름 부은 불이 타오르듯 지글지글 끓고 있었다. 겉보기에도 끔찍했지만 그의 내부는 훨씬 더 처참했다.

몸에 남아 있던 기운은 온몸의 피부를 갉아먹고 있었다.

마기의 부작용 중 하나. 일시적으로 내공과 기세를 극도로 증폭시키지만 그 후에 반드시 생명이 꺼지며, 죽을 때까지 엄청난 고통이 수반되는 것이다.

"나는… 솔직히 모르겠다."

스윽.

하지만 그 고통이 차라리 달가웠다. 피 칠갑을 한 팽오운이 남은 왼손으로 도집을 집었다.

부드득. 부득.

이제 그의 손은 뼈가 구부러져 뚝뚝 부러져 나갔다. 형용할 수 도 없는 고통 속에서 그는 마지막 기운을 모으며 도를 들었다.

"뭐가 옳은 건지. 너희도 그렇지 않나? 한때는 분명 이게 맞 는 거라고, 추호도 의심하지 않았는데… 이제는……."

툭.

드르르륵.

그렇게 목숨이 끊어졌다. 팽오운의 목이 바닥을 구르자 좌중 에 침묵이 일었다. 팽가 제일의 고수, 그의 도가 마지막으로 쳐 낸 것은 다름 아닌 자신의 목이었다.

"크음."

"흠. 이, 이게……?"

스산하던 울림이 술렁술렁 변해갔다. 장내에 있던 모두의 시 선이 누구 할 것 없이 팽가 쪽으로 움직였다.

마공을 익힌 세가, 무림공적의 낙인이 찍혀도 할 말 없는 상 황, 이제는 힘마저 잃어버린 이들이다.

"열네 살쯤이었을 게요."

툭. 데구루루.

발치의 돌을 걷어차며 팽인호가 입을 열었다. 좌중의 시선이 이제는 그에게로 쏠렸다.

"큰누이가 팽가 가주의 첩으로 들어서면서 팽가란 큰 가문에 발을 들였소이다. 당시 팽가는 오대세가 중에서도 세 손가락에 꼽힐 정도로 선망의 대상이었소. 해서 다짐했소. 앞으로 내가 살아갈 터전, 자부심을 느끼자고."

그의 목소리는 나직했다.

왠지 모르게 허허로운 말투. 날카롭던 예전의 그의 음성과는 전혀 달랐다.

"행복… 했었소. 방계의 씨족이라 대우가 좋지는 않았지만 팽가의 인물들은 공사를 엄연히 구분할 줄 아는 장부들이었고 어떤 면에서는 직책과 상관없이 넓은 포용력을 지니고 있었소."

나직이 한숨을 쉬며 그가 말을 이었다.

"그러다가 십사 년 전, 맹에서 서신이 왔소. 현 무림의 정세가, 강호만이 아니라 황실의 안위까지 어지러우니 팽가에 도움을 부탁한다고. 구대문파와 오대세가가 한날한시에 받았던 그… 저주스러운 서신이."

'천중단.'

진일강은 속으로 신음했다. 그가 이 일을 모를 수가 없었다. 당시에 해남파도 그런 요구를 받았기 때문이다.

"당시 팽가는 맹에서 요구하는 수준의 고수들을 차출할 수가 없었소. 그 시절은 유독 직계의 수도 적었고, 불민하지만 재능역시 모자라는 분이 많았소. 그래서 문중 회의에서는 아쉽지만 차출이 불가하다는 답을 보내려 했소."

팽가 무사들은 모두 다 고개를 떨구고 있었다.

이 부분은 팽가의 가장 어두웠던 시기. 그 이후의 일은 자신들이 직접 보고 겪은 산증인이기 때문이다.

"왜… 왜 거기서 두 분이 그렇게 나섰는지 나는 아직도 한스럽소. 누구보다 뿌리 깊이 협이 새겨진 팽진운, 팽설웅 두 상전은 강호상의 패악스러운 일들을 보아 넘기지 못했고, 가문의 장로들이 반대하자 아예 혈혈단신으로 나서기에 이르렀소. 그리고… 그 뒤로 다시 돌아오시지 못했지."

잦아들었던 팽인호의 목소리에 분노가 실리고 있었다. 가늘게 갈라진, 카랑카랑한 노인의 목소리에 담긴 것은.

한(恨)이었다.

"팽가의 오호단문도를 계승하고 있던 유일한 분들이, 진의를 깨치기 위해 전 생애를 바쳐 폐관 수련을 한 분들이, 이제야 드디어 사제와 후배들에게 가문의 오의(奧義: 깊은 뜻)를 전수해야 할 분들이 자원을 하셨고, 다시 돌아오지 못했소. 그 뒤로 팽가가 어떻게 됐는지 아시오?"

크크크!

팽인호는 거기서 웃었다.

그는 이제 해남파 쪽을 노려보며 느긋하게 말을 이었다.

분명히 웃는 얼굴인데, 그 얼굴을 본 진일강은 소름이 돋았다.

"아무것도… 아무것도 할 수 없었소. 무공은 제자리걸음 수준이었고 선대가 남긴 오의를 따라 하기는커녕 후대에 넘기기에 급급했소. 명성? 강호에 나가 협행을 쌓을 기회도 없었소. 실력이 모자라서 실전을 겪지 못했고, 실전을 겪지 못하니 깨우침을 얻기는 요원한 일이었지. 악순환이었소. 알면서도 벗어날 수 없는 악순환."

무릎 위에 올리고 있던 팽인호의 두 손이 천천히 떨리기 시작했다. 이미 다 벗어버린 듯 허허롭던 얼굴에 다시금 분노가 어렸다. 아무리 놓아버려도, 아무리 모든 것을 포기해도 이것만은 용서 못 한다는 듯.

"어느 날, 맹에서 편지 한 장이 날아오더이다. 바로 '하북의 팽가는 참으로 명예로우시오'라는 한 줄의 위로가 다였소. 가문의 기둥을 뿌리째 뽑아놓고, 미래를 모두 말아먹어 놓고 비단 열필, 청강검 두 자루, 그게 맹의 높으신 분들이 팽가의 두 분 목숨으로 책정한 값이더이다."

"그렇다고… 네놈들의 행동이 정당화된다더냐? 네놈들은 관계없는 사람들까지 해쳤다! 절대 손을 대서는 안 되는 마공에까지 손을 댔어! 이건 그 어떤 말로도 변명이 안 되는 짓이야!"

휘말린다고 느낀 것일까. 진일강이 나서 목소리를 높였다.

"…변명?"

픽 웃으며 팽인호가 고개 저었다. 그딴 것에는 아예 관심조차 없다는 듯이.

"진일강 해남파 문주, 당신 사문의 위패 앞에서 그런 소리를 해보시오. 무슨 일이 있건, 내 문파의 힘이, 내 가문의 영광이, 내 식솔들의 미래가 모두 날아가 버린 상황에서도 한없이 여유롭게 살 수 있을지. 할 수 있겠소? 정말로 할 수 있겠소?"

"……."

진일강은 입을 다물었다. 아무리 밀어붙이는 입장이라지만 여기서는 그도 신음을 흘렸다. 팽인호가 말한 부분에 생각이 미친 것이다.

정말로 진일강 자신이 그의 입장이었다면, 그렇게나 망가진 가문을 이끄는 입장이었다면 어떻게 되었을까 하고.

"가문의 오의는 사라졌고, 물려받을 사람도 잃었소. 가주는 병에 걸려 신음하였고, 그나마 재능을 보이던 이들마저 헛되이 죽어나갔소. 본 가를 대표하는 고수, 팽오운은 중원에 나간 첫 협행에서 그런 말을 들었소. 팽가는 이미 죽을 날 받아놓은 송장이라고, 무가의 일인이라면서 백대고수 하나 내지 못한 곳에 있다고. 그 말을 한 이들은… 재밌게도 구파와 오대세가였소."

"으음……."

진일강이 이를 악물었다.

과연, 세외라고 불리는 해남파조차 중원의 백대고수에는 이름을 올렸다.

한데 팽가는 오대세가의 하나이면서 십수 년간 백대고수를 배출하지 못했다. 왜냐하면 팽가는 자신들 중 가장 뛰어난 이들을 이미 강호에 바쳤기 때문이다.

결과적으로 그 보답은 냉대와 무시였다.

"변명? 우리가 왜 그런 것을 해야 하오! 팽가가? 이 하북의 팽가가 변명을 한다고? 모두 똑똑히 들으시오! 변명을 해야 할 것은 바로 당신들이오! 진일강! 세외의 문파이던 당신네 해남파가 어찌하여 구파일방에 들었소! 천군지사대 조장 동추! 당신네 소속 문파인 화산파는 무림맹의 장로직에 올라간 것이 몇 명이오! 장씨세가! 당신들은 수많은 강호의 협객들이 피를 쏟는 가운데 지부를 대체 몇 개씩이나 늘렸소!"

팽인호의 앙상한 손가락이 칼날같이 좌중의 몇을 찔렀다.

진일강은 침음하고, 동추는 오만상을 찌푸렸으며, 장씨세가의 인물들은 얼굴이 하얗게 굳었다.

"……."

"음."

"크흠."

이 자리에서 나름 한가락 한다고 지위를 얻은 이들은 모두 그날의 그 일에 연관이 되어 있었다.

진일강의 해남파는 위기를 기회로 삼아, 맹을 상대로 톡톡히 대가를 얻어냈다. 화산파는 때를 놓치지 않고, 공석이 된 무림맹의 중요 직위에 자기 사람들을 심었다. 그리고 상계에 적을 두고 있던 장씨세가는… 복잡한 아귀다툼 속에서 과감한 결단으로 오히려 가문의 능력을 인정받았다.

"점창파(點蒼派), 진주언가(晉州彦家), 양씨세가(梁氏世家), 하북팽가. 이들이 다 예전에 어땠던 가문인지 아시오?"

팽인호가 실성한 듯 허허 웃었다. 그의 주름진 얼굴에는 이제 눈물이 얼룩지고 있었다.

점창파와 진주언가, 하북팽가, 양씨세가 모두 가문의 정예 중 정예를 내놓았던 가문이다. 그리고 이들 가문은 그 십사 년 전의 일로 인해… 쇠락의 길을 걷고 있는 가문이기도 했다.

수많은 고수들을 모두 보낸 점창파는 무려 구대문파에서 밀려났다. 진주언가는 어떤가. 가주를 비롯한 핵심적인 고수를 잃고 강호에 얼굴도 비치지 않고 있었고 양씨세가는 아예 가세가 무너졌다는 소문이 돌 정도였다.

'웅산군.'

광휘는 며칠 전, 은자림과 함께 싸웠던 웅산군을 떠올렸다. 진주언가 가주의 신분임에도 불구하고 천중단에 몸을 담았던 자다.

한데 그의 가문이 팽가와 함께 쇠락을 길을 걷고 있었다니…….

"덩치가 큰 가문은 적당한 인물들을 뽑아낸 것만으로도 그 공로를 인정받아 맹의 요직을 꿰차고 있고, 정작 힘을 비축하지 못한 가문은 사람들이 거들떠보지 않고 괄시하고 있는 게 현실이오."

팽인호의 목소리가 갈라졌다. 그간 고통받았던 과거의 기억이 그의 목소리에 사무치고 있었다.

"우리 팽가는… 오호단문도를 잃었소. 가문의 모든 절기, 기예가 집대성된 팽가의 모든 것, 그걸 잃었단 말이오. 당신들이 무슨 소리를 하건…….'

"그 오호단문도라면 돌려줬는데."

광휘가 툭, 무심하게 내뱉었다.

팽인호의 신형이 움찔하더니, 바람 빠지는 듯한 한숨을 내뱉었다.

"그렇게 소중히 여기는 오호단문도, 분명히 보냈다. 만약 그게 다였다면 너희는 이미 모든 걸 찾았어."

"…그랬지. 돌려받았지. 하지만 믿지 못했소. 그게 이 늙은이의 천추의 한이지."

팽인호가 고개를 저었다.

"그간 팽가의 미래는 어둡기만 했소. 다시는 빛을 보지 못할 거라고 가문 내에서 공공연히 말이 돌았소. 오죽하면 팽오운 저 자존심 센 놈이 마공에 손을 댔겠소? 그런 차에 폭굉이란 물건이 들어왔소."

"은자림과 협력한 걸 인정한다는 뜻인가?"

광휘가 담담히 물었고 팽인호는 고개를 저었다.

"협력이라. 글쎄, 뭐라고 해야 할지 모르겠군. 우리가 분명 그들의 물건을 쓴 건 사실이오. 하지만 그들과 손을 잡은 것은 아니오. 그저 거래를 한 것뿐이지."

"놈들의 일은 봐줬으면서 손은 잡지 않았다? 믿으란 말인가? 너희들은 오래전부터 석가장을 이용해 폭굉을 썼다. 여러 가문들을 끌어들인 것도 그 때문이고!"

묵객이 냉소하며 일침을 가했다. 그러자 팽인호가 왈칵 얼굴을 붉혔다.

"본 가는 명가요! 은자림이 지향하는 길은 우리와는 다른 길이란 말이오! 내가! 그리고 우리가 진정 놈들의 개가 되길 자처했다면 여기 있는 당신들이 이제껏 살아 있기나 했을 것 같소!"

그러고는 자신의 옷섶을 거칠게 풀어대더니 바닥에 뭔가를 내던졌다.

투투툭. 좌르르륵!

"어······."

"피해!"

진일강이 식겁해서 고함질렀다.

바닥에 나뒹구는 거무튀튀한, 주먹 정도 크기의 철구들.

본 적도 있고 들은 것도 있다. 저게 바로 그 소문의 벽력탄 폭굉인 것이다.

툭. 툭.

그러나 기겁한 그가 무색하게도 광휘는 한 걸음 나아가 바닥을 뒹구는 벽력탄들을 걷어찼다.

"심지를 뺐군. 쓸 생각이 없었나?"

그러고는 팽인호를 향해 고개를 돌렸다.

당황하던 주위의 시선이 하나둘씩 그에게로 모여들 때쯤.

"···본 가는, 팽가요."

팽인호가 씹어뱉듯 대답했다.

"명가란 말이오."

      ＊   ＊   ＊

언제부터였는지 모른다. 제조 과정에 대해 아직까지도 자세히 밝혀진 것이 없었다.

초기에 만들어진 폭굉은 벽력탄보다 조금 작았고 폭발력도 그다지 크지 않았다.

그러던 어느 날 그것은 완전히 달라졌다. 부피가 상당히 줄었고 폭발력도 기존의 것보다 세 배는 강했다.

그 당시의 폭굉은 상당한 주의가 필요한 '위험한 물건' 정도로만 취급받았다.

그리고 몇 년 후, 은자림은 괴물을 만들어낸다. 암염이라는 재료를 이용하여 초소형 폭탄을 제조해 낸 것이다.

주먹만 한 철구, 머리에 뚫린 구멍 위로 심지가 튀어나온 이 폭굉은 상상 이상의 파괴력을 자랑했다.

바로 그것이 지금 팽인호가 바닥에 떨어뜨린 폭굉이었다.

'최후의 폭굉은 아냐.'

팽인호의 폭굉을 본 광휘는 한편으로 안도의 한숨을 내쉬었다.

최후의 폭굉은 백중건의 죽음 전과 후로 나뉜다. 그 전까지는 심지 있는 폭굉 역시 두려워했지만 어떻게든 극복할 수 있는 것으로 여겼다. 폭굉에 나름 익숙해지기도 했고 대응법 역시 체계적으로 교육을 받았으니까.

하지만 백중건이 당할 때 나타났던 최후의 폭굉은 상상 이상의 충격과 공포를 가져왔다.

보통 심지에 불을 붙이는 데에는 시간이 필요하다. 하지만 그 심지 없는 폭굉은 작은 충격만으로도 폭발했다. 대비라는 걸 하는 게 불가능했다.

"크흐음."

"으음……."

팽인호를 바라보던 무사들은 다들 신음했다.

그의 품속에서 나온 폭굉을 보고 그가 한 말이, 보다 더 섬뜩하게 다가온 것이다.

대규모로 싸우는 와중에 저 물건을 하나라도 썼다면?

아마 여기 있는 무사들 대부분이 날아갈 정도의, 극도로 심한 피해가 몰려들었을 것이다.

"그래서? 은자림과 손을 잡지 않았으니 떳떳하단 말인가!"

진일강은 호통하듯 그를 꾸짖었다.

어떻게 보더라도 팽인호의 행동은 변명, 그 이상도 그 이하도 아니었다.

그는 괜히 팽가에 면죄부가 생기는 것을 지극히 경계했다.

"그런 건 바라지도 않소. 우린 명가의 방식으로 책임을 질 것이오."

"당신들의 방식?"

팽인호가 고개를 뒤로 돌렸다. 얼마 남지 않은 맹의 무사들이 모여 있는 곳이었다.

"맹주가 위험하오."

"……?"

맹의 무사들이 불편한 표정으로 그를 바라보았다.

하지만 팽인호는 개의치 않고 계속 말을 이어갔다.

"맹주를 보필해야 될 총관은 조정에 줄을 대기 시작했소. 그 줄은 곧 은자림과 이어주는 줄이고 자신의 입지 또한 공고히 하는 줄이지. 맹주가 부재중인 지금 그는 수단과 방법을 가리지 않고 맹 내 세력을 넓히려고 할 게요."

이후, 팽인호는 다시 진일강 쪽을 바라보며 말했다.

"차화산(次化山)에 은자림의 폭탄을 제조하는 은거지가 있소. 운수산을 얻으려 한 것은 폭굉의 재료도 있지만 그보다 은거지를 가려줄 방패막이가 필요했기 때문이었소."

차화산은 운수산과 그리 떨어지지 않은 곳이다. 운수산보다 지형이 낮고 뒤쪽에 위치해 다른 방향에서는 볼 수 있었다.

운수산이 적당히 시야를 가려주고 소리도 함께 막아주는 천연의 요새 역할을 했던 것이다.

사람들이 제각기 말의 의미를 생각하는 사이 팽인호가 이번엔 광휘 쪽을 쳐다보며 말했다.

"은자림은 그동안 와신상담해 왔소. 오왕 중 한 명인 영민왕과 손을 잡았고 그와 관련된 조정의 고위 관직 인사들은 수십 명이 넘어가오. 당상관이 핵심 인물이며 그 외에도 더 있을 것이오. 하니 은자림을 상대하기 위해선 만전에 만전을 기해야 할 것이오."

가려진 은자림의 존재, 맹의 상황, 조정의 상황까지 나오자 각 가문마다 느끼는 감정은 달랐다.

그사이 팽인호는 팽가 무사들 쪽으로 시선을 돌렸다.

아직 할 것이 남았다. 가장 중요한 일이.

스르륵.

팽인호는 허리춤에 있는 도를 꺼냈다. 그리고 높이 올려 팽가 무사들이 보는 가운데 소리쳤다.

"본 가의 무사들은 들으라! 팽가는 오랜 전통을 자랑하는 중원을 대표하는 무가였으나 제대로 그 능력을 발휘하지 못하고 결국에는 위기를 자초했다. 무능함과 잘못한 선택은 결국 패착으로 이어졌다."

그의 목소리는 울부짖음과도 같았다. 좌중을 숙연하게 만들 정도의 비통함. 지난 세월의 서글픔이 짙게 배어 있었다.

"많은 사람들을 죽여 본 가를 위험에 빠뜨리며 최악의 상황으로 만든바 우리의 피로써 땅에 떨어진 명가의 기상을 바로 세우려 한다."

"기상?"

묵객이 고개를 갸웃거렸다. 명가라는 얘기에 풀이 죽은 듯 고개를 떨구던 팽가 무사들의 눈빛이 변한 것이다.

차랑!

도를 높게 치켜든 팽인호가 재차 소리쳤다.

"팽가의 부흥을 원하는 자는 모두 내 말에 응하라! 팽가의 부흥을! 명예로운 죽음을!"

파파팟.

순간 팽가 무사들이 갑자기 앞으로 걸어 나왔다.

열다섯은 마치 훈련된 진영처럼 삼 열 횡대로 삽시간에 선 채 가슴을 폈다.

"팽가의 부흥을!"

"명예로운 죽음을!"

철컥. 철컥. 철컥. 철컥. 철컥.

그리고 가장 선두에 선 일 열 종대의 무사들이 도를 뽑아 들며 두 손으로 도 자루를 마주 잡았다.

"사숙, 저들이 뭐 하는 거지요?"

묵객은 문자운 쪽을 바라보며 물었다.

뭔가 느낌이 이상했다. 갑자기 도를 꺼내 드는 것도 그랬지만 더 의아한 것은 도 자루를 잡고 있는 파지법.

두 손으로 도파(刀把: 도 자루)를 잡고는 머리 위로 올리는 모습을 보였는데 이상하게도 날의 방향이 하늘이 아니라 가슴 쪽으로 향해 있었던 것이다.

"모르겠다. 왜 저러는지……."

"그럼 스님들은……."

이번엔 묵객이 나한승을 바라보자 그들은 천천히 고개를 저었다. 역시나 모르는 듯했다.

한쪽에 다가온 서혜에게도 물어봤지만 그녀도 모르겠다는 의사를 전해왔다. 이제 남은 건 진일강뿐이었다.

"사부님……."

묵객이 그를 바라봤을 때 진일강은 매우 불편한 표정이었다. 자신이 불러도 뭐라고 반응조차 하지 않는, 굉장히 불쾌한 얼굴이었다.

"사부……."

묵객이 한 번 더 그를 부르려 할 때였다.

진일강이 나직이, 하지만 모두가 들을 정도로 또렷하게 대답했다.

"자결하려는 거다."

＊　　＊　　＊

푹! 푹! 푹! 푹! 푹!

팽가 무인 다섯의 도가 제각기 그들의 가슴을 파고들자.

"……!"

맹의 무사들, 장씨세가 무인들, 해남파 무사들까지 모두 눈을 부릅떴다. 하지만 그들이 정신을 차릴 새 없이 팽가 무사들의 의식은 이어지고 있었다.

철컥. 철컥. 철컥. 철컥. 철컥.

두 번째 열의 다섯이 도를 꺼내 들기 시작했고.

처억. 처억. 처억. 처억. 처억.

제각각 도파를 두 손으로 받쳐 머리 위까지 들어 올린 뒤 칼날을 가슴 쪽으로 향하게 자세를 잡은 후에야 동작을 멈춘 것이다.

"팽가의 부흥을!"

"명예로운 죽음을!"

푹! 푹! 푹! 푹! 푹!

그 움직임에 망설임 따윈 없었다. 어김없이 가슴에 날카로운 도를 거침없이 찔러 넣고 죽어버린 것이다.

"이봐, 무슨 짓을 하는 것이냐!"

기겁한 천군지사대의 동추가 소리쳤다.

일순간에 열 명이 명을 달리했다. 그런데 팽가는 아직도 멈출 기미가 보이지 않았다.

철컥. 철컥. 철컥. 철컥. 철컥.

두려움도 주저함도 없었다.

세 번째 열에 서 있는 다섯 무사.

이제는 그들이 칼을 꺼내는 동작만으로도 소름이 돋고 있었다.

"이봐……."

"그만!"

주위 무사들이 뭔가 막으려는 모습을 보이려 했지만 그 순간뿐이었다. 팽가 무사들의 눈빛은 결연하게 변해 있었고 단 한 치의 망설임 없이 도를 찔러 넣었다.

"팽가의 부흥을!"

"명예로운 죽음을!"

푸욱! 푸욱! 푸욱! 푸욱! 푸욱!

그렇게 팽가 무인들이 짧은 시간 모두 죽음을 맞이했다.

"아아……."

이곳저곳에서 복잡한 감정의 목소리가 흘러나왔다. 이제껏 험하게 달려들던 모습보다 단숨에 일제히 목숨을 끊은 그들의 모습이 더욱 삼엄해 보였다.

휘익!

하지만 이걸로 끝이 아니었다. 마지막으로 남은 팽인호. 그 역시 도를 높이 들어 올렸다.

"중원 제일 세가 팽가의 부흥을! 명예로운 죽음을! 그리고……."

휘릭.

도를 높게 든 팽인호, 그는 장내의 모두를 보며 지그시 웃어 보였다.

"오호단문도의 미래를… 위하여."

"이봐!"

"그만!"

콱.

데구르르.

바닥에 그의 목이 떨어졌다.

"아미타불……."

침묵 속에서 나한승의 불호가 낮게 울렸다.

대의멸친.

스스로 목숨을 버리는 것은 결코 권장할 일이 되지 못한다. 하지만 대의에 따라 목숨을 초개처럼 버리는 것은 유파와 사문을 가리지 않고 숭고한 의식처럼 보이기도 했다.

"왜 저렇게까지 한답니까……."

"대체 무엇이 저들을……."

한편, 한쪽에 물러서서 지켜보고 있던 곡전풍과 황진수가 당황한 얼굴로 물었다. 그들로서는 굳이 이 정도까지 하는 팽가의 행동이 이해가 가지 않았다.

아무리 죄를 지었다고 하여도 죽지 않고 목숨을 구걸할 방도는 분명 있었을 것이다. 개똥밭에 굴러도 이승이 낫다는 말이 있지 않은가.

"명가니까……."

그들 옆에 있던 능자진이 짧게 대답했다.

곡전풍과 황진수가 그를 바라보자 능자진은 한마디 말을 덧붙였다.

"명가란 이름의 무게가 바로 저런 게다……."

화산파 속가 제자인 그는 팽가의 행동에 일견 이해가 가는 게 있었던 것이다.

명예 그리고 신념. 그것을 위해 목숨 따윈 초개같이 버릴 수 있다. 그것은 그가 알고 있는 명가였다.

'책임을 진다지만, 결국 팽가 자신들을 위해서였다.'

경악과 놀라움, 당혹으로 변한 분위기와는 달리 진일강은 오히려 냉정해졌다.

그는 입술을 잘근잘근 씹었다.

원래 팽가는 이곳에서 모든 구실을 잡힌 뒤에 남은 모든 이들은 죽고, 가문 또한 강호 공적으로 몰릴 만한 처지였다.

하지만 눈앞에서 목숨을 끊은 열여섯의 강력한 기개, 그리고 그들이 발설한 내용 때문에 더는 잘못을 추궁하기 힘들어졌다. 그들이 저지른 행동을 맹과 황실, 그리고 은자림에 대한 처분과 연관시켜 버린 것이다.

"광 호위……."

진일강이 광휘의 생각을 묻기 위해 고개를 돌렸지만 언제 사라졌는지 그는 그곳에 없었다.

* * *

아침이 밝아오고 있었다. 전쟁이 끝났다.

하지만 그때까지 장련은 칠흑 같은 어둠과 싸우고 있었다.

"아……."

사아아아악.

계획된 기관이 발동된 건지, 아님 무언가를 잘못 건드렸는지 벽 틈새로 흙이 밀려들어 왔다.

그리고 점차 흙이 방 안으로 쌓이면서 방을 밝히는 횃불들이 모두 꺼져 버렸다.

"침착하자. 침착해……."

아직은 흘러내리는 흙의 속도가 늦었다.

하지만 그럴수록 장련의 가슴은 쿵쾅댔다. 머리로는 움직이면 안 된다고 냉정한 사고를 하고 있었지만, 어둠과 함께 흙무더기가 차오르자 점점 두려움이 엄습하고 있었다.

"소저! 안에 계십니까?"

때마침 들려오는 목소리.

장련의 안색이 확 밝아졌다.

"네, 여기 있어요."

"다, 다행입니다! 너무 걱정 마시고 조금만 기다리십시오. 저희들이 꺼내 드리겠습니다."

이들은 서혜의 지시를 받고 움직인 하오문 문도들이었다.

화르륵.

천장에 난 구멍에서 사람 한 명의 얼굴이 보였다. 뒤이어 허리에 줄을 묶은 하오문 문도가 횃불을 들고 조심스레 안을 밝혔다. 가주전 내에 남은 함정과 장련의 위치를 확인하기 위해서였다.

"이 줄을 잡으십시오!"

사내 한 명이 잡았던 줄을 힘껏 던졌다.

기릭기릭! 피이익!

아직 남은 기관이 발동되며 날카로운 화살들이 대여섯 개가 날아왔다.

한데 줄을 맞히지 못하고 반대편 벽에 박혔다.

그리고 그때였다.

기리릭. 기리릭. 쏴아아아아.

화살이 맞히지 못하자 갑자기 가주전에 변화가 시작되었다.

벽 틈 사이로 흙이 엄청난 속도로 들어오기 시작했고, 괴이한 기계 소리와 함께 보이지 않는 화살들이 사방으로 비산했다.

"악!"

장련이 소리 지를 때쯤 주위가 다시 어둠으로 변했다.

청년이 화들짝 놀라 천장 위로 올라가 사라졌기 때문이다.

"아, 어떻게……."

쏴아아아아. 기리릭. 기리릭. 패애액! 패애액!

기관이 고장 난 듯 주위에서 기계음이 너무나 크게 들렸다.

그렇다고 가만히 있기에는 흙이 점차 쌓이고 있었다. 눈 깜짝할 사이에 무릎까지 차오르고 있었던 것이다.

"왜 기관이 다시 움직여?"

"나도 모르겠어! 그냥 갑자기 저렇게 된 거야!"

"이제 어쩌지? 안에 장련 소저가 계시잖아."

밖에서는 사내들이 웅성거리는 소리가 들렸다. 그럴수록 장련의 마음은 더욱 초조해졌다.

툭툭.

"방법을 생각해야 해······."

장련은 자신의 볼을 때리며 마음을 가라앉히기 위해 노력했다.

그런 상황에서 어둠은 정말로 치명적인 약점이었다. 주위가 어둡기에 뭘 할 수 있는 상황이 아니었다.

"그래, 줄!"

순간 사내가 던진 줄이 생각난 장련은 천천히 앞을 더듬었다. 떨어진 위치에서 줄만 당기면 올라갈 수 있을 거란 생각 때문이었다.

스스슥.

다행히 기관들은 더는 움직이지 않는 듯 보였다. 다만 어둠과 발목까지 찬 흙 때문에 줄을 찾기란 여간 힘든 일이 아니었다.

"찾았어!"

하늘이 도왔는지 운이 좋게도 손에 걸렸다.

"저, 여기 있어요. 당기셔도 돼요."

"······."

"당기서도 돼요!"

거듭 외치는 장련.

한데 이상하게도 더는 목소리가 들려오지 않았다.

순간 장련은 손이 부들부들 떨렸다. 어둠과 함께 사람들이 사라지자 그 순간 참았던 공포가 확 엄습한 것이다.

"저, 여기 있어요!"

장련은 어떻게든 살기 위해 소리쳤다. 하지만 이번에도 반응이 없자 다시 한번 소리쳤다.

"저 여기……."

"보고 있소."

"……!"

장련의 눈이 커졌다. 어둠 속에서 아무것도 보이지 않아도 알 수 있었다. 단지 목소리만 들었을 뿐인데, 갑자기 마음이 너무나도 편안해진 것이다.

"어떻게 됐나요?"

장련의 물음.

어둠 속 사내의 말은 곧장 들려오지 않았다.

"상황이 이런데 아직 장씨세가를 걱정하는 거요?"

"……."

왠지 쓴웃음에 가까운 목소리였다. 장련은 얼굴이 붉어져 대답하지 않았다.

"잘 해결되었소."

다행히 어둠 속 사내가 다시 한번 입을 열었다.

"잘 해결되었으니 이제는 마음……."

사락.

사내, 광휘의 눈이 커졌다.

장련이…….

갑자기 품 안으로 달려든 것이다.

"고마워요……."

품속에 안긴 장련은 잠시 호흡을 고르고는 말을 이었다.

"장씨세가에 와줘서… 정말 고마워요."

그녀는 울고 있었다. 보이지 않았지만, 소리 내지 않았지만 광휘는 알 수 있었다. 어깨에서 약간 촉촉이 젖어 든 느낌이 난 것이다.

"나도 고맙소."

광휘는 천천히 그녀를 안았다.

평소에 무섭기만 한 이 어둠이, 지옥 같았던, 피하고 싶었던 이 어둠이 지금은 가슴을 따뜻하게 어루만져 주고 있었다.

"내 곁에 있는 사람이 당신이라서……."

『장씨세가 호위무사』 제4막 10권에서 계속…